Melanie Hinz

Unerwartet

1. Auflage Dezember 2012

Coverfoto: Shutterstock
Gestaltung/Satz: Melanie Hinz
Lektorat: Malin Wolf / Melanie Hinz

E-Mail: hinz.melanie@gmx.net

Die Deutsche Nationalbibliothek verzeichnet diese
Publikation in der Deutschen Nationalbibliografie.
Detaillierte Daten über diese Publikation sind über
die Website: http://dnb.de einsehbar.

1.

Es ist viel zu heiß für diese Jahreszeit. Der Kalender zeigt erst die zweite Maiwoche, dennoch brennt mir die Sonne in meiner kleinen Backstube durch das Fenster in den Rücken. Die geöffnete Tür bringt keine wirkliche Erleichterung. Obwohl uns der große Mittagsansturm noch bevorsteht, freue ich mich jetzt schon auf eine kühle Dusche nach dem Feierabend.

„Was ist da draußen los?", frage ich meine Mitarbeiterin, während ich mit einer Kiste frisch belegter Baguettes in den vorderen Teil des Ladens trete.

Ich räume den Nachschub in die Auslage und schaue an Steffi vorbei, die gerade die Straße beobachtet.

„Der neue Nachbar zieht ein. Schau dir das an, Kati."

„Du Luder!" Spielerisch zwicke ich sie in die Seite, kann aber dann nicht anders, als dem Treiben auf der Straße zuzusehen. Zwei Männer mit einem sehr ansehnlichen Körperbau, räumen mit freiem Oberkörper Möbel und Kartons aus einem Transporter.

„Wir sollten ihnen kalte Getränke spendieren. Auf gute Nachbarschaft und so."

„Welcher ist es?", frage ich beiläufig. Ich muss ja schließlich wissen, wer in das große Apartment auf meiner Etage zieht.

„Der mit den Tattoos und den schwarzen Haaren. Also wenn ich nicht schon verheiratet wäre …"

„Dann würdest du ihn trotzdem nur anschmachten und nicht ansprechen."

Steffi ist nicht nur meine Mitarbeiterin, sondern schon lange eine gute Freundin. Deswegen darf ich ihr so etwas durchaus sagen. Sie ist gut in ihrem Job und tut alles für die Leute, die sie liebt, aber außerhalb ihrer vertrauten Bereiche ist sie durch und durch schüchtern.

„Du hast ja recht“, seufzt sie. „Kommst du jetzt alleine klar? Dann gehe ich hoch und fange an zu kochen. Du kannst Ben sofort zu mir schicken, wenn er von der Schule kommt.“

„Ich bin soweit durch, du kannst Feierabend machen.“

Steffi war und ist immer noch mein rettender Engel. In der schlimmsten Zeit, als mein Bruder Ben und ich unsere Eltern verloren haben, hat sie mich in allem unterstützt und mir oft den Hals gerettet. Mit ihrem Mann Matthias hat sie bislang keine eigenen Kinder, obwohl ich weiß, dass sie sich das sehr wünscht und ihr mit Ende Dreißig auch langsam die Zeit davon läuft.

Dankbarkeit deckt es schon lange nicht mehr, was ich ihr schulde, aber ich weiß, dass sie nie etwas einfordern würde.

Ich habe gerade Ben zum Mittagessen hochgeschickt, als Steffi mir eine Nachricht sendet.

- Du solltest ihnen wirklich etwas zum Trinken spendieren, Kati. Es ist so heiß draußen und der Doktor sieht sogar von hier oben sehr durstig aus. Steffi –

Grinsend bediene ich zwei Kunden und entscheide mich dann dagegen, ihr zu antworten. Schon lange will Steffi mich verkuppeln. Egal was ich sage, sie würde sich nur angespornt fühlen. Ein Mann ist momentan wirklich das Letzte, was ich brauche. Ben kommt gerade mit voller Wucht in die Pubertät und ich muss nicht noch jemanden haben, um den ich mich kümmern muss.

Am frühen Abend sitzt mein Bruder an dem kleinen Tisch hinter der Theke und macht seine Hausaufgaben. So sehr ich mir auch wünschen würde, dass er da schon ein wenig eigenverantwortlicher wäre, muss ich ihn doch leider immer noch kontrollieren.

„Brauchst du Hilfe?“, frage ich, als für einen Moment alle Gäste versorgt sind und ein wenig Ruhe herrscht. Während ich seine Apfelschorle auffülle, sehe ihm über die Schulter.

„Ich komme schon klar“, winkt er mich wie eine lästige Fliege beiseite. Er wird nächsten Monat dreizehn Jahre alt, aber er fühlt sich schon seit einer Weile zu cool für seine große Schwester. Ben ist nicht dumm, doch wenn ich ihm nicht regelmäßig in den Hintern treten würde, dann hätte er das letzte Schuljahr nicht gepackt.

Mein neuer Nachbar und sein Umzugshelfer scheinen für heute Feierabend zu machen. Sie ziehen sich ihre T-Shirts über und verabschieden sich voneinander. Der Neue winkt dem davonfahrenden Miettransporter hinterher und dreht sich dann um. Für einen Moment bleibt er zögernd vor meinem Coffeeshop stehen und gibt mir die Möglichkeit, sein hübsches Gesicht zu betrachten. Nur für Sekunden treffen sich unsere Blicke, bevor er kopfschüttelnd abdreht und doch lieber in den Hauseingang hineingeht.

Ein paar Minuten vor Feierabend räume ich die Theke aus und die Reste des Tages in eine Kiste, die gleich ein Mitarbeiter der Tafel abholen wird. Gerade will ich die Vordertür zuschließen, als sich noch eine Person dazwischen schiebt.

Es ist mein neuer Nachbar. Er riecht frisch geduscht und

sieht verboten gut aus. Und ich sollte darauf wirklich nicht so genau achten.

„Wir schließen gerade. Die Kaffeemaschine ist schon gereinigt für heute."

Mir entgeht nicht, wie gut sich sein schwarzes Shirt an den trainierten Oberkörper schmiegt und wie tief seine Jeans auf den Hüften sitzt. Auch die Tatsache, dass er die ganze Zeit auf meinen Mund starrt, bleibt mir nicht verborgen. Seine Augen sind von einem tiefen und satten Braun. Die Farbe ist so intensiv, dass es fast künstlich wirkt.

„Auf Kaffee kann ich verzichten, aber etwas Essbares wäre großartig."

Er hat eine raue, tiefe Stimme, die mir direkt ins Höschen fährt. Ich habe keine Ahnung, was heute mit mir los ist. Das muss am heißen Wetter liegen.

„Ich hab wirklich nicht mehr viel da", sage ich, lasse ihn aber trotzdem an mir vorbeigehen. Damit sich nicht noch mehr Gäste eingeladen fühlen, schließe ich hinter ihm die Tür ab.

„Ich schau mal nach, ob noch etwas von der Quiche übrig ist. Ist grüner Tee okay, oder lieber etwas Kaltes?"

„Grüner Tee ist perfekt." Lässig lehnt er sich an den Tresen und beobachtet jede meiner Bewegungen. „Ich bin übrigens Jakob. Wie ich gehört habe, sind wir direkte Nachbarn."

Ich beschäftige meine Hände mit dem Aufwärmen der Quiche. Der Typ macht mich auf einer Ebene nervös, die ich so noch nie erlebt habe. Dennoch bin ich dumm genug, mich mit ihm im Laden einzuschließen. Mit bebenden Händen gieße ich kochendes Wasser auf den Teebeutel.

„Ich heiße Katharina", sage ich und stelle ihm eine dampfende Tasse hin. Warum habe ich das jetzt gesagt? Niemand nennt mich Katharina, alle sagen Kati. Ich stelle mich auch sonst nie als Katharina vor, solange es nicht gerade etwas Geschäftliches ist.

„Aber die meisten Leute sagen Kati." Ein eher magerer Versuch, mit zitternder Stimme die Kurve zu kriegen. Mein Gott, Kati. Reiß dich zusammen.

„Es freut mich, deine Bekanntschaft zu machen, Katharina", sagt er in einer tiefen Stimme, die mir die Knie weich macht. Jakob nimmt seinen Tee und setzt sich an den nächsten Tisch. Ich bringe ihm seine Quiche und verschwinde wieder hinter der Theke, um weiter sauber zu machen. Wenige Momente später klopft der Herr von der Tafel an die Vordertür des Coffeeshops. Ich übergebe ihm die Kiste mit Kuchen und belegten Baguettes, um gleich wieder hinter ihm abzuschließen. Da ich nicht unhöflich sein und meinen neuen Nachbarn rausschmeißen will, rufe ich Ben an, um ihn ins Bett zu schicken.

„Hmf…", begrüßt er mich mit verschlafener Stimme.

„Geh ins Bett, Ben. Es ist spät und du sollst nicht immer auf der Couch einschlafen. Du bist schon lange zu schwer, um dich ins Bett zu tragen."

Ich werfe einen Blick in den Shop und erwische Jakob dabei, wie er mich beobachtet.

„Ja, Mama", erwidert mein Bruder trotzig und drückt mich weg. Seine pampige Art treibt mich immer mehr in den Wahnsinn. Ich stelle das Telefon auf die Ladestation neben der Kasse und setze ein Lächeln auf.

„Möchtest du noch einen Tee?", frage ich Jakob mit Blick auf seine Tasse.

Er winkt ab.

„Nein, ich lass dich jetzt abschließen. Wenn ich gewusst hätte, dass ich dich vom Feierabend mit deinem Sohn abhalte, dann hätte ich mich nicht so aufgedrängt."

„Es ist schon in Ordnung. Er ist alt genug, um alleine ins Bett zu gehen. Ben ist nicht mein Sohn, sondern mein Bruder."

Auch wenn ich nicht näher auf die Umstände eingehen werde, finde ich doch, dass er das als direkter Nachbar ruhig wissen kann.

„Okay". Nickend nimmt er diese Info einfach zur Kenntnis. „Ich sollte trotzdem gehen. In der Wohnung ist noch einiges zu tun und der Tag war lang genug."

Er bringt mir seinen Teller und Tasse und stellt sie auf die Theke.

„Das war wirklich gut. Danke, Katharina."

Die Art, wie er meinen Namen sagt, jagt mir einen Schauer über den Rücken. Er zieht sein Portemonnaie aus der Gesäßtasche, legt mir einen Zehneuroschein hin und winkt das Wechselgeld ab.

„Gute Nacht, Jakob. Wir sehen uns jetzt sicher öfter", rufe ich ihm hinterher, als er schon fast zur Tür raus ist.

„Das hoffe ich doch sehr. Gute Nacht, Katharina."

Bis auf ein kleines Licht in der Küche, sind alle Räume dunkel, als ich die Wohnungstür aufschließe. Ben weiß, wie sehr ich es hasse, mich im Dunkeln vorzutasten und lässt deswegen immer ein Licht brennen. Ich streife mir die Schuhe ab und löse mit einem Seufzer meine blonden Haare aus dem engen Zopf. Auf Zehenspitzen schleiche ich in Bens Zimmer, wo ich erst mal ein paar T-Shirts mit dem Fuß beiseite schieben muss. Ich decke meinen kleinen Bruder mit einem dünnen Laken zu und streiche mit dem Daumen über seine Stirn. Eine Geste, die ich von meiner Mutter übernommen habe, auch wenn sie mir immer ein kleines Kreuz auf die Stirn gemalt hat. Für dieses religiöse Zeichen fehlt mir jedoch der Glaube.

Unsere Dachgeschosswohnung ist von dem sonnigen Tag noch ziemlich aufgeheizt. Um etwas Hitze rauszulassen, reiße ich die Fenster in meinem Schlafzimmer weit auf und beschließe, mich noch für ein paar Minuten auf die Terrasse zu setzen.

Mit einer Dose Cola in der Hand lasse ich mich in der Dunkelheit auf einem Klappstuhl nieder und hänge meine Füße in unser Planschbecken.

Da die Terrassen der Dachgeschosswohnungen nur durch eine hüfthohe Mauer getrennt sind, kann ich in Jakobs Wohnzimmer sehen. Die vorherigen Nachbarn waren beinahe nie Zuhause und haben dementsprechend ihre Terrasse nicht genutzt. Deswegen haben wir uns bisher nicht die Mühe gemacht, einen Sichtschutz anzubringen. Sieht so aus, als müsste ich das in nächster Zeit ändern.

Jakob steht in seinem hell erleuchteten Wohnzimmer und versucht, die Sender auf seinem riesigen Flachbildfernseher zu programmieren. Im Schutz der Dunkelheit kann ich beobachten, wie er einen Schluck aus seiner Bierflasche nimmt und dabei sein Adamsapfel auf und ab hüpft. Er ist noch umgeben von Umzugskartons und Möbeln, die einfach mitten in den Raum gestellt worden sind.

Hauptsache der Fernseher steht. Männer und ihre Prioritäten.

Ich stelle die Cola ab, ziehe mein T-Shirt über den Kopf und schlüpfe aus meinem kurzen Jeansrock. Mit einem entspannten Seufzer lasse ich mich in den kleinen Pool gleiten und spüre, wie die Hitze des Tages meine Glieder verlässt.

Auch wenn sich meine Nippel nur durch das kühle Wasser zusammenziehen, bleibt die Wirkung nicht ganz aus. Ich möchte meine Hand zwischen die Schenkel schieben und mich hier und jetzt etwas verwöhnen, doch das ist selbst mir zu offen. Auf diese Weise wollte ich mich meinem neuen Nachbarn nicht präsentieren.

Ein wenig fühle ich mich unserer Privatsphäre beraubt. Mit unseren ehemaligen Nachbarn hat es sich beinahe so angefühlt, als wären wir alleine im Dachgeschoss, doch ich fürchte, das wird bei Jakob nicht der Fall sein. Wenigstens habe ich etwas zum Anschauen, wenn auch sonst nichts bei mir los ist.

Ich tauche den Kopf unter Wasser und nehme meine hüftlangen Haare zu einem Zopf zusammen. Prustent tauche ich auf und sehe direkt in Jakobs Augen. Mit einem erschrockenen Schrei weiche ich zurück und verschränke die Arme vor der Brust.

„Scheiße. Sorry. Ich wollte dich nicht erschrecken."

Abwehrend hebt er die Hände und bemerkt dann auch, dass ich nur in meiner nassen Unterwäsche vor ihm im Wasser sitze. Sofort sieht er von meinen Brüsten wieder in mein Gesicht. Ich sehe das lose Grinsen in seinem Mundwinkel, auch wenn er es krampfhaft zurückhält. Beschämt meide ich seinen Blick, steige ungeschickt über den glitschigen Rand des Gummipools, schnappe mir meine Klamotten und verschwinde ohne ein weiteres Wort in der Wohnung.

Soviel zum Thema Privatsphäre.

2.

Ich habe nur diesen einen Tag in der Woche, an dem ich ausschlafen kann. Sonntags ist der Coffeeshop geschlossen und dennoch habe ich einen langen Abend voller Vorbereitungen für den nächsten Tag vor mir. Mein neuer Nachbar findet es allerdings total angebracht am Sonntagmorgen den Schlagbohrer anzusetzen und mich damit hochzujagen.

Ben könnte ein Presslufthammer nicht wecken, doch ich sitze mit klopfendem Herzen aufrecht im Bett.

Natürlich verstehe ich, dass er umzieht und Dinge erledigen muss, aber das geht zu weit. Er ist schon die ganze Woche dabei, Bilder aufzuhängen und Möbel zu verschieben, aber ausgerechnet jetzt muss er so einen Krawall veranstalten. Wutentbrannt schlage ich meine Bettdecke beiseite und stampfe zur Wohnungstür. Seine Tür steht offen, also nehme ich mir die Freiheit und gehe einfach rein. Über den Lärm des Bohrers würde er die Klingel sowieso nicht hören.

Nur in einer verschlissenen Jeans und mit nacktem Oberkörper steht er in der Küche und bohrt vorgezeichnete Löcher für die Hängeschränke. Aus dem Augenwinkel nimmt er mich wahr und lässt den Bohrer sinken, bevor er sich zu mir dreht.

Ich will ihn anbrüllen und fragen, ob er noch ganz dicht ist, doch stattdessen stehe ich nur mit offenem Mund vor ihm und starre auf seinen tätowierten Brustkorb. Erst jetzt wird mir mein Aufzug bewusst. Nur in einem Trägertop und mit einer knappen Schlafshorts, aus der gerade wahrscheinlich meine Pobacken rausschauen, präsentiere ich mich wie eine Furie mit wirren Haaren. Jakob hebt eine Augenbraue und wartet darauf, dass ich etwas sage, doch gerade will ich eigentlich nur den kleinen Schweißtropfen von seiner Schläfe lecken.

Ich brauche Sex. Dringend. Oder einen besseren Vibrator.

Resignierend werfe ich die Arme in die Luft, bevor ich noch etwas Dummes tue. Mit einem demonstrativen Augenrollen drehe ich mich auf dem Absatz um und verschwinde wieder in meiner Wohnung.

Wenige Sekunden später klingelt es, doch da habe ich mich schon längst wieder unter meiner Decke verkrochen.

Sicherheitshalber.

Für den Rest des Tages herrscht Ruhe aus der nachbarlichen Wohnung. Entweder weiß Jakob, was gut für ihn ist oder ich habe ihn mit meinem Auftritt völlig verschreckt.

Am Nachmittag gönne ich mir ein ausgiebiges Bad. Ben ist bei einem Freund und geht heute Abend bei Matthias und Steffi essen. Es ist einer der wenigen Momente, die ich nur für mich habe. Draußen ist es immer noch sehr warm, doch am Himmel stauen sich schon einige dunkle Wolken. Die Luft riecht nach Gewitter und ich vermute, dass es sich spätestens am Abend entladen wird.

Ich wasche meine Haare und rasiere meine Beine und Achseln, ehe ich aus der Wanne steige und mich abtrockne. Meine noch feuchten Haare flechte ich in einen Zopf, der mir fast bis an den Po reicht, und werfe mir ein enges, schwarzes Trägerkleid über. Da ich bis in den späten Abend alleine im Shop backen werde, lasse ich auch einen Slip weg. Es ist niemand da, vor dem ich mich versehentlich bücken könnte und ich liebe das Gefühl von frischer Luft an meiner Pussy.

Mit meinem IPod bewaffnet, schlüpfe ich in flache

Riemchensandalen und gehe runter in den Coffeeshop. Ich schalte nur die Beleuchtung meiner kleinen Backstube ein und starte den Ofen.

Der Raum ist ziemlich aufgeheizt, also öffne ich die Tür zum Hinterhof. Wenn die letzten Tage schon ein Vorzeichen für den kommenden Sommer sind, dann werden wir ein paar sehr warme Nächte unterm Dach vor uns haben.

Mit *Florence and the Machine* auf den Ohren, knete ich eine große Menge Teig für das Ciabattabrot, mit dem wir unsere belegten Baguettes machen.

Gerade weil wir nur so wenige Snacks anbieten, ist es mir wichtig, dass sie selbst gemacht und frisch sind. Meine Kuchen und Torten sind sehr beliebt und meist schon gegen Mittag komplett ausverkauft.

Ich stelle die Teigschüssel auf die warme Oberfläche des Ofens, um ihn aufgehen zu lassen und wische mir die Hände an meiner weißen Schürze ab. Als ich die Eier aus dem Kühlschrank holen will, um eine Ladung Blaubeermuffins zu backen, passiert etwas, das mich scharf Luft holen lässt. Ich fühle ihn, bevor ich ihn sehe. Die feinen Haare in meinem Nacken und auf meinen Oberarmen stellen sich auf und ich weiß sofort, wer mich da beobachtet. So gelassen wie möglich ziehe ich die Kopfhörer aus dem Ohr und sehe ihm direkt in die Augen.

„Jakob“, sage ich als Begrüßung und warte auf eine Entschuldigung, warum er sich durch die Hintertür anschleicht und mich begafft.

„Katharina.“ Mehr sagt er nicht. Nur eine reine Kenntnisnahme meiner Anwesenheit. Aber warum reagiert dann mein ganzer Körper darauf? Eine erregende Hitze konzentriert sich in meinem Unterleib.

„Was gibt es?“

„Nichts. Ich habe nur den Müll runtergebracht und dich singen gehört. Tut mir leid wegen heute Morgen. Ich hab nicht nachgedacht. Morgen ist mein Urlaub vorbei und deswegen wollte ich heute noch den Rest fertig bekommen. Offensichtlich habe ich euch aus dem Bett geschmissen“, entschuldigt er sich schließlich.

„Nur mich. Ben ist so schnell nicht wach zu bekommen. Ich kann es ja verstehen, aber Sonntag ist der einzige Tag, an dem ich ausschlafen kann.“

„Kann ich es wieder gut machen?“ Er legt den Kopf schief und verschränkt die Arme vor der Brust. Ich hätte da so ein paar Ideen, aber keine davon ist angebracht in meiner Situation.

„Lass mich einfach sonntags ausschlafen, dann hast du die friedfertigste Nachbarin, die du dir wünschen kannst.“ Ich nehme die Eier und Blaubeeren aus dem Kühlschrank und rechne eigentlich damit, dass Jakob wieder abzieht, doch er scheint nicht daran zu denken.

„Kann ich dir helfen?“, fragt er.

„Besser nicht. Ich hab meine Routine und da pfuscht mir niemand rein. Außerdem musst du dir deine wertvollen Chirurgenfinger nicht schmutzig machen.“

Jakob grinst.

„Die Gerüchteküche arbeitet aber schnell in diesem Haus.“

„Das war kein Kunststück“, sage ich. „Deine Maklerin ist hier im Haus bekannt und außerdem eine ziemliche Tratschtante.“

Behutsam wasche ich die Blaubeeren in einem Sieb ab und verteile sie auf einem dunklen Handtuch, um sie zu trocknen.

„Kann ich dir Gesellschaft leisten?“, fragt er. „Ich versuche auch, nicht zu sehr im Weg zu stehen."

„Natürlich." Ich winke ihn rein und zeige ihm, wo er sich hinsetzen kann, doch er stellt sich mir gegenüber auf die andere Seite meines Arbeitstischs. Es war keine gute Idee, ihn reinzubitten, doch ich wollte auch nicht unhöflich sein.

„Warum habt ihr sonntags nicht offen? Ich hätte heute Morgen einen guten Kaffee brauchen können."

„Lohnt sich nicht", sage ich. „Wir sind hier mitten in der Fußgängerzone, zwischen Geschäften, die alle sonntags geschlossen haben. Außerdem brauche ich einen freien Tag in der Woche, sonst klapp ich zusammen."

Zu viele Informationen, Kati. Er hat dich nicht nach deinem Erschöpfungszustand gefragt.

„Schmeißt du den Laden immer alleine?"

Interessiert sieht Jakob dabei zu, wie ich die Eier aufschlage und mit dem Zucker vermische.

„Nein. Steffi, unsere gemeinsame Nachbarin, arbeitet auch hier. Der Laden ist meiner, aber ohne sie wäre ich aufgeschmissen. Wir sind allerdings auf der verzweifelten Suche nach einer zuverlässigen Aushilfe. Also, wenn du jemanden kennst. Obwohl, so jemand wie du, kennt sicher niemanden, der in einem Coffeeshop arbeiten will. Oh Gott, ich sollte wirklich die Klappe halten."

Wenn ich nervös bin, dann neige ich dazu, alles auszusprechen, was mir gerade in den Kopf kommt.

„So jemand wie ich?", fragt Jakob amüsiert.

„Vergiss es. Ich rede zu viel. Möchtest du einen Tee?" Beschämt konzentriere ich mich wieder auf meinen Schneebesen.

„Lenk nicht ab, Katharina. Was meinst du damit?"

„Tu nicht so, als wüsstest du es nicht. Es gibt eine Kluft

zwischen Leuten wie mir, die … Ach, vergiss es."

Hätte ich mal meinen Mund gehalten. Es sieht nicht so aus, als würde Jakob das Thema fallen lassen.

„Du meinst, Leuten wie mir, die den Luxus genossen haben, sich jahrelang im Studium den Arsch abzuarbeiten und mit beinahe keinem Schlaf auszukommen? Katharina, ich hab einen guten Job, für den ich verdammt hart gearbeitet habe. Mein Glück ist es, dass ich für mein Studium keine Schulden machen musste und ich einen Job habe, den ich liebe. Aber ich bin kein verwöhntes Söhnchen reicher Eltern. Mein Vater hätte mir sofort jegliche Unterstützung gekappt, hätte ich nur ansatzweise meine Ausbildung schleifen lassen. Ich bin nicht besser oder schlechter als du, nur weil ich studiert habe."

„Es tut mir leid. Manchmal rede ich, bevor ich nachdenke."

„Wo steht der Tee? Dann mache ich uns welchen und du erzählst mir deine Story."

Auch wenn ich froh bin, dass er das Thema fallen lässt, lege ich keinen großen Wert darauf, meine Geschichte zum Besten zu geben. Ich zeige Jakob, wo alles steht, und kümmere mich weiter um die Muffins.

Der Anblick seiner Rückseite, während er auf den Wasserkocher wartet, bringt mich so aus dem Takt, dass ich die Blaubeeren beinahe auf den Boden anstatt in die Schüssel schütte.

„Mein Leben ist nicht so interessant", versuche ich, das Thema zu beenden.

Jakob stellt eine Tasse Tee vor mir ab und sieht mich von oben bis unten an. Unter seinem Blick werde ich noch unsicherer. Ich bin kurz davor, meine Lippen mit den Fingern zusammenzupressen, damit nicht wieder unkontrollierte Worte raussprudeln.

„Das würde ich gerne selbst entscheiden, Katharina."
Er nippt an seinem Tee und genießt es, wie ich mich winde.
„Ich wohne mit meinem Bruder zusammen, aber das weißt du ja schon. Unsere Eltern leben nicht mehr, also sind es nur wir beide. Ben war erst 4, als sie starben und seitdem kümmere ich mich um ihn."
„Und hast deinen eigenen Laden? Und bist der Meinung, ich bin besser als du? Lächerlich, Katharina. Wie alt bist du?"
„27. Und du musst mir keinen Honig um den Mund schmieren, damit ich mich besser fühle."
Sein Gesichtsausdruck wechselt von einem konfusen Stirnrunzeln zu einem lasziven Grinsen.
„Ich bin vielleicht zehn Jahre älter als du, aber wenn ich dir Honig um den Mund schmieren würde, dann wäre das nur zu meinem eigenen Vergnügen. Diese Lippen sauber zu küssen, würde mir die Woche versüßen."
Das kann er nicht ernst meinen. Er hat keine Ahnung, was er mir damit antut.
Um nicht auf seine Worte eingehen zu müssen, nehme ich eine Edelstahlschüssel und fülle sie mit geraspelter Schokolade. Diese versenke ich in einem warmen Wasserbad und suche die restlichen Zutaten für den Schokoladenkuchen, den wir morgen als Tagesangebot haben.
„Du musst nichts sagen", kommentiert Jakob meine Stille. „Aber ich merke, wie du mich ansiehst."

3.

„Es spielt keine Rolle, wie ich irgendjemanden ansehe oder was ich möchte. Ich habe keine Zeit für so etwas. Ben und der Coffeeshop ist alles, was ich managen kann."

Da ich ihn nicht ansehen kann, begnüge ich mich damit, die schmelzende Schokolade zu rühren. Jakob geht um den Tisch herum und bleibt neben mir stehen. Er berührt mich nicht, doch ich spüre seine Wärme an meinem nackten Arm. Es kostet mich eine Menge Zurückhaltung, nicht meinen Kopf zu drehen, um herauszufinden, wie gut er riecht.

„Hast du einen Freund, Katharina?"

Sein warmer Atem streift meine Wange. Er kommt immer näher. Und ich trage kein Höschen.

„Ich habe keine Zeit für einen Freund. Wenn du mir zugehört hättest, dann wüsstest du das."

Der Löffel fällt mir aus zitternden Fingern und schmiert geschmolzene Schokolade über meinen Handrücken. Ich stelle die Kochplatte ab und nehme ein Tuch, um mich zu säubern, doch Jakob greift nach meinem Handgelenk und zieht mich an sich. Er nimmt mir das Küchentuch ab und lässt es einfach auf den Boden fallen. Meine Knie zittern.

Seine Nähe ist überwältigend, und alles, was ich seit Monaten vermisse. Umarmungen von Steffi und widerwillige Wangenküsse von Ben sind einfach nicht genug menschlicher Kontakt auf Dauer. Ich sollte nicht, aber ich brauche das.

Jakob zieht mein Handgelenk an seinen Mund und wartet auf meine Gegenwehr. Als die nicht kommt, leckt er die Schokolade von meiner Haut. Ich lehne meine Stirn an seine Brust und versuche, nicht ohnmächtig zu werden.

Ein tiefes Lachen erschüttert seinen Brustkorb.

„Du bist schon lange nicht mehr so berührt worden, oder Katharina?“

Wenn er wüsste, wie feucht ich gerade bin, dann würde er diese Frage nicht stellen.

Er greift nach meinem geflochtenen Zopf und wickelt ihn um seine Hand. Sanft zieht er meinen Kopf nach hinten, bis ich ihm meine Kehle darbiete. Die Geste ist so erregend und führt dazu, dass ich mich noch näher an ihn schiebe.

Jakob küsst und leckt über meinen Puls.

„Willst du mich, Katharina?“, wispert er und zieht die Schleife meiner Schürze auf. Mehr als ein schwaches Nicken bringe ich nicht mehr zustande. Eine Hand legt er auf meinen Po und reißt gleich erstaunt die Augen auf.

„Du trägst nichts drunter?“

Ich kann immer noch nicht antworten.

„Hat es dir die Sprache verschlagen?“

Und wieder nur ein Nicken von meiner Seite.

„Dann wollen wir mal sehen, ob ich deine Stimme auf andere Weise zu hören bekomme.“

Er drängt ein Knie zwischen meine Schenkel und schiebt mein Kleid hoch. Seine Finger finden schnell den Weg zu meiner feuchten Scham. Das entlockt mir einen Ton, einen peinlich lauten.

„So ist es richtig.“

Jakob knabbert an meinem Ohrläppchen und fängt mich auf, als tatsächlich meine Knie nachgeben. Er lässt mich seinen harten Schwanz spüren, der selbst in der Enge seiner Jeans eine beeindruckende Beule hinterlässt.

Grinsend steckt er einen Zeigefinger in die geschmolzene Schokolade und verstreicht sie auf meinem Dekolleté, um mich gleich darauf auf den Tisch zu setzen. Mit Genuss leckt er meine Haut sauber.

„Du verschwendest meine gute Zartbitterschokolade."

Da ist die Stimme wieder, wenn auch zittrig.

„Das würde ich nicht als Verschwendung bezeichnen."

Langsam zieht er die Träger meines Kleides runter und entblößt meine zierlichen Brüste. Bevor ich mich alleine zu nackt fühle, zieht er sein T-Shirt über den Kopf und lässt mich seinen Oberkörper betrachten. Eine feine Spur schwarzer Haare führt vom Bauchnabel bis in den Bund seiner Hose. Mit den Fingern fahre ich die feinen Erhebungen seiner Tattoos nach.

Jakob schließt die Augen und genießt meine Berührung. Während ich den ersten Knopf seiner Jeans aufknöpfe, öffnet er wieder die Augen und sieht auf meine Finger.

„Darf ich?", frage ich mit angemessen gespielter Schüchternheit. Als ob er an diesem Punkt noch Nein sagen würde.

„Das ist nicht wirklich eine Frage, oder?"

Er nimmt mir die Arbeit ab und öffnet die restlichen Knöpfe. Unter seiner Jeans trägt er eine enge, schwarze Boxershorts, die nur zu deutlich zeigt, was er zu bieten hat. Vorsichtig schiebe ich meine Finger in die Shorts und spüre die feuchte Eichel. Jakob stöhnt auf und stößt die Hüften vor, während er mit den Händen an meinen Oberschenkeln hochfährt.

Mein Kleid ist nun um die Hüften hochgekrempelt. Ich rutsche zur Tischkante vor und drücke ihn mit den Fersen an mich. Mit einer Hand in seiner Hose massiere ich seinen Schwanz, der unter meiner Hand noch härter wird. Mit der anderen Hand greife ich an seinen Hinterkopf und ziehe ihn näher zu mir.

„Willst du mich nicht erst mal küssen, bevor du mich fickst“, flüstere ich an seinem Mund.

Er zuckt in meiner Hand, als sich unsere Lippen zum ersten Mal treffen. Mit zitternden Fingern befreie ich ihn aus seiner Shorts und ziehe seine Hose ein Stück runter. Jakob kostet von meinem Mund, knabbert an meinen Lippen und spielt mit meiner Zunge. Seine Beherrschung fällt mit jeder Bewegung meiner Hand, mit der ich seinen Schwanz massiere.

„Katharina, ich hab kein Kondom dabei, aber ich will wirklich nicht aufhören“, keucht er zwischen zwei Küssen. „Sag mir bitte, dass ich nicht aufhören muss.“

„Ich nehme die Pille und ich bin sauber.“

Nur mein gesunder Menschenverstand funktioniert gerade nicht so ganz.

„Ich bin auch sauber, das schwöre ich dir. Ich gehe regelmäßig Blut spenden und werde da getestet.“

Bevor die Stimmung einbricht, schiebe ich ihn in mich. Wir halten uns aneinander fest und baden in dem Moment. Das süße Gefühl der Dehnung ist mehr als ich gewohnt bin. Es ist nicht so, dass er unnatürlich gut bestückt ist, doch er hat auf jeden Fall mehr Umfang, als ich bisher in mir gespürt habe.

Jakob drückt mich nach hinten auf die Tischplatte und betrachtet mich mit Erstaunen.

„Hast du eine Ahnung, wie schön du bist?“

Wie jede Frau tue ich das als rhetorische Frage ab und antworte nicht darauf.

„Kannst du mich jetzt endlich ficken? Oder muss ich mich selbst darum kümmern?“

Nur zu willig greift er meinen nicht so dezenten Hinweis auf und legt sich meine Beine auf die Schultern. Fasziniert beobachte ich das Spiel seiner Bauchmuskeln, während er in mich stößt.

„Ich plane, mich sehr gut um dich zu kümmern, Katharina.“

Es entgeht ihm nicht, wie meine Hand zwischen meine Schenkel wandert und ich meine Klit massiere. Für einen Moment kneift er gequält die Augen zu, schiebt dann aber ungehalten meine Hand beiseite und ersetzt sie durch seinen Daumen. Er ist sehr geschickt und in keiner Weise unsicher.

Schon spüre ich die Vorboten meines Höhepunkts, dieses feine Prickeln, tief in meinem Innersten. Jakob kneift sanft in meine aufgestellten Brustwarzen.

„Als ich dich in diesem verfluchten Planschbecken gesehen habe, tropfnass, deine Unterwäsche durchsichtig, deine Nippel hart vom kühlen Wasser …“

Für einen Moment verliert er den Gedankengang, sein glasiger Blick ist auf meine Brüste gerichtet.

„Ich war noch nie so hart, wie an diesem Abend“, greift er den Gedanken wieder auf. Er küsst meine Unterschenkel und arbeitet sich zu meinen Füßen vor. Ich versuche, sie ihm zu entziehen, doch er hält meine Fußgelenke fest.

„Lass mich“, fordert er, und leckt über meinen großen Zeh, bevor er ihn komplett in seinem Mund verschwinden lässt. Jakob lässt seine Zunge um den Zeh gleiten. Das hat noch nie jemand bei mir gemacht und ich hätte nicht gedacht, dass es eine solche Wirkung hat. Was als feines Flattern anfängt, wächst zu einem erschütternden Höhepunkt. Seine Augen werden fast schwarz, während er mich dabei beobachtet, wie ich verzweifelt nach Halt suche. Schließlich hat er Gnade mit mir und lässt meinen Fuß los, um sich über mich zu beugen, damit ich mich an seinen Armen festhalten kann. Er nimmt einen Nippel zwischen die Lippen und saugt hart daran, was die letzten Wellen meines Höhepunkts noch intensiver macht.

Scheinbar ist er noch nicht fertig mit mir.

„An dem Abend habe ich mir drei Mal einen runtergeholt, und es war immer noch nicht genug. Was machst du mit mir, Katharina?", keucht er an meinem Hals.

„Ich mache gar nichts, Jakob. Du hast angefangen."

Meine Zunge an seiner Ohrmuschel lässt ihn noch weiter in mir anschwellen.

„Willst du in mir kommen?", wispere ich, denn er kann nicht mehr weit entfernt sein. Seine Stöße werden immer unregelmäßiger.

„Wenn ich dich jetzt in einem Bett hätte, dann würde ich auf deine niedlichen Titten kommen", stöhnt er durch zusammengebissene Zähne.

„Soll ich dir ein Geheimnis verraten?"

Jetzt kann er nur noch nicken.

„An dem Abend hätte ich dir gerne zugesehen. Ich liebe es, einem attraktiven Kerl beim Wichsen zuzuschauen."

Mit einem kehligen Stöhnen ergießt er sich in mir.

„Du hast ein dreckiges Mundwerk, Katharina. Das gefällt mir", sagt er, als er wieder zu Atem kommt. Er erhebt sich von mir und zieht seinen noch harten Schwanz aus mir heraus. Bevor ich eine Sauerei veranstalte, reicht er mir sein T-Shirt und deutet mir, mich damit abzuwischen.

Wer sagt, Ritterlichkeit sei ausgestorben?

„Dir ist schon bewusst, dass uns theoretisch jeder gesehen haben könnte?", bemerke ich mit einem Blick zur offenen Hinterhoftür. Dass ich mit seinem Shirt zwischen meinen Schenkeln immer noch auf dem Tisch sitze, macht die Situation nicht besser.

„Solange Ben uns nicht so gesehen hat", erwidert er mit einem Schulterzucken. „Der Rest interessiert mich nicht." Er schließt die Hose und fährt mit den Fingern durch seine verwuschelten Haare.

„Und wieso interessiert es dich, was Ben denkt?"

Verwundert sieht er mich an.

„Weil es dich interessiert, was Ben denkt. Und weil Ben zu jung ist, um so etwas zu sehen. Wobei er das bei seiner Schwester hoffentlich niemals sehen will."

Das macht Sinn. Auch wenn ich es nicht kenne, das Männer so weit denken.

Jakob reicht mir eine Hand und hilft mir, vom Tisch zu springen, den ich gleich erstmal gründlich reinigen muss. Grinsend bleibt er vor mir stehen und sieht mir dabei zu, wie ich mein Kleid richte.

„Auch wenn das hier gerade komplett falsch rum läuft, ich würde dich gerne zum Essen einladen."

„Ich hab dir gesagt, dass ich für so etwas keine Zeit habe."

Meine Ablehnung ist nur halbherzig und das spürt er auch.

„Das habe ich auch nicht. Trotzdem sehe ich hier gerade etwas, dass es wert sein könnte, sich die Zeit zu nehmen."

Meine „Es war nur Sex"-Antwort erstickt er mit einem Kuss.

„Gib mir einen Abend, Katharina. Wir müssen noch nicht mal ausgehen, obwohl ich dich gerne in ein Restaurant ausführen würde. Ich koche für dich, wenn du den Shop zu gemacht hast. Du musst wegen mir nicht früher schließen. Nur einen Abend."

Ich hebe meine Hand und streiche über seine ausgeprägten Wangenknochen. Wie könnte ich zu diesem Mann Nein sagen?

„Okay. Ich hab keine Ahnung, was ich hier tue. Aber okay."

„Gut." Jakob nickt zufrieden. „Aber jetzt lass ich dich in Ruhe arbeiten, damit deine Nacht nicht noch länger wird."

Er drückt mir einen zärtlichen Kuss auf die Schläfe und sammelt sein T-Shirt vom Boden auf.

„Suchst du wirklich eine Aushilfe?“

Mit einem Fuß in der Tür, dreht er sich noch einmal zu mir um.

„Ja. Auf jeden Fall. Aber ich brauche jemanden, auf den ich mich verlassen kann.“

„Dann schicke ich dir in den nächsten Tagen meine kleine Schwester vorbei, wenn dir das recht ist. Sie hat eine Tochter, die gerade in den Kindergarten gekommen ist, und macht jetzt ein Fernstudium. Aber sie würde gerne ein paar Stunden die Woche arbeiten. Trotz ihres studierten Bruders ist sie sich nicht zu schade, in einem Coffeeshop zu arbeiten.“

Jakob zwinkert mir zu und ich bin froh, dass er mir mein Geschwafel nicht übel genommen hat.

„Ja ja, schon klar. Ich habe es verstanden. Du kannst sie schicken. Wenn sie nicht zuverlässig ist, dann weiß ich ja, bei wem ich mich beschweren muss. Und jetzt schieb dein knackiges Hinterteil hier raus. Ich muss arbeiten.“

Mit nacktem Oberkörper verlässt Jakob die Backstube und schafft es gerade noch über den Hinterhof ins Haus, bevor die ersten Regentropfen fallen und mich ein lautes Donnern zusammenschrecken lässt.

4.

Fast hätte ich vergessen, wie tief und erholsam man nach gutem Sex schläft. Seit Monaten werde ich zum ersten Mal nicht vor dem Klingeln des Weckers wach. Sogar Ben ist schon aufgestanden, als ich in die Küche komme.

„Guten Morgen, Kurzer“, flöte ich und wuschele ihm durch den blonden Schopf, der mal wieder einen Schnitt vertragen könnte.

Ungehalten windet Ben sich aus meinem Griff und funkelt mich an.

„Du hast abartig gute Laune heute und ich bin schon seit einem halben Jahr größer als du.“

Mit grimmigem Gesicht widmet er sich wieder seiner Schüssel Cornflakes und geht dazu über, mich zu ignorieren.

„Und du bist so liebenswert und freundlich, dass es mir das Herz wärmt.“

Ich nehme mir ein Glas Orangensaft aus dem Kühlschrank und setze mich zu ihm an den Tisch.

„Was willst du, Kati?“

Entnervt sieht er von der Cornflakespackung auf, die scheinbar sehr interessante Lektüre darstellt.

„Ich wollte mich nur ein bisschen mit dir unterhalten.“

„Okay, wenn du unbedingt willst. Ich brauche neue Fußballschuhe.“

Nicht gerade das, was ich hören wollte.

„Sollen wir zusammen einkaufen oder möchtest du alleine gehen?“

„Ich gehe mit Stefan. Er braucht auch welche und sein großer Bruder bekommt Personalrabatt im Sportgeschäft.“

„Kommst du mit fünfzig Euro aus?“

Die Antwort kenne ich jetzt schon, doch man kann ja mal fragen.

Ben lacht höhnisch.

Ich liebe meinen Bruder, aber momentan könnte ich ihn permanent mit einem Klaps auf den Hinterkopf begrüßen. Seine pubertäre Arroganz ist extrem nervtötend.

„Versuchs mal mit Hundert", erwidert er schnippisch.

„Versuchs du es mal mit siebzig oder gar keinen neuen Schuhen. Ich habe keine Gelddruckmaschine."

Und ich hasse es, wenn ich wie ein Elternteil klingen muss, auch wenn ich das genaugenommen bin.

Bevor wir noch weiter aneinandergeraten, nehme ich meinen Saft und gehe auf die Terrasse. Seufzend stelle ich mich an die Brüstung und genieße den Ausblick, der bis zum Stadtwald reicht.

„Ich hätte nie gedacht, dass ich mal in die sechste Etage ziehe", begrüßt mich Jakobs dunkle Stimme.

Ich drehe mich nicht um, sonst könnte er mein Lächeln sehen.

„Warum nicht? Klingt zu sehr nach Plattenbau, statt dekadent großer Dachgeschosswohnung für einen Single, in einem Apartmenthaus in der Fußgängerzone?"

Direkt neben mir kann ich ihn spüren, unsere Arme berühren sich fast, unsere Beine sind nur durch eine hüfthohe Mauer getrennt.

„Wann hat dir eigentlich zum letzten Mal jemand den Hintern versohlt?"

Seine Worte fahren mir direkt ins Mark. Ich wage einen Blick zur Seite und sehe seine zuckenden Mundwinkel.

„Bisher noch niemand. Meine Eltern waren viel zu sehr auf sich selbst fixiert, um überhaupt so viel Gefühl für uns aufzubringen. Und meine Exfreunde waren devote, kleine Weicheier, die dachten, sie könnten sich direkt vom Hotel Mama bei mir ins gemachte Nest setzen."

Jakob wirft einen Blick in meine Wohnung und traut sich dann, mir kurz über die Wange zu streicheln.

„Du stehst ganz schön unter Strom, Katharina. Was kann ich für dich tun?"

„Nichts, Jakob. Musst du nicht zur Arbeit?"

„In vier Stunden. Was kann ich für dich tun?"

„Falls es Pillen gegen die Pubertät gibt, könntest du mir die besorgen. Ansonsten kannst du nichts für mich tun, wofür ich jetzt noch Zeit habe."

Für einen Moment gönne ich mir den Blick in sein offenes, warmes und so hübsches Gesicht.

„Ich muss duschen", sage ich, und wende mich ab, um auf wackligen Knien in meine Wohnung zu gehen.

Er hat mich gefragt, was er für mich tun kann. Für mich. Ich bin mir nicht sicher, ob mir jemals jemand diese Frage gestellt und es auch so gemeint hat.

Ich liebe Steffi. Für alles, was sie für uns getan hat und immer noch tut, aber gerade geht sie mir schwer auf den Zeiger. Jakobs Schwester Daniela war vor einer Stunde hier und hat sich um die Stelle beworben. Da nichts gegen sie spricht, habe ich sie für drei Vormittage in der Woche eingestellt. Natürlich wollte Steffi wissen, woher sie kommt, weil wir noch nicht mal ein Stellenangebot inseriert haben.

„Du hast mit unserem neuen Nachbarn gesprochen?", löchert sie mich.

„Ja, habe ich. Wir teilen uns eine Etage. Natürlich kommt man da ins Gespräch."

Ich will mich in die Backstube verziehen, damit ich an meinem kleinen Schreibtisch ein paar Rechnungen bezahlen und etwas durchatmen kann, doch Steffi folgt mir auf dem Fuß.

„Erzähl! Wie ist er so?“

Er ist witzig, liebevoll, aufmerksam und ein verflucht guter Fick. Aber das sage ich ihr natürlich nicht. Das sollte ich noch nicht mal denken. Er ist außerdem zu alt für mich. Theoretisch. Meine Klit ist da ganz anderer Meinung. Die fängt nur beim kleinsten Gedanken an gestern Abend wieder an zu pochen.

„Er ist nett“, sage ich knapp. „Hast du keine Kundschaft?“

„Die ist für den Moment versorgt“, winkt sie ab. „Meinst du, er ist gut im Bett?“

Ich weiß nicht, wie er im Bett ist, aber auf dem Tisch war er unvergesslich.

„Geh arbeiten, Steffi. Ich bin nicht in der Stimmung für Sextalk.“

Darüber zu reden, lässt mich nur viel zu sehr auf eine Wiederholung hoffen.

Nicht dass ich besonders darauf geachtet hätte, aber ich weiß, dass Jakob noch nicht Zuhause ist, als ich den Laden am Abend abschließe. Keine Ahnung, wie seine Arbeitszeiten genau aussehen. Es geht mich ja auch nichts an.

Dennoch will ich ihm eine kleine Freude machen. Ich habe ihm zwei Stücke Schokoladenkuchen in eine Schachtel gepackt und will sie gerade vor seiner Wohnungstür abstellen, als der Aufzug hinter mir aufgeht. Mit einem anderen Mann im Schlepptau tritt er in den Flur. Er sieht mich nicht, weil er eine lebhafte Unterhaltung mit ausschweifenden

Handbewegungen führt, die es wohl nötig macht, rückwärts vor dem Mann herzulaufen. Der GQ-Model-Verschnitt im Designeranzug, der sich in seiner Begleitung befindet, fängt meinen Blick auf und grinst. Als Jakob bemerkt, dass er nicht mehr seine volle Aufmerksamkeit hat, dreht er sich ruckartig um. Er trägt noch seine Krankenhauskleidung und bricht in ein Lächeln aus, dass sein gesamtes Gesicht einnimmt.

„Katharina“, ruft er und geht mit langen Schritten auf mich zu. Für einen Moment bleibt er unsicher vor mir stehen, lässt dann aber alle Bedenken sausen und schließt mich in seine Arme. Liebevoll küsst er mich aufs Haar, und obwohl mich ein kurzzeitiger Fluchtreflex überkommt, lasse ich ihn gewähren.

„Was machst du hier?“

Verwundert sieht er auf mich runter und ignoriert seinen Begleiter, als wären wir völlig alleine. Er riecht nach Krankenhaus, aber trotzdem kann ich immer noch seinen Geruch darunter wahrnehmen.

„Ich hab den Shop abgeschlossen und wollte dir noch einen kleinen Mitternachtssnack zukommen lassen“, sage ich und deute dabei auf die Schachtel auf seiner Fußmatte.

Vorsichtig drehe ich mich aus seiner Umarmung und mache einen Schritt zurück.

„Der gute Jakob kann manchmal etwas überwältigend sein“, bemerkt sein Begleiter mit einem überheblichen Grinsen, das ihn irgendwie nur attraktiver macht.

„So kann man es auch nennen.“

Ohne Scheu kommt er auf mich zu und streckt mir seine Hand entgegen.

„Wenn mein Freund nicht den Anstand hat, dann muss ich es wohl selbst machen. Paul. Jakobs bester Freund seit dem

Kindergarten. Und du musst Katharina sein. Die Frau, von der er seit seinem Einzug ohne Unterbrechung spricht.“

Eine unangenehme Hitze ergreift spürbar Besitz von meinen Wangen. Schüchtern nehme ich seine Hand und nicke ihm zu, nicht in der Lage, mich wie ein Erwachsener zu artikulieren.

„Eine Frau, die noch erröten kann. Ich mag das.“

Galant beugt er sich vor und küsst meinen Handrücken.

„Samstag, Katharina. Hast du da Zeit für mich?“, fragt Jakob und reißt mich damit aus der Trance, die Paul mir verpasst hat.

Ich habe das Gefühl, ich muss mich kneifen. So viel männliche Aufmerksamkeit ist mehr als ich verkraften kann.

„Du kannst aber auch gerne noch mit reinkommen“, fügt er hinzu und öffnet seine Tür.

„Nein danke. Ich muss ins Bett. Langer Tag und eine kurze, vorherige Nacht. Aber Samstag geht klar.“

Mir ist das gerade eine Portion Testosteron zuviel. Jakobs schelmisches Grinsen verrät, dass er genau weiß, warum meine Nacht so kurz war. Schließlich war er dabei.

„Gute Nacht, Jakob. Paul.“ Kurz nicke ich den beiden zu und flüchte in meine Wohnung.

Was passiert hier gerade? Bin ich sexuell so ausgehungert oder ist in den letzten Wochen irgendwo ein Glas voll heißer Kerle aufgegangen? Für einen Moment bleibe ich hinter der Haustür stehen, um erst einmal tief durchzuatmen, bevor ich ins Wohnzimmer gehe, wo Ben mal wieder vor dem Fernseher eingeschlafen ist. Es müsste mich ärgern, aber heute habe ich nicht mehr die Energie dazu.

Vorsichtig setze ich mich ans Fußende und beobachte ihn. Wenn er schläft, dann sieht er immer noch so sehr aus, wie das Baby, dass er damals noch war, als unsere Mutter starb.

Ich schalte den Fernseher aus und rüttele ihn sanft wach.

„Geh schlafen, Benny. Es ist spät", flüstere ich. Er öffnet kaum die Augen, als er sich aufsetzt und gleich ins Bett schlurft.

Obwohl ich mich auch dringend hinlegen sollte, gönne ich mir noch halbes Glas Wein auf der Terrasse. Ich hätte es ahnen sollen, dass ich nicht lange alleine bleibe.

„Wolltest du nicht ins Bett?"

Es ist Paul, nicht Jakob. Er zündet sich eine Zigarette an und sieht in den sternenklaren Nachthimmel. Sakko und Krawatte hat er abgelegt. Nur im grauen Hemd, mit zwei geöffneten Knöpfen, und seiner Anzughose, sieht er noch besser aus. Der eng anliegende Stoff seines Hemds betont seinen schlanken aber durchtrainierten Körper. Er ist schmaler als Jakob, dafür aber noch ein Stück größer. Und Jakob ist schon auf der sehr großen Seite.

„Ich muss noch ein bisschen runterfahren und dann kann ich auch schlafen."

Damit ich ihn nicht anstarre, nippe ich konzentriert an meinem Wein. Das ist lächerlich.

„Jakob ist ein feiner Kerl. Ich wollte dir das nur sagen."

Träge lässt er den Rauch seiner Zigarette zwischen den Lippen entweichen.

„Danke, Paul. Wir werden sehen, was passiert."

Mein Wein schmeckt mir nicht mehr. Ich stehe auf und will gerade nach drinnen gehen, als Paul mich aufhält.

„Katharina?"

„Ja, Paul?"

Damit ich ihm nicht in die Augen schauen muss, sehe ich auf seine hellbraunen Haare.

„Du bist noch hübscher, als er dich beschrieben hat. Es

wundert mich nicht, dass er von diesen Lippen fantasiert."

Schockiert starre ich ihn an.

„Findest du das angemessen?", frage ich.

Paul zuckt mit den Schultern.

„Dass ich etwas sehe, was mir gefällt und es offen ausspreche? Ja, Katharina. Das finde ich vollkommen angemessen."

Wie ich darauf reagieren soll, ist mir schleierhaft. Eine plausible Reaktion wäre wohl, meinen Wein auf sein Hemd zu schütten und ihn ein Arschloch zu nennen. Irgendetwas hält mich jedoch davon ab, denn es stört mich nicht so sehr, wie es eigentlich sollte.

„Gute Nacht, Paul", flüstere ich und wende mich von ihm ab. Sein heiseres Lachen begleitet mich in meine Wohnung und wird nur durch das Schließen der Terrassentür abgeschnitten.

5.

Es fühlt sich wie ein Date an und das ist es wahrscheinlich auch. Ich bin froh, dass Ben heute bei Stefan schläft und ich mir keine Ausrede einfallen lassen muss. Mein Bruder interessiert sich zwar nicht sonderlich für meine Freizeitgestaltung, aber da ich immer nur im Shop oder Zuhause bin, würde es ihm doch auffallen.

Mit einer Schachtel voller Cupcakes, die kein Überbleibsel des Tages sind, sondern nur für diesen Abend von mir gebacken wurden, stehe ich vor Jakobs Tür.

Der Shop schließt gerade, doch Steffi hat die letzten zwei Stunden für mich übernommen, damit ich Zeit habe, mich aufzuhübschen. Es hat nicht lange gedauert, bis sie herausgefunden hat, dass Jakob etwas für mich übrig hat. Da er dazu übergegangen ist, jeden Morgen im Coffeeshop zu frühstücken, war das auch nicht schwer. Heute Morgen war er wieder in Begleitung von Paul, der ein professioneller Flirter ist und Steffi und mich mehr als einmal in Verlegenheit gebracht hat.

Ich will gerade die Hand heben, um zu klingeln, da öffnet Jakob schon die Tür.

„Katharina“, ist alles, was er sagt, bevor er mich fest in seine Arme schließt. Ich schaffe es gerade noch, die Cupcakes in Sicherheit zu bringen, damit er sie nicht zwischen uns zerdrückt. Jakob besteht immer noch auf meinen vollen Namen, und aus seinem Mund klingt es so richtig. Wie eine Liebkosung.

„Komm rein. Möchtest du ein Glas Wein? Ich hab auch Bier oder etwas Stärkeres.“

Er will mich gleich ins Wohnzimmer schieben, aber ich

bleibe auf der Stelle stehen.

„Was ist?“ Stirnrunzelnd sieht er auf mich runter.

„Deine Umarmungen sind sehr nett, aber ich brauche etwas mehr.“

„Ist das so?“

Sein schelmisches Grinsen ist ein Anblick, an den ich mich gewöhnen könnte.

Am Nacken ziehe ich ihn zu mir und drücke meine Lippen auf seinen warmen Mund. Seine Hände wandern zu meinem Hintern, der von dem dünnen Stoff meiner Leinenhose bedeckt wird.

„Dieses Mal mit Höschen?“, wispert er in mein Ohr.

„Das musst du schon selbst rausfinden. Aber jetzt fütter mich.“

Ich kann nicht widerstehen und streife mit dem Handrücken über die Beule in seinem Schritt.

Jakob hält mich davon ab, mich aus seinem Griff zu drehen.

„Ich muss dir was sagen.“

Seine Stimmung schlägt so plötzlich um, es muss etwas sehr Ernstes sein.

„Was ist es?“

Da ich nicht weiß, ob ich danach noch von ihm angefasst werden möchte, trete ich einen Schritt zurück.

„So schlimm ist es nicht, Katharina. Ich will es nur vorher klarstellen. Fairerweise hätte ich dir das schon vor einer Woche sagen sollen, doch irgendwie ist es da mit uns durchgegangen. Also ..., ich war schon einmal verheiratet und ich habe eine zweijährige Tochter.“

Verunsichert greift er nach meinen Händen und wartet auf eine Reaktion in meiner unbewegten Miene.

„Das ist alles?“

Meine Befürchtungen waren wesentlich farbenprächtiger, wie zum Beispiel eine Vorstrafe oder ein Windelfetisch.

„In groben Zügen, ja. Keine weiteren Leichen im Keller."

Zum Glück habe ich diese Phrase schon oft genug gehört, um nicht mehr darauf zu reagieren. Auch wenn mir immer noch übel wird, lasse ich mir nichts anmerken.

„Wenn das alles ist, dann können wir ja jetzt essen. Anschließend erzählst du mir von deinem kleinen Mädchen."

Nie hätte ich erwartet, dass ein Mann in seinem Alter ohne eine Vorgeschichte kommt. Es ist ja auch nicht so, als wäre ich unbelastet.

Erleichtert stößt Jakob die Luft aus und führt mich in die Küche, wo es schon so gut nach Chili riecht, dass mir das Wasser im Mund zusammenläuft.

Der Abend mit ihm zeigt mir deutlich, wie wenig man über den ersten Eindruck eines Menschen herausbekommt. Dieser Mann spricht mit einer Leidenschaft über seinen Beruf, wie ich es noch nie erlebt habe. Nach dem Abendessen haben wir uns für den Nachttisch ins Wohnzimmer zurückgezogen.

Ich wusste vorher nicht, dass er Chirurg in der Pädiatrie ist. Zwar liebt er seinen Job im Krankenhaus, steigt aber in ein paar Wochen bei seinem Freund Paul in der Praxis ein, wo er ambulante Eingriffe vornehmen wird.

„Hast du das gelernt?" Er zeigt auf den Vanillecupcake in seiner Hand und nimmt einen großen Bissen von der süßen Köstlichkeit. Völlig fasziniert beobachte ich, wie er seinen kleinen Buttercremebart von der Oberlippe leckt.

„Ich bin gelernte Bäckerin, ja. Das habe ich gerade noch hinbekommen, bevor meine Lebensplanung etwas durcheinandergewirbelt wurde."

„Wie sah diese Planung denn aus?“

„Eigentlich wollte ich nach meiner Ausbildung noch eine weitere zur Konditorin machen. Meine Mutter ist zwei Tage nach meiner Abschlussprüfung gestorben. Danach hatte ich dann erst mal andere Sorgen.“

Jakob schiebt sich den Rest vom Cupcake in den Mund und zieht mich auf seinen Schoß.

„Was war mit deinem Vater?“, fragt er.

Er wird es sowieso irgendwie erfahren, denn die meisten Bewohner des Hauses wissen, was damals passiert ist.

„Du willst wirklich den ganzen Mist hören?“

Jakob spürt, dass ich wieder von seinem Schoß rutschen möchte und hält mich umso fester.

„Natürlich möchte ich das, aber nur wenn du es erzählen möchtest. Und nur, wenn du mir nicht abhaust.“

Vielleicht bereue ich es bald, mich so zu öffnen, doch es ist ja nicht so, als wäre es meine Schuld, dass mein Vater den einfachen Ausweg gewählt hat.

„Okay.“ Meine Arme um seine Schultern geschlungen, gönne ich mir seine Nähe, die er so ungewohnt großzügig gibt.

„Mein Vater war nie die einfachste Person. Er war immer sehr in sich gekehrt. Meine Mutter war eigentlich die einzige Person, die an ihn ran kam. Ihre Brustkrebsdiagnose wurde drei Wochen nach Bens Entbindung gestellt. Sie hat sofort abgestillt und sich den ganzen Prozeduren unterzogen. Operationen, Chemo und was weiß ich noch. Ab dem Moment ist mein Vater jeden Tag mehr abgerutscht. Er hat immer schon viel getrunken, aber ich habe es nie als großes Problem betrachtet, weil er weiter seinem Job nachgegangen ist und längere Phasen ohne Alkohol hatte. Ich war erst 15 damals und vielleicht etwas naiv. Seit der Diagnose hat er sich beinahe jeden Tag betrunken und ist nur noch unregelmäßig zur Arbeit gegangen, bis er schließlich seinen Job verloren hat."

„Und du hast dich um Ben gekümmert", stellt er fest.

„Meine Mutter war kaum in der Lage, sich um sich selbst zu kümmern. Ich war diejenige, die mit ihr zur Therapie gefahren ist und ihr anschließend die Haare gehalten hat, wenn sie sich die Eingeweide rausgekotzt hat. Natürlich nur, solange sie ihre Haare noch hatte."

Trotz der acht Jahre Abstand zu dem ganzen Drama, muss ich mich einen Moment sammeln, denn ich will wirklich nicht vor Jakob heulen.

„Ehrlich gesagt, ich weiß bis heute nicht, wie ich es geschafft habe, in der Zeit noch meine Ausbildung zu Ende zu bringen. Ben war mit einem halben Jahr schon den ganzen Tag in der Betreuung, da niemand da war, der sich hätte kümmern können. Zwischendurch hatte meine Mutter noch Phasen, wo es ihr etwas besser ging. Da hat sie ihn dann natürlich betreut. Aber genau genommen bin ich diejenige, die ihn großgezogen hat."

„Und dann? Wo war dein Vater in diesem Bild?"

„Meistens geistig abwesend und sehr betrunken. Ich kann ihm nur zugute halten, dass er uns in der ganzen Zeit nicht mit irgendwelchen besoffenen Eskapaden belastet hat. Er war körperlich anwesend, aber nicht für uns da."

Jakob streichelt mir beruhigend über den Rücken, doch ich wünschte, er würde es nicht tun. Das macht es nur schwerer, die Tränen zurückzuhalten.

„Das ist mehr Verantwortung, als man in diesem Alter tragen sollte."

„Hätte ich Ben hängen lassen sollen? Er konnte doch nichts dafür."

„Natürlich nicht. Gab es denn sonst keine Verwandten mehr, die dich unterstützt hätten."

„Es gibt noch ein paar Tanten und Onkel, aber die waren alle schon zu alt, um eine Hilfe sein zu können. Steffi und Matthias haben mir allerdings immer sehr geholfen, und tun es jetzt noch. Ohne die beiden wäre ich aufgeschmissen gewesen."

„Du musst mir darauf nicht antworten, Katharina. Aber wie ist dein Vater gestorben?"

„Willst du das wirklich wissen? Ich dachte, dass hier würde nur ein bisschen Spaß zwischen uns beiden. Du weißt, dass ich keine Zeit für eine Beziehung habe. Deswegen musst du dir diesen ernsten Kram nicht antun."

„Schwachsinn."

Er nimmt mein Kinn und dreht meinen Kopf, damit ich ihn ansehe.

„Ich weiß nicht, was das hier ist. Aber ich würde es gerne rausfinden. Zeitmangel ist nur eine schlechte Ausrede. Ich bin zu alt für Spielchen und ich habe kein Interesse an einer losen Affäre."

Es könnte so einfach sein, sich in seiner offenen und ehrlichen Art zu verlieren.

„Was willst du hören, Jakob? Noch mehr Verantwortung in Form einer Beziehung verkrafte ich nicht. Ich hab es ein paar Mal versucht, aber es ist einfach zuviel."

„Wenn du eine Beziehung als Belastung betrachtest, Katharina, dann hattest du nie die richtigen Männer. Ich brauche keine Frau, die mir die Wäsche macht oder essen kocht. Das kann ich sehr gut alleine. Was mir fehlt, ist jemand, bei dem ich mich nach einem stressigen Tag einfach fallen lassen kann. Natürlich lädt man dann auch mal seinen Ballast ab, aber solange das auf Gegenseitigkeit beruht, ist das doch etwas Gutes. Ich will nur hören, dass du der Sache hier eine Chance gibst."

Auch wenn es nicht meine Schuld ist, kann ihn nicht ansehen, wenn ich das ausspreche, denn ich schäme mich dafür.

„Mein Vater hat sich am Tag der Beerdigung meiner Mutter umgebracht."

Jakob sagt nichts und ich kann mich nicht dazu überwinden, den ersten Schritt zu machen. Die Stille wird für mich schnell unerträglich und für einen Moment erwäge ich die Möglichkeit, einfach zu gehen und ihm die mitleidigen Kommentare zu ersparen. Stattdessen bricht es einfach aus mir heraus. Die Horrorgeschichte, die damals die ganze Nachbarschaft mitbekommen hat.

„Er ist an dem Tag einfach verschwunden, aber es war nicht das erste Mal, dass er für einen Tag oder auch zwei abgehauen ist. Ich habe gedacht, dass er einfach ein bisschen Zeit braucht, um Mamas Tod zu verarbeiten. Nach drei Tagen habe ich eine Vermisstenanzeige erstattet."

Bevor ich weiter reden kann, nehme ich mein Weinglas vom Tisch und leere es in einem Zug.

„Am selben Abend bin ich in den Keller gegangen. Ich weiß selbst nicht mehr, warum."

Jakob nimmt meine Hand.

„Du musst nicht weiter reden, Katharina."

Doch, das muss ich. Jetzt kann ich nicht mehr zurück.

„Er hat sich in unserem Kellerabteil aufgehängt und hing da schon seit drei Tagen. Ich bin so froh, dass Ben es nicht gesehen hat, auch wenn er noch klein war und sich vielleicht nicht mehr erinnern könnte."

Leider kann ich es immer noch, als wäre es gestern passiert. Jakob zeigt genug Feingefühl, um nicht weiter auf das Thema einzugehen. Für eine Weile fragt er mich noch darüber aus, wie ich das Leben alleine mit meinem Bruder organisiert habe, doch den Selbstmord meines Vaters spricht er glücklicherweise nicht mehr an.

Später ziehen wir uns mit einem Fotoalbum seiner Tochter auf die Terrasse zurück, die er inzwischen mit Korbmöbeln und ein paar Kübelpflanzen bestückt hat.

„Erzähl mir von ihr!"

Bei meiner Forderung hellt sein ganzes Gesicht auf.

„Sie ist alles für mich."

„Darf ich?" Behutsam nehme ich das Album, um die erste Seite aufzuschlagen.

Jakob nickt mir zu und erzählt mir von der Liebe seines Lebens.

„Ihr Name ist Eliana. Leider sehe ich sie viel zu selten und das wird wohl auch erst mal so bleiben. Aber in drei Wochen fliege ich endlich für eine Woche zu ihr."

„Wo lebt sie denn?"

Auf den ersten Fotos ist sie noch ein Neugeborenes mit dichtem, dunklen Haarschopf. Einige Bilder mit Jakob, sowie einer Frau, die wohl Elianas Mutter ist, sind auch dabei. Ein wenig fühlt es sich an, als würde ich in ihre Privatsphäre eindringen.

„Meine Exfrau ist mit ihrem neuen Mann und meiner Tochter nach Japan gegangen, da er dort einen Job angetreten hat."

„Eliana ist zwei Jahre alt, hast du gesagt. Wie lange seit ihr denn schon geschieden?"

„Seit drei Jahren."

Jakob beobachtet mich und wartet darauf, dass ich diese Information realisiere.

„Oh." Etwas Intelligenteres fällt mir gerade nicht ein.

„Ich bin nicht stolz drauf. Meine Exfrau und ich haben uns nicht im Bösen getrennt und hatten unsere sehr eigene Scheidungsfeier. Es war dumm und hätte nicht passieren dürfen, aber ich würde Eliana für nichts auf der Welt hergeben."

Das scheint der Abend der Geständnisse, mit einem Mann, den ich kaum kenne.

„Liebst du sie noch?"

Jakob nimmt mir das Fotoalbum ab, klappt es zu und legt es beiseite.

„Ich liebe sie für das, was sie ist, die Mutter meiner Tochter. Aber darüber hinaus habe ich schon lange keine Gefühle mehr für sie."

Er nimmt meine Hand und drückt einen Kuss auf mein inneres Handgelenk, während er zu mir aufsieht.

„Kann ich dich jetzt endlich haben, Katharina? Den ganzen Abend denke ich an nicht anderes, als was unter diesen Klamotten ist, wie deine Pussy schmeckt und wann ich endlich wieder in dir sein kann."

Mit offenem Mund und geröteten Wangen starre ich ihn an. So hat noch nie jemand mit mir gesprochen.

„Du musst mir schon antworten."

„Hast du ein Bett?"

Sehr schlaue Frage, doch mehr bekomme ich gerade nicht zusammen.

„Tatsächlich habe ich das noch nicht“, bemerkt er mit einem Grinsen.

„Aber ich hoffe, du bist auch mit einer großen Matratze auf dem Boden zufrieden.“

6.

Ich bin nicht völlig unerfahren, doch durch die Verantwortung für Ben hatte ich nicht soviel Zeit für Männer, wie die meisten Frauen in meinem Alter. Seit zwei Jahren bin ich Single und ich könnte nicht sagen, dass ich etwas vermisst habe. Bisher hat es sich auch nie so angefühlt. So intensiv. Ich wollte es mir nicht eingestehen, doch in der Woche seit unserem ersten Sex habe ich wirklich gelitten, weil es mir gefehlt hat. Es und er hat mir gefehlt.

Jakob sitzt auf der Matratze in seinem Schlafzimmer und beobachtet meinen inneren Monolog, während er darauf wartet, dass ich zu ihm komme.

„Willst du es erst in deinem Kopf zerreden oder soll ich deine Zweifel beseitigen?"

Lächelnd streckt er eine Hand nach mir aus. Mehr als willig lasse ich mich rittlings auf seinen Schoß ziehen.

„Zweifelbeseitigung klingt vielversprechend."

Ich greife nach seinem Shirt und ziehe es ihm über den Kopf.

„Paul hat gesagt, du fantasierst von meinen Lippen", wispere ich zwischen unseren Mündern und lecke über seine Oberlippe.

„Paul sagt das?"

Sein warmer Mund streift über die sensible Haut hinter meinem Ohr. Sein Lächeln streichelt meine Wange.

„Hat er. Du scheinst ihm ja einiges zu erzählen."

Jakob dreht sich mit mir um und schiebt sich zwischen meine Schenkel.

„Paul ist mein bester Freund und das ist in unserem Fall nicht bloß eine leere Floskel. Ich erzähle ihm alles, solange du mich nicht ausdrücklich darum bittest, es nicht zu tun."

Seine Lippen sind jetzt auf meinem Schlüsselbein und wandern immer tiefer. Er schiebt mein Oberteil hoch und streichelt über meinen Bauch.

„Erzähl mir von deiner Fantasie, Jakob!"

„Nur wenn du mir versprichst, dich nie dazu gedrängt zu fühlen."

„Sag schon."

Mit einem Griff in seine Haare ziehe ich seinen Kopf leicht nach hinten. Jakob nutzt den Moment, mein Shirt ganz hoch zu schieben. Wegen meiner mageren Oberweite trage ich selten einen BH, was ihm sofortigen Zugriff ermöglicht. Er lässt die Zunge um einen Nippel kreisen, um dann daran zu saugen. Reflexartig schiebe ich ihm meine Hüften entgegen.

„Jeden verfluchten Tag, seit ich dich zum ersten Mal gesehen habe, werde ich meine Morgenlatte nicht mehr nur mit gutem Willen los."

Er wechselt die Seite und kümmert sich um den vernachlässigten Nippel. Auf dem Weg zu meinem Mund zieht er mein Shirt mit über den Kopf.

„Ich gehe unter die Dusche und stelle mich unter den warmen Duschstrahl. Wenn ich meinen harten Schwanz in die Hand nehme, dann stelle ich mir vor, es wären deine Lippen, die sich darum schließen. Du hast so wunderschöne Lippen, so voll und sinnlich."

Mein Aufkeuchen schluckt er, als er meine Zunge mit seiner massiert. Er reibt seine Erektion an meinem Venushügel, nur durch den Stoff unserer Hosen getrennt. Schon spüre ich die sich ansammelnde Feuchtigkeit zwischen meinen Schenkeln.

Jakob sieht mich verwirrt an, als ich die Schleife meiner Leinenhose löse und mit der Hand unter das Bündchen schlüpfe. Nicht ganz unabsichtlich streife ich dabei auch über seinen Schritt. Obwohl es nur mein eigener Finger ist, stöhne ich auf, als ich durch meine feuchte Spalte fahre.

Mit einer Hand stützt er sich ab und beobachtet jede meiner Bewegungen. Ich ziehe meine Hand wieder aus der Hose und nehme den benetzen Finger zwischen meine Lippen. Das legt bei ihm wohl so etwas wie einen Schalter um, denn er hält mein Handgelenk fest und drückt seinen Mund auf meinen, noch während ich meinen Finger ablutsche.

„Das ist für mich", knurrt er. „Ich brauche mehr."

Mit einem Ruck setzt er sich auf, zieht mir die Hose über die Hüften und spreizt meine Schenkel. Er öffnet die obersten beiden Knöpfe seiner Jeans, doch den Rest lässt er leider noch geschlossen.

„Das ist unfair", jammere ich und versuche, mich aufzusetzen, um ihm aus der Hose zu helfen, doch er drückt mich sofort wieder aufs Bett.

„Liegen bleiben, Katharina."

Keine Bitte, eine Forderung. So gefällt mir das. Ich verschränke die Arme hinter dem Kopf und sehe zu ihm auf.

„Was machst du nur mit mir?", fragt er kopfschüttelnd, doch es klingt mehr nach einem Selbstgespräch.

„Erklärst du mir deine Tattoos?"

„Nicht jetzt."

Eine Spur Verzweiflung schwingt in seiner Stimme mit, als er an meine Hüften fasst und mich im Bett nach oben schiebt. Sofort presst er seinen Mund auf meine Klit und lässt zaghaft seine Zunge kreisen. Ich hebe ihm mein Becken entgegen, denn das ist nicht genug. Jakob greift die Signale meines Körpers auf und spreizt mich mit den Fingern, um besseren Zugang zu bekommen.

„Gott, schmeckst du gut.“ Mit flacher Zunge leckt er über das kleine Nervenbündel und spürt schon die Zuckungen eines nahenden Höhepunkts, als er zwei Finger in mich schiebt.

„Willst du kommen, Katharina?“

Vorsichtig bewegt er seine Finger in mir und lässt mich immer wieder seine Zunge spüren, doch nie lange genug.

„Mit dir“, keuche ich und versuche, ihn hochzuziehen. Jakob streift sich hastig die Hose und Boxershorts ab und kniet sich gleich wieder zwischen meine Schenkel. Mein ganzer Körper ist wie ein Bogen gespannt, nur noch eine kleine Berührung und ich kann loslassen. Ich sehe ihn hart vor mir, die Eichel geschwollen und in Vorfreude glänzend und kann nicht anders, als mir über die Lippen zu lecken.

„Genau das meine ich“, bemerkt Jakob gequält und streift mit dem Daumen über meine Unterlippe.

„Das habe ich mir vorgestellt. Zwischen diese Lippen will ich.“

„Bald, Jakob. Versprochen. Aber jetzt will ich dich in mir haben.“

Ich will nach ihm greifen, doch er schüttelt den Kopf und dreht mich auf den Bauch. Eigentlich bin ich kein großer Fan dieser Stellung, weil es so etwas Distanziertes hat, aber ich spüre sofort Jakobs warme Haut an meinem Rücken und seine Lippen an meinem Ohr.

„Heb den Po an, Katharina.“

Nur zu willig folge ich seiner Aufforderung und schiebe ihn dadurch ein paar Millimeter in mich. Gerade schafft er es noch, mir ein Kissen unter dem Becken zu platzieren, bevor er mit seiner gesamten Länge in mich gleitet.

Jakob ist nicht distanziert. Er küsst meinen Hals und meinen

Nacken, während er sich träge in mir bewegt, doch ich brauche nur wenige Stöße, um über die Klippe zu stürzen und unter ihm zu zerfallen. Leise murmelt er Worte in meine Haare, die ich nicht verstehe und auf die ich mich jetzt auch nicht konzentrieren kann.

„Jakob“, wimmere ich unter ihm und kralle mich ins Bettlaken. Er steigert geringfügig das Tempo und schiebt eine Hand unter meinen Körper, um meinen Kitzler zu massieren. Ein zweites Mal komme ich und reiße ihn gleich mit. Er scheint selbst überrascht, als er in mir pulsiert.

„Fuck!“, flucht er leise und ringt um Atem. Zärtlich küsst er meine Wange, meinen Mundwinkel und jeden Zentimeter meines Gesichts, den er erreichen kann, den ich bin nicht in der Lage den Kopf zu heben. Langsam rutscht er aus mir heraus und rollt sich mit mir auf die Seite.

„Warum nennst du mich Katharina?“, flüstere ich, völlig entspannt und sicher in seinen Armen.

„Das ist doch dein Name, oder?“

Träge drehe ich mich zu ihm, damit ich ihn ansehen kann.

„Jeder nennt mich nur Kati.“

„Ich mag Katharina. Stört es dich?“

„Nein, gar nicht. Es ist nur ungewohnt. Aber ich mag, wie du es sagst.“

Jakob küsst mich auf die Stirn und zieht mich wieder an sich.

„Wann kommt Ben nach Hause? Ich möchte gerne, dass du bleibst.“

„Frühestens morgen Mittag. Bist du sicher?“

„Natürlich bin ich sicher. Wie kann ich nicht sicher sein?“

Nur weil wir Sex hatten, soll er sich nicht verpflichtet fühlen.

„Ich hab es nicht weit nach Hause.“

Jakob rollt sich auf mich und presst mich in die Matratze.

„Ich möchte, dass du mit mir frühstückst."

„Und wenn ich es nicht tue?"

„Dann lasse ich dich gehen. Hör zu, Katharina. Ich werde dich zu nichts drängen, was du nicht willst. Aber du solltest dir schon klar werden, was du eigentlich willst."

„Ich will bleiben."

Leider ist es nicht immer so einfach. Es spielt selten eine Rolle, was ich eigentlich will.

Zufrieden mit meiner Antwort, springt Jakob auf und zieht mich vom Bett hoch.

„Dann ab unter die Dusche mit dir."

7.

Neben Jakob zu schlafen ist ein wenig anstrengend. Die ganze Nacht liegt er halb über mir, als wollte er sichergehen, dass ich nicht abhaue, und gibt dabei eine unwahrscheinliche Körperwärme ab. Doch jetzt werde ich wach, weil ich friere, denn der Doktor hat mir die Decke geklaut und sich damit ans andere Ende des Bettes verzogen. Dabei hält er sie nur zwischen seinen Beinen eingeklemmt und bedeckt keinen Millimeter seines ansehnlichen Hinterteils.

Ich strecke die Finger nach seinem Oberarmtattoo aus, das sich bis über die linke Schulter erstreckt, und fühle die Konturen unter meinen Fingerspitzen. Noch halb im Schlaf, dreht sich Jakob zu mir und zieht mich an sich, ohne die Augen zu öffnen.

„Morgen", murmelt er und presst eine beachtliche Erektion an meinen nackten Bauch.

„Guten Morgen. Jemand ist schon aufgestanden."

Ich fasse zwischen uns und nehme seinen harten Schwanz in die Hand.

„Hmmm…", seufzt er. „Ich bin auch fast wach."

Mit geschlossenen Augen schiebt er sich über mich und lässt seine Lippen über meinen Hals wandern. Er nimmt meine Hände und hält sie über meinem Kopf fest.

„Du bist kalt", bemerkt er und leckt über einen harten Nippel.

„Das könnte daran liegen, dass du einen ziemlichen Besitzanspruch auf deine Decke erhebst."

Jakob lässt meine Hände wieder frei und verteilt feuchte Küsse auf meinem Bauch. Mit den Fingern fahre ich durch seinen verwuschelten, schwarzen Haarschopf und beobachte, was er da macht. Er lässt einen Finger durch meine Spalte gleiten und stellt grinsend fest, dass ich schon nass bin. Bevor er mit dem Kopf zwischen meinen Schenkeln verschwinden kann, ziehe ich ihn wieder zu mir.

„Was ist los? Magst du das nicht?"

„Hat es sich letzte Nacht so angehört, als würde mir das nicht gefallen?"

Ich schlinge meine Beine um seine Hüften und drehe mich mit ihm um. Während ich auf seinen Oberschenkeln sitze, reibe ich ihn zwischen meinen Schamlippen.

„Aber vielleicht kann ich ja ein wenig von deiner kleinen Fantasie erfüllen, auch wenn wir nicht unter der Dusche sind."

Jakob verschränkt die Arme hinter dem Kopf und sieht grinsend zu mir auf.

„Ich gehöre ganz dir."

Ich rutsche ein Stück nach unten und beuge mich über ihn, um sanfte Küsse auf seinem Unterbauch zu verteilen. Ungeduldig schiebt er sich mir entgegen, also nehme ich ihn in die Hand und lecke über die Spitze, was ihm ein überraschtes Keuchen entlockt. Seine Eichel gibt einen Lusttropfen frei, den ich mit der Zunge aufnehme. Mit Schwung werfe ich meine Haare über die Schulter, damit er besser sehen kann, was ich mit ihm mache. Doch ich bekomme keine Chance, ihn in den Mund zu nehmen, denn in dieser Sekunde klingelt es an der Tür.

„Ist das wichtig, oder können wir es ignorieren?"

Jakob grummelt entnervt.

„Es kann eigentlich nur Paul sein, aber er ist viel zu früh."

„Und jetzt?"

Dass ich ihn immer noch in der Hand habe, wird an seiner

Situation natürlich nichts ändern. Schon wieder klingelt es, diesmal begleitet von einem Klopfen.

„Ja, das kann nur Paul sein. Verflucht.“

Jakob löst sich aus meinem Griff und springt aus dem Bett, um eine frische Boxershorts aus der Kommodenschublade zu holen. Amüsiert lege ich mich auf die Seite und beobachte, wie er versucht, seine Erektion zu verstauen.

„Süße, kannst du dir was anziehen? So kann ich nicht an die Tür gehen, und wenn du dich nackt auf meinem Bett räkelst, wird es nicht besser.“

Er zieht sich eine Jeans über die Beine, doch so hat er keine Chance, die Knöpfe zu schließen, ohne sich Schmerzen zuzufügen.

„Lass mich gehen.“

Ich greife nach seinem T-Shirt, das bis zur Hälfte meiner Oberschenkel reicht, und ziehe es mir über.

„Ich lasse ihn rein. In der Zeit kannst du etwas abkühlen.“

Im Rausgehen küsse ich ihn auf die Schulter und schließe dann die Schlafzimmertür hinter mir.

„Katharina“, ruft Paul erfreut, als ich ihm die Tür öffne. Er trägt eine verwaschene Jeans und ein schwarzes Polohemd. So lässig gekleidet habe ich ihn bis jetzt noch nicht gesehen.

„Hey Paul. Jakob ist im Schlafzimmer. Er, ähm, braucht noch einen Moment.“

Ich lasse ihn an mir vorbeigehen und schließe hinter ihm die Wohnungstür.

„Hab ich euch gestört?“

Mit den Händen in den Hosentaschen genießt er meine Verlegenheit.

„Könnte man so sagen.“

Paul wippt auf den Fersen und beobachtet mich.

„Da wir uns ja jetzt wahrscheinlich öfter sehen, darf ich dich zur Begrüßung umarmen“, fragt er schließlich.

„Grundsätzlich ja, aber gerade nicht.“

Hastig schiebe ich mich an ihm vorbei und will ins Schlafzimmer flüchten, als er mich am Arm zurückhält.

„Warum nicht?“

Seine warmen Fingerspitzen auf meinem Oberarm fühlen sich irritierend gut an.

„Weil ich unter dem T-Shirt nichts anhabe.“

Paul lässt mich sofort los, grinst aber.

„Okay. Ich starte mal die Kaffeemaschine. Macht euch keinen Stress beim Anziehen.“

Mit offener Hose und verzweifeltem Blick sitzt Jakob auf dem Bett.

„Er geht nicht runter.“

Es wäre lustig, wenn mich das Bild vor mir nicht wieder so unglaublich anheizen würde.

„Ich würde dir ja helfen, aber Paul ist gerade in der Küche und macht Kaffee.“

Jakob greift nach meiner Hand und zieht mich auf sich.

„Dann ist er ja erst mal beschäftigt.“

Er dreht sich mit mir und stützt sich über mir auf.

„Wie schnell kannst du kommen, Katharina?“

Ich befreie ihn aus seiner Boxershorts und führe ihn direkt zwischen meine Schenkel.

„Probier es aus.“

Meine Beine um seine Hüften geschlungen, schiebe ich ihn in mich.

Jakob stöhnt auf, schafft es aber noch, seine Hose bis auf

die Knie zu ziehen, bevor er sich in mir bewegt. Er greift unter meine Arme und hält sich an meinen Schultern fest, damit ich nicht zu sehr nach oben geschoben werde, während er kräftige Stöße mit den Hüften macht. Über seine Schulter sehe ich, dass die Schlafzimmertür nicht ganz geschlossen ist.

Mit jedem Stoß reibt er über meine Klit.

„Ich kann mich nicht mehr lange zurückhalten. Kannst du für mich kommen, Katharina?“

Er saugt an meinem Ohrläppchen und macht damit eine Antwort unnötig, den ich zucke bereits um seine Länge und komme heftig und mit einem lauten Wimmern. Nur Sekunden später folgt er mir und das nicht weniger laut.

Nachdem wir uns angezogen haben, gehen wir gemeinsam aus dem Schlafzimmer. Ich versuche, mich in die Diele zu stehlen, um in meiner Wohnung zu verschwinden, doch Jakob durchschaut sofort meine Fluchtpläne.

„Hier geblieben! Ich hab dir Frühstück versprochen.“

Er legt mir einen schweren Arm um die Schultern und zieht mich in die Küche. Wo Paul wartet. Der vermutlich alles gehört hat.

Natürlich lehnt er mit einer Kaffeetasse in der Hand am Schrank und grinst.

„Guten Morgen muss ich wohl nicht wünschen.“

Jakob begrüßt er per Handschlag und lässt mir eine Umarmung und einen Wangenkuss zukommen. Sein Dreitagebart reibt über meine Wange und beschert mir eine Gänsehaut. Als wir uns voneinander lösen, sehe ich an seiner langen und schlanken Form herunter. Mein Blick bleibt an seinem Schritt hängen.

Nein, das kann nicht sein.

Er ist sehr offensichtlich hart. Grinsend fängt Paul meinen Blick auf und zuckt nur mit den Schultern. Da Jakob mit der Kaffeemaschine beschäftigt ist, bekommt er von unserem stillen Austausch nichts mit.

Paul verliert kein weiteres Wort darüber, doch unsere spontane Nummer muss er mitbekommen haben. Und sie scheint Eindruck hinterlassen zu haben.

„Kann ich helfen?", frage ich Jakob, der gerade eine Pfanne auf den Herd stellt und Eier aus dem Kühlschrank holt. „Ich könnte Pancakes machen, wenn ihr Lust drauf habt."

Jakob will mich abwimmeln, doch ich sehe Paul aus dem Augenwinkel heftig nicken.

„Du musst das wirklich nicht tun, Katharina", sagt Jakob.

Muss ich nicht, möchte ich aber. Alles, wobei ich Paul nicht in die Augen schauen muss.

Ich weiß nicht, wobei Jakob lauter stöhnt. Beim Sex oder wenn er meine Pancakes isst. Allerdings ist Paul kein Stück besser. Bis zu dem Punkt, an dem ich nicht mehr weiß, wo ich noch hinsehen soll.

„Engel, du bist perfekt." Zufrieden lehnt Paul sich im Stuhl zurück und reibt sich den gut gefüllten Bauch.

Um den Tisch abzuräumen, mache ich einen Versuch aufzustehen. Pauls Kosename für mich macht mich verlegen. Bevor ich nur einen Teller angehoben habe, hält er meine Hand fest.

„Du hast für uns Frühstück gemacht. Wir machen sauber."

„Unsinn", sage ich. „Lass mich das doch schnell wegräumen."

Paul sieht zu Jakob, lässt mich aber nicht los.

„Ist sie immer so?", fragt er.

Jakob zuckt mit den Schultern.

„Ich glaube, sie kennt es nicht, dass sich jemand um sie kümmert."

„Ähm, Jungs. Ich stehe hier."

Und ich mag es überhaupt nicht, wenn man über mich spricht, als wäre ich nicht im Raum.

„Das sehen wir, Katharina." Paul streichelt mit dem Daumen über meinen Handrücken und lässt mich dann los. Seine kurze Liebkosung hinterlässt ein Prickeln auf meiner Haut.

Jakob steht auf und drückt mich wieder auf den Stuhl.

„Bleib sitzen! Das ist keine Bitte. Ich bringe dir gleich einen frischen Kaffee."

Schmollend verschränke ich die Arme vor der Brust und werfe Paul böse Blicke zu, für die er nur ein Zwinkern übrig hat. Er trinkt seinen Orangensaft aus und hilft Jakob dann beim Abräumen.

Etwas verloren bleibe ich sitzen und weiß nicht so recht, was ich mit mir anfangen soll.

„Ich sollte wohl jetzt besser rübergehen. Ben kommt sicher gleich nach Hause", sage ich, als ich meinen Kaffee ausgetrunken habe. Paul räumt gerade den letzten Teller weg und sieht enttäuscht zu mir, sagt aber nichts.

„Wegen uns musst du nicht gehen. Paul ist nur hier, weil ich noch ein paar Papiere für die Bank unterschreiben muss. Nur ein paar Signaturen, und dann haben wir den ganzen Tag Zeit", sagt Jakob und setzt sich neben mich. Er nimmt meine Hand und küsst meine Fingerknöchel, direkt über der Stelle, die Paul vorhin berührt hat.

Ich weiß wirklich nicht, was mit mir los ist.

„Wie alt ist Ben?", fragt Paul von der Spüle aus, wo er an

seinem Kaffee nippt.

„Er wird bald dreizehn."

„Hat er die J1 schon gemacht?"

„J1?" Verwirrt sehe ich ihn an.

„Die Vorsorgeuntersuchung für Teenager. Er hat eine recht große Zeitspanne, in der er das machen kann, aber ich erledige das eigentlich gerne, bevor Mädchen ein Thema werden."

„Nein, die hat er noch nicht. Wenn ich ehrlich sein soll, dann wusste ich nicht, dass es so etwas überhaupt gibt. Ben war schon ewig nicht mehr krank und in den letzten paar Jahren habe ich ihn mit zu meinem Hausarzt genommen, wenn er eine Erkältung oder etwas in der Art hatte. Außerdem glaube ich nicht, dass Mädchen schon ein Thema sind. Er ist auch schon lange aufgeklärt."

„Katharina", sagen Jakob und Paul synchron und im gleichen strafenden Ton.

„Was denn?"

„Du kannst ein Kind nicht zum Hausarzt schleppen. Der mag dir sagen, dass er auch alles kann, was ein Kinderarzt macht, aber das ist Bullshit", ereifert sich Paul.

Okay. Jemand hier liebt seinen Beruf und verteidigt ihn mit allem, was er hat.

„Außerdem mag er in der Theorie aufgeklärt sein", fängt Jakob auch noch an. Doch er nimmt zur Beschwichtigung meine Hand, da er wohl spürt, dass ich mich gerade etwas angegriffen fühle.

„Doch du bist seine Schwester. Es gibt Dinge, die kann er dich nicht fragen."

„Ich denke drüber nach." Mein Ton ist ungewollt schnippisch, doch ich kann mich nicht zurückhalten. „Jetzt muss ich rüber."

Hastig stehe ich vom Tisch auf und gehe in die Diele, wo ich in meine Schuhe schlüpfe. Eigentlich will ich ohne Verabschiedung verschwinden, doch Jakob hält mich zurück und zieht mich in seine Arme.

„Bist du sauer?", fragt er, während er mir die Haare aus dem Gesicht streicht. Ich kann ihn nicht ansehen und erwidere seine Umarmung nur zögerlich.

„Ich tue, was ich kann und manchmal ist das vielleicht nicht genug. Außerdem mag ich es nicht, wenn mir meine Fehler ins Gesicht geknallt werden. Mit Anlauf."

Mit einem Kuss auf seine Wange, will ich mich aus seinen Armen lösen, doch er lässt mich nicht.

„Katharina, renn jetzt nicht weg. Bitte. So hat es keiner von uns gemeint. Ich weiß, dass du alles für Ben tust, und noch ein bisschen mehr. Du hast nur hier zwei ziemliche Dickköpfe vor dir, die mit großer Leidenschaft ihren Beruf ausüben. Wenn du es als Angriff aufgefasst hast, dann tut es mir leid. So war es wirklich nicht gemeint."

„Er hat recht", höre ich Paul hinter mir. „So haben wir es wirklich nicht gemeint."

„Es ist schon okay", murmele ich in Jakobs T-Shirt. Endlich lässt er mich los und öffnet mir sogar die Tür.

„Kann ich dich morgen sehen?", fragt er. „Ich habe zwar Bereitschaft, aber ich würde trotzdem gerne versuchen, vorbeizukommen, falls kein Notfall dazwischen kommt."

„Natürlich. Du weißt ja, wo du mich findest."

Ich lasse mich zu einem Kuss ran ziehen, der etwas länger und inniger wird, als ich es vor Paul angemessen finde. Weder ihn noch Jakob scheint das zu stören.

Schließlich lässt Jakob mich los und Paul nutzt die Chance

für eine Umarmung.

„Ich wollte dich nicht verärgern, Engel“, flüstert er in mein Ohr und drückt mir noch einen Kuss auf die Wange, bevor er mich loslässt.

In einem kompletten Testosterontaumel stolpere ich in meine Wohnung und muss mich erst mal vor meine geschlossene Wohnungstür sinken lassen. Ich stehe kurz vor einem hysterischen Lachanfall, weil ich nicht weiß, warum ich so grinsen muss.

8.

Ben ist so aufmerksam wie jeder andere Teenager. Nicht viele Dinge erscheinen auf seinem Radar, die ihn nicht direkt betreffen. Deswegen hatte ich die Hoffnung, dass ich die neue Situation noch etwas von ihm fernhalten kann. Doch selbst er bemerkt, dass Jakob nicht nur ein Nachbar und Kunde im Coffeeshop ist.

Daniela hat gerade ihre Schicht beendet und zieht ihre Jacke über, als Jakob in seiner blauen OP-Kleidung in den Shop kommt. Er hat Danielas Tochter Anna auf den Schultern und ein entspanntes Lächeln im Gesicht.

Ich kann nicht anders, als diesen Mann für einen Moment einfach nur anzustarren. Dabei bemerke ich nicht sofort, dass sowohl Daniela als auch Ben, der hinter der Theke über seinem Biologiebuch sitzt, mich beobachten.

Daniela grinst wissend, aber Ben sieht verwirrt zwischen mir und Jakob hin und her.

„Konzentrier dich auf deine Hausaufgaben", versuche ich ihn abzulenken.

„Bis morgen, Kati."

Mit einer Umarmung verabschiedet Daniela sich von mir und wuschelt Ben zum Abschied einmal durch die Haare. Ich sehe nur noch ihre blonde Mähne, während sie Anna von Jakob entgegen nimmt und mit ihr nach draußen verschwindet.

„Hast du auf deine Nichte aufgepasst?", frage ich und schiebe Jakob seinen üblichen Cappuccino rüber.

„Ich hab sie nur auf dem Weg nach Hause bei der Kita eingesammelt."

Genüsslich nimmt er den ersten Schluck und leckt sich dann

den Schaum von den Lippen. Ich kann nicht hinsehen, ohne die Schenkel zusammenzupressen. Bens Räuspern holt mich aus dem kleinen Tagtraum, der gerade dabei war, sich aufzubauen.

„Mein Kopf raucht", nörgelt er. „Und ich hab Hunger, Kati. Kann ich nicht nach dem Essen weitermachen?"

„Klar. Ich bring dir gleich etwas von der Tomatensuppe. Aber danach machst du das fertig."

„Kannst du mir bitte auch etwas machen? Ich habe bis jetzt nur gefrühstückt und bin am Verhungern."

Jakob beobachtet mich über den Rand seiner Tasse. Auch er scheint nicht recht zu wissen, wie er sich mir gegenüber in Bens Anwesenheit verhalten soll.

„Natürlich." Mit einem schüchternen Lächeln in seine Richtung verschwinde ich in der Backstube.

„Was nehmt ihr denn gerade durch?", höre ich Jakob fragen, während ich etwas Brot toaste und zwei Schüsseln mit Suppe befülle.

„Die Sinnesorgane. Ich muss mit eigenen Worten erklären, wie das Auge funktioniert. Und ich habe keinen Plan."

„Macht ihr bitte Platz auf dem Tisch?", rufe ich.

Jakob nimmt den Brotkorb von mir entgegen und Ben räumt seine Bücher beiseite. Vorsichtig stelle ich die heiße Suppe auf den Tisch und schicke Ben in die Backstube, damit er zwei Löffel holt.

„Wenn deine Schwester nichts dagegen hat, dann helfe ich dir."

Fragend sieht Jakob zu mir, doch ich kann gerade nicht antworten, da zwei Gäste an die Theke treten und durch die Tür schon wieder eine Gruppe junger Frauen kommt.

Zwanzig Minuten später habe ich einen Moment Luft. Ben und Jakob haben aufgegessen und räumen gerade ihr Geschirr in die Backstube.

Zögerlich lege ich Jakob eine Hand auf die Schulter.

„Du musst das nicht tun", sage ich leise.

„Was? Meinen Teller wegräumen oder Ben bei den Hausaufgaben helfen?"

„Beides. Ben sucht nur jemanden, der für ihn die Arbeit macht. Und weil du darauf bestehst, für alles zu bezahlen, musst du auch nicht abräumen."

Da Ben gerade auf der Toilette verschwunden ist, hört er unsere Unterhaltung nicht.

„Ich bin nicht blöd, Katharina. Ich war selbst mal in dem Alter. Wenn ich ihm helfe, dann erkläre ich es ihm so, dass er es versteht. Dann kann er es selbst machen. Und natürlich bezahle ich mein Essen und meinen Kaffee. Du verdienst hier deinen Lebensunterhalt und ich bin kein Schmarotzer."

Er nimmt mein Gesicht in die Hände und küsst mich auf den Mundwinkel. Nur eine kleine Berührung, die ich bis in die Zehenspitzen fühle. Jakob reagiert sofort auf das Öffnen der Toilettentür und tritt einen Schritt zurück.

„Danke", flüstere ich und überlasse die beiden sich selbst.

Ben und Jakob sind schon längst nach oben gegangen, als ich endlich den Laden zuschließen kann. Erschöpft schleppe ich mich die Treppe hoch und streife meine Schuhe ab.

Ausnahmsweise hat Ben den Weg ins Bett gefunden, also ziehe ich mein T-Shirt über den Kopf und schmeiße es auf dem Weg ins Bad in mein Schlafzimmer. Meinen Rock hänge ich auf einen Bügel hinter der Badezimmertür. Meine Unterwäsche landet auf dem Boden, bevor ich mich unter die

Dusche stelle. Das heiße Wasser entspannt meine Muskeln und macht mir deutlich, wie erschöpft ich bin. In meinem Brustkorb breitet sich völlig ohne Vorwarnung ein Gefühl aus, dass mir Tränen in die Augen treibt. Es ist, als würde sich eine Faust um mein Herz schließen und gleichzeitig alle Luft aus meinen Lungen pressen. So intensiv habe ich es schon lange nicht mehr gespürt.

Es ist total albern, doch ich kann es nicht unterdrücken. Ben fährt in drei Tagen für eine Woche auf Klassenfahrt und ich fühle mich jetzt schon einsam. Dabei weiß ich, dass die Linderung nur eine Tür weiter wohnt. Diese Sehnsucht beunruhigt mich im höchsten Maße, weil sie abhängig macht. Das bin ich nicht. Abhängigkeit macht nur verletzlich.

In den letzten Tagen sind die Temperaturen wieder etwas gefallen, also wickele ich mich eine Decke, bevor ich mich mit einer Tasse Tee auf die Terrasse zurückziehe. Die Hollywoodschaukel meiner Mutter ist der perfekte Platz zum Einkuscheln. Das alte Ding ist alles andere als ein Schmuckstück. An vielen Stellen ist der Lack abgeplatzt und die ersten Roststellen zeigen sich auch schon, doch ich kann mich einfach nicht davon trennen. Dieses Jahr habe ich mir ein neues Polster gegönnt, aber ansonsten ist sie noch im Ursprungszustand.

„Das sieht gemütlich aus. Kann ich mich dazu gesellen?" Jakobs tiefe, angenehm raue Stimme bringt mich zum Lächeln. Ich muss ein paar Mal blinzeln, um ihn in der Dunkelheit erkennen zu können.

„Komm rüber. Unter meiner Decke ist noch Platz."

Mühelos steigt er über die Mauer, die unsere Terrassen trennt, und setzt sich neben mich. Ich sehe zu ihm und für einen Moment schauen wir uns einfach nur die Augen. Jakob schließt die Distanz zwischen uns und nimmt meine Oberlippe zwischen seine Lippen, um sanft daran zu saugen. Bevor wir den Kuss vertiefen können, löst er sich wieder von mir.

„Du riechst gut", flüstert er und streichelt über meine Wange.

„Ich war duschen. Es war einsam."

Das wollte ich nicht sagen, aber trotzdem kommen solche Dinge manchmal einfach raus.

„Weißt du, Katharina, ich war nur ein paar Meter entfernt und wäre mehr als willig gewesen, dir Gesellschaft zu leisten."

„Ben fährt in drei Tagen auf Klassenfahrt und irgendwie, ich weiß auch nicht …"

Jakob scheint nicht verwundert, dass ich das Thema von nackten Spielchen unter der Dusche zu meinem Bruder wechsle.

„Mami vermisst ihr Baby jetzt schon", bemerkt er grinsend.

„Ich bin nicht seine Mutter."

Es ist nur eine sachliche Feststellung, doch Jakob sieht das anders.

„Auf eine Weise bist du es, Katharina. Falls es dir nicht bewusst sein sollte, Ben verehrt dich. Er weiß, was er an dir hat, auch wenn er sich vielleicht nicht immer so benimmt."

„In der letzten Zeit habe ich das Gefühl, er entgleitet mir komplett. Ich weiß nicht mehr, wie ich an ihn ran kommen soll. Es war irgendwie einfacher, als er noch der kleine Junge war, der mir jeden Abend nach der Gutenachtgeschichte seine Sorgen erzählt hat. Da konnte ich noch irgendwie alles für ihn richten. Aber jetzt? Ich muss darum kämpfen, in Kontakt zu bleiben, damit ich wenigstens sehe, mit welchen Leuten er rumhängt. Und ich will wirklich nicht die große Schwester sein, die ihm immer nur nörgelnd hinterher rennt. Aber meistens fühlt es sich so an. Und er ist erst zwölf."

„Fast dreizehn." Jakob zwinkert mir zu, da Ben ihn vorhin schon darüber aufgeklärt hat. „Jetzt mal im Ernst. Ich verstehe deine Sorgen, aber er ist nun in dem Alter, wo er anfängt, sich von dir zu distanzieren."

„Lernt man so etwas im Studium oder bist du innerlich selbst erst zwölf?"

Lachend kneift er in meinen Oberschenkel.

„Ein bisschen von beidem. Was den psychologischen Aspekt angeht, kennt Paul sich besser aus."

„Ich werde ihm wohl mal einen Termin machen, auch wenn er nicht furchtbar begeistert sein wird."

Ich ziehe meine Füße hoch und lege sie auf Jakobs Schoß.

„Er muss über nichts reden, was ihm unangenehm ist. Aber vielleicht ist es für ihn sogar einfacher, Fragen zu stellen, die ihm seine Schwester und seine Kumpels nicht beantworten können."

Jakob nimmt mein Fußgelenk und fängt an, meine Fußsohlen zu massieren. Jeder weitere Gedanke entgleitet mir, als ich mich entspannt zurücklehne und wie eine Katze strecke.

„Nächste Woche bist du also alleine?", fragt er, während er sich um meine geschundenen Füße kümmert.

„Hmm …", seufze ich.

„Heißt das, ich hätte Chancen auf eine Einladung in deine einsame Dusche?"

„Nicht nur in meine Dusche, Jakob."

„Das ist gut. Denn nach dieser Woche fliege ich ja erst mal nach Japan. Dann können wir vorher noch etwas ungestörte

Zeit miteinander verbringen."

„Freust du dich?"

„Du kannst dir nicht vorstellen, wie sehr. Eliana feiert ihren dritten Geburtstag, während ich da bin." Jakob schwelgt in Erinnerungen an seine Tochter. Obwohl ich ihm ehrlich interessiert zuhöre, kann ich nicht aufhören, daran zu denken, dass ich ihn dann für eine Woche nicht sehe.

9.

Wenn ich in der Vergangenheit einen Freund hatte, dann hat mich die Anwesenheit seiner lärmenden Kumpels massiv gestört. Bei Jakob und Paul ist das irgendwie anders, was damit zusammenhängen mag, dass mir die beiden ein ganzes Jahrzehnt voraus haben. Vielleicht aber auch, weil Paul mir beunruhigend sympathisch ist und ich ihn keinesfalls nervig und lärmend finde.

Ben ist seit gestern auf Klassenfahrt und ich muss morgen erst zur Mittagsschicht in den Coffeeshop, da meine beiden Mädels die Frühschicht übernommen haben.

Es war die beste Entscheidung, Daniela einzustellen. Sie ist eine motivierte und zuverlässige Mitarbeiterin, was bei dem Hungerlohn, den ich zahlen kann, nicht selbstverständlich ist. Zumindest hat das die Erfahrung mit vorherigen Aushilfen gezeigt.

Während ich mit meinem Kopf in Jakobs Schoß liege und einfach nur vor mich hin döse, sind Jakob und Paul in angeregte Fachgespräche über die Ziele ihrer gemeinsamen Praxis vertieft.

So entspannt war ich schon lange nicht mehr. Jakob spielt mit meinen Haaren, die ich heute ausnahmsweise offen trage.

Paul ist fast der Mund offen stehen geblieben, als er gesehen hat, dass sie mir tatsächlich bis zum Po reichen. Er scheint ein wenig in meine blonde Mähne verliebt, weswegen er mich auch Engel nennt.

Meine Lider werden schwer und ich gebe dem Drang einzuschlafen einfach nach. Bei Jakob fühle ich mich sicher und entspannt. Es tut so gut, mal für ein paar Stunden für nichts die Verantwortung zu haben.

Ich bin mir nicht sicher, was mich weckt. Mein Kopf ist immer noch in Jakobs Schoß und er spielt immer noch mit meinen Strähnen. Doch jetzt läuft irgendein Science-Fiction Film im Fernseher und Paul scheint im Sessel neben uns eingenickt zu sein. Jemand hat mir eine Decke übergelegt und meine Schuhe ausgezogen.

„Hey“, flüstert Jakob. „Ausgeschlafen?“ Liebevoll sieht er auf mich runter und streichelt mir über die Wange.

„Niemals.“ Meine Stimme ist vom Schlaf noch ganz belegt, doch das scheint eine gewisse Wirkung auf Jakob zu haben. Er rutscht unter mir hin und her, als es in seiner Hose etwas eng wird. Seine Hand wandert unter die Decke und von da direkt unter mein Shirt. Er umschließt meine Brust mit seiner großen Hand und streift einen Nippel, der sich unter seiner Berührung gleich aufstellt.

„Ich will dich, Katharina“, flüstert er.

Paul murmelt etwas Unverständliches vor sich hin, scheint aber immer noch zu schlafen.

„Was ist mit Paul?“, wispere ich und lasse trotzdem meine Finger in seinen Hosenbund wandern.

„Schläft.“ Jakob streichelt mit der freien Hand über meine Wange.

Ich ziehe das elastische Bündchen seiner Trainingshose ein Stück runter und hole ihn aus seiner Boxershorts.

„Wir können das nicht machen“, sage ich leise und fahre doch mit dem Daumen über die feuchte Spitze. Jakob beißt sich auf die Lippe und greift in meine Haare.

„Mach dir keine Sorgen“, sagt er nur.

Vorsichtig nehme ich ihn zwischen meine Lippen und lecke über die Eichel.

„Du verdirbst mich“, flüstere ich. Während ich ihn in meiner Faust massiere, sehe ich zu ihm hoch. Jakob reißt erschrocken die Augen auf, bis ich mein Grinsen nicht mehr unterdrücken kann.

„Du kleine Hexe.“ Mit dem Daumen streicht er über meine Unterlippe und öffnet meinen Mund ein Stück.

„Ich mag dich verdorben.“

„Kannst du leise sein, wenn du kommst?“

„Oh Gott“, keucht er. „Wenn du so weiter redest, dann werde ich es nicht bis dahin schaffen.“

Langsam drehe ich mich auf den Bauch und gehe auf die Knie, damit ich den Kopf nicht so verdrehen muss. Jakob legt eine Hand auf meinen Hinterkopf, als ich ihn so weit wie möglich in den Mund nehme. Ich schlucke ein paar Mal um ihn herum, bis ich in vollständig aufgenommen habe. Träge bewegt er die Hüften und stößt zwischen meine Lippen. Ich nehme seine Hände und lege sie an meine Wangen, damit er versteht, dass er nicht zu behutsam sein muss und mich ruhig in Position halten darf.

Nur wenige Momente später kommt er in heißen Schüben meine Kehle hinab. Ich schlucke jeden Tropfen und entlasse ihn dann wieder aus meinem Mund.

Grinsend zieht er die Hose wieder hoch und hebt mich auf seinen Schoß.

„Hätte ich gewusst, dass du keinen Würgereflex hast, dann hätte ich dir schon bei unserem ersten Treffen einen Antrag gemacht.“ Er legt mich auf den Rücken und schiebt sich über mich.

„Sehr romantisch, Doktor Jakob.“

Mit den Fersen drücke ich ihn an mich und spüre ihn an meinem Venushügel hart werden.

„Schon wieder?“, frage ich mit einer hochgezogenen Augenbraue.

„Du machst mich zu einem unersättlichen Teenager.“

Schulterzuckend drückt er seine Lippen auf meine. Paul räuspert sich, doch Jakob hält das nicht davon ab, sich weiter an mir zu reiben und mit seiner Zunge meinen Mund zu erkunden.

„Jesus“, flucht Paul und entfaltet sich aus dem Sessel. „Ihr seid wirklich unglaublich.“ Vor sich hinfluchend stolpert er ins Badezimmer.

„Glaubst du, er hat was gemerkt?“ Beschämt verkrieche ich mich in seiner Halsbeuge.

„Keine Ahnung.“

Ich weiß nicht, was ich davon halten soll, dass ihn das so wenig stört.

Eigentlich ist mir zu viel Aufmerksamkeit von anderen Personen schnell unangenehm, doch mit zwei Männern am Arm durch die Stadt zu schlendern, hat schon seinen Reiz. Vor allem, wenn diese Männer Jakob und Paul heißen.

Obwohl es schon sehr spät ist, hat der Italiener um die Ecke noch offen. Wir finden schnell einen Platz und setzen uns, Jakob rechts und Paul links von mir. Die beiden sind immer sehr um mein Wohlergehen besorgt und fragen mich oft, was sie für mich tun können.

Es ist ein wenig anstrengend. Ich kann nicht damit umgehen, wenn sich jemand um mich kümmert. Wenn Paul dabei ist, dann fühlt es sich fast so an, als würden sie sich gleichermaßen um mich bemühen. Es irritiert mich, weil ich ja schließlich mit Jakob zusammen bin. Ihn scheint Pauls Verhalten nicht zu verwundern und auch nicht eifersüchtig zu machen. Vielleicht ist es auch zu früh für Eifersucht.

„Macht ihr so etwas eigentlich öfter?“, frage ich in unsere kleine Runde. Der Kellner hat gerade unsere Getränke serviert und Bestellungen aufgenommen.

„Was meinst du? Essen gehen?“, fragt Paul. Entspannt nippt er an seinem Rotwein und sieht mich abwartend an.

„Nein. Euch gleichzeitig um junge Frauen bemühen, die kaum wissen, wie sie damit umgehen sollen.“

Jakob nimmt meine Hand und legt sie auf seinen Oberschenkel. Zum Glück sind wir die einzigen Gäste im Lokal, sonst würden wir wahrscheinlich ein paar sehr verwunderte Blicke ernten, so nah, wie wir nebeneinander sitzen.

Die beiden Männer führen einen stillen Dialog mit Blicken. Ein Verdacht schleicht sich in mein Bewusstsein, doch ich bin noch nicht bereit, ihn aufzugreifen.

„Du bist Jakobs Freundin, also auch wichtig für mich. Ist das ein Problem, Engel?“ Paul nimmt meine linke Hand, küsst mich auf die Fingerknöchel und lässt sie dann gleich wieder los.

„Nicht wirklich“, antworte ich heiser. Ich weiß nicht, was hier los ist, nur das mir gerade sehr warm wird.

Wir sind bei der Nachspeise, als Jakobs Pager losgeht. Genervt zieht er ihn aus der Hosentasche und schaut auf das kleine Display.

„Ich muss mal kurz hören, was los ist.“ Er nimmt sein Handy vom Tisch und geht nach draußen.

„In ein paar Wochen wird das nicht mehr passieren.“ Paul klaut mir den letzten Bissen Tiramisu vom Teller und grinst mich an.

„Du meinst, dass er mitten in der Nacht weg muss? Das stört mich nicht."

Es ist auch das erste Mal, dass ich so etwas mitbekomme.

„Glaub mir, nach ein paar Jahren stört auch dich das."

„Warum hast du keine Freundin oder Frau, Paul?"

Diese Frage brennt mir schon länger unter den Nägeln.

Paul nimmt einen Schluck von seinem Espresso und denkt über meine Frage nach.

„Bist du schwul?"

Seine Augen treten beinahe aus ihren Höhlen und er schafft es gerade noch, den Espresso zu schlucken, bevor er ihn über den ganzen Tisch prustet. Jakobs Rückkehr rettet ihn vor einer Antwort. Vorerst.

„Es tut mir leid, aber ich muss noch mal in die Klinik." Gestresst fährt er sich durch die Haare.

„Was ist es?", fragt Paul.

„Junge, sechs Jahre. So ziemlich das ganze Gesicht zertrümmert. Noch habe ich keine Details, weil er gerade geröntgt wird. Aber er muss zweifellos in den OP. Laut seinem betrunkenen Vater ist er die Treppe runter gefallen. Ich muss wirklich los."

„Geh!" Paul winkt ihn raus. „Ich bringe Katharina nach Hause."

Jakob küsst mich und bedankt sich bei Paul, bevor er aus der Tür stürmt.

„Er ist nicht die Treppe runter gefallen, oder?"

Ich bin mir nicht sicher, ob ich eine ehrliche Antwort haben möchte.

„Vermutlich nicht, nein. So heftige Verletzungen in der Form sind selbst bei Treppenstürzen unwahrscheinlich."

„Was stimmt mit dieser Welt nicht?"

Alleine der Gedanke, dass jemand einem Kind so etwas antun könnte, treibt mir die Tränen in die Augen.

„Eine Menge, Katharina. Das ist einer der Gründe, warum Jakob da raus muss. Seit er Eliana hat, kann er damit nicht mehr gut umgehen."

„Bringst du mich jetzt nach Hause? Ich bin müde."

Es sind nur ein paar Meter und ich finde den Weg sehr wohl ohne ihn, aber ich möchte noch nicht alleine sein.

„Natürlich, Engel."

Ohne weitere Absprache bezahlt Paul die Rechnung und lässt sich auf keine Diskussion ein, dass ich wenigstens meinen Anteil übernehme. Ich mag es nicht, aber er gibt mir keine Chance, ohne eine große Szene zu machen.

Paul besteht darauf, mich bis vor die Wohnungstür zu begleiten.

„Kann ich dich umarmen?", fragt er, hat aber noch die Hände in den Hosentaschen.

„Sehr gerne." Zaghaft gehe ich ihm entgegen und lasse mich in eine warme Umarmung schließen. „Und danke für das Abendessen."

„Du kannst dich jederzeit mit Cupcakes revanchieren", sagt er, lässt mich aber noch nicht los.

„Das werde ich, Paul."

Vorsichtig schiebe ich ihn von mir und trete einen Schritt zurück. Seine grünen Augen verfolgen jede meiner Bewegungen.

An meinen Gefühlen für Jakob hat sich nichts geändert. Sie werden sogar mit jedem Tag mehr, auch wenn ich mich manchmal noch dagegen wehren möchte.

Dennoch, wäre ich nicht mit Jakob zusammen, dann würde

ich ihn jetzt küssen. All diese widersprüchlichen Gefühle erschöpfen mich.

„Wenn Jakob zurückkommt, wird er vermutlich nicht in bester Verfassung sein. Egal wie er sich benimmt, nimm es ihm nicht übel."

„Es ist okay, Paul. Ich weiß damit umzugehen."

Ich habe lange genug mit meinem depressiven Vater zusammengelebt.

„Noch was, Engel. Zu der Frage, ob ich schwul bin. Wenn ich euch beiden in Zukunft noch öfter zuhören muss, dann solltest du vielleicht mal darüber nachdenken, mich dazu einzuladen. Und damit meine ich nicht, dass ich dir dabei helfe, Jakob zu verwöhnen."

Er hat also doch alles mitbekommen. Mein gesamter Blutvorrat scheint sich in meinen Wangen und meiner Scham zu sammeln.

„Was würde Jakob dazu sagen?", flüstere ich atemlos, obwohl ich ihn empört abwimmeln sollte.

„Das musst du ihn schon selbst fragen. Ich wünsche dir eine gute Nacht."

Er ist im Aufzug verschwunden, bevor ich eine Chance bekomme, darauf zu reagieren.

Gute Nacht? Wie zum Teufel soll ich jetzt bitte schlafen?

10.

Um sechs Uhr am nächsten Morgen klopft Jakob leise an meine Tür. Ich höre ihn nur, weil ich kurz zuvor in die Küche geschlurft bin, um etwas zu trinken.

Mit noch halb geschlossenen Augen öffne ich ihm, werde aber schlagartig wach, als ich sehe, in welchem Zustand er sich befindet. Er hat dunkle Ränder unter den Augen, ist blass und die Haare stehen ihm wirr in alle Richtungen ab. Seine Augen sind so rot, als hätte er seit Tagen nicht geschlafen oder heftig geweint. Unsicher bleibt er im Türrahmen stehen und sieht an mir vorbei, als würden ihn der Blickkontakt mit mir endgültig überreizen.

„Ich kann das nicht mehr", sagt er mit rauer Stimme.

Ich nehme seinen Arm, ziehe ihn in die Wohnung und schließe die Tür.

„Frühstück?", frage ich, doch er schüttelt nur den Kopf.

„Was brauchst du dann?"

„Dich." Verzweifelt sieht er endlich zu mir, berührt mich aber nicht.

„Okay." Ich ziehe mein T-Shirt über den Kopf und streife meine gepunktete Schlafshorts runter. Jakob betrachtet mich von oben bis unten, doch es ist nicht so wie sonst. Zu erschöpft, um meine Motive zu hinterfragen, lässt er sich von mir ins Badezimmer schieben, wo ich die Dusche starte und ihm aus den Krankenhausklamotten helfe. Jakob folgt mir in die Dusche und zieht mich unter dem Duschstrahl in eine feste Umarmung.

„Soll ich dir die Haare waschen?" Zärtlich streichle ich über seinen angespannten Rücken und küsse seine Schulter.

Als Antwort geht er vor mir auf die Knie und hält meine

Hüften umschlungen, also nehme ich einen Klecks von Bens Shampoo und massiere es in seine Haare. Sofort entspannt er sich unter meinen Fingern und seufzt an meinem Bauch.

„Er hat ihm den Kiefer gebrochen und ein Auge so schwer verletzt, dass ich …“ Ein unterdrückter Schluchzer steigt aus seiner Kehle auf, doch er fängt sich gleich wieder.

„Oh Gott, Katharina. Wie kann ein Mensch so etwas seinem Kind antun?“

Ich sinke zu ihm auf den Boden und ziehe ihn wieder unter den Duschstrahl, wo das Wasser seine Tränen zusammen mit dem Shampoo fortwäscht.

Jakob setzt sich hin und schafft es, mich in der engen Duschkabine auf seinen Schoß zu nehmen.

„Ich bin noch da geblieben, bis die Polizei kam, um ihn festzunehmen. Dieser Bastard hatte den Nerv, besorgt zu tun und war dabei noch zu dämlich, seine blutigen Knöchel abzuwischen. Ich musste mich so beherrschen.“

„Es ist okay, Jakob.“ Mit offenen Augen küsse ich ihn, bis er endlich meinem Blick begegnet.

„Es ist okay. Du hast nichts getan und ich kann total verstehen, dass du es wolltest.“

Irgendwie schaffe ich es, den riesigen Kerl in mein Bett zu verfrachten, wo er auch gleich einschläft. Bevor die Versuchung zu groß wird, mich für ein paar Minuten neben ihn zu legen, ziehe ich mich an und gehe nach unten in den Shop.

Daniela steht hinter der Theke und bedient gerade zwei Gäste. Freundlich lächelt sie mir zu, und da sehe ich zum ersten Mal die Ähnlichkeit zu Jakob. Es versetzt mir einen Stich. Wenn ich nicht so krankhaft realistisch wäre, dann würde ich sagen, ich vermisse ihn schon.

„Alles gut?", fragt sie , als ich mich an ihr vorbei schiebe, um in die Backstube zu gehen.

„Kurze Nacht, aber sonst ja. Ich hoffe, dein Bruder kommt später zum Frühstück runter. Seine Nacht war härter als meine."

Daniela nickt nur und widmet sich wieder der Kaffeezubereitung. Mit einem Stapel Rechnungen und Belege verziehe ich mich an meinen Schreibtisch und lenke mich mit Papierkram ab. Die nächste Umsatzsteuervoranmeldung ist fällig, also beschäftige ich mich damit.

Alles ist besser, als sich mit meinen Gefühlen und Pauls verwirrenden Worten auseinanderzusetzen.

Ich bin so in meine Arbeit versunken, dass ich fast nicht bemerke, wie Daniela sich auf der Schreibtischkante niederlässt.

„Kann ich dir was bringen?", fragt sie.

„Nein, danke. Ich hole mir gleich selbst etwas. Ist alles ruhig vorne?"

Meine Frage entspringt reiner Neugier, nicht weil ich glaube, dass sie ihre Arbeit nicht gut macht.

„Alles entspannt. Der zweite Ansturm ist gerade durch."

„Das ist gut."

Müde reibe ich mir die Augen, da die Zahlen schon vor mir verschwimmen. Die ersten Anzeichen einer Migräne sammeln sich hinter meiner Stirn.

„Du und Jakob?", fragt sie und verschränkt die Arme vor der Brust.

„Ja, ich denke schon." Ein Lächeln schleicht sich auf mein Gesicht.

„Das ist schön, Kati. Er hat es verdient. Und so wie ich das einschätze, du auch."

Mein Handy klingelt in meiner Hosentasche. Es ist Ben, der sich aus der Jugendherberge meldet. Daniela geht wieder nach vorne und lässt mir meine Privatsphäre.

„Hey Ben", melde ich mich.

„Hey Kati. Ich wollte nur Bescheid sagen, dass ich noch lebe."

Er klingt müde und seine Stimme wechselt von hoch zu tief und wieder zurück. Das kam in den letzten Wochen öfter vor, doch nie so extrem. Jetzt ist er wohl endgültig im Stimmbruch.

„Das ist zu gnädig, liebstes Bruderherz. Habt ihr denn Spaß?"

„Es ist okay", antwortet er teilnahmslos. „Aber ich glaube, ich werde krank."

„Was hast du denn?"

Sofort überlege ich, wie ich es organisieren kann, ihn heute noch aus der Eifel abzuholen.

„Ich weiß nicht genau. Kopfschmerzen. Außerdem glaube ich, dass ich letzte Nacht Fieber hatte. Mein Hals tut auch ziemlich weh."

„Hast du Frau Esser Bescheid gesagt?"

Seine Lehrerin ist nicht immer die aufmerksamste Person.

„Nein, noch nicht."

„Soll ich dich abholen?"

„Quatsch, Kati. Wir kommen doch morgen schon wieder nach Mönchengladbach."

„Ben, versprich mir, dass du zu Frau Esser gehst, wenn es dir wieder schlechter geht. Nur ein Wort und ich hole dich ab."

„Ich bin kein Baby mehr, Kati. Jetzt muss ich auch wieder los. Die Jungs wollen auf den Fußballplatz."

Ich höre Schritte hinter mir und weiß gleich, wer es ist, also erschreckt mich Jakobs Hand auf meiner Schulter nicht.

„Alles okay?", flüstert er.

Kopfschüttelnd verabschiede ich mich von Ben, bevor er einfach das Gespräch beendet.

„Bis morgen, mein Schatz. Ich komme dich am Bus abholen."

„Bis morgen, Kati."

Für einen Moment verschluckt er sich an seiner eigenen Stimme, als würde jeden Moment anfangen zu weinen, doch dann hat er schon aufgelegt.

Müde drehe ich mich zu Jakob und reibe über meine Schläfen.

„Mein Bruder ist krank, aber er ist zu stolz, um seiner Lehrerin das zu sagen. Er will auch nicht, dass ich ihn abhole."

„Er kommt morgen wieder, oder?"

„Ja, zum Glück. Ich hoffe, es ist nichts Ernstes. Er hat Halsschmerzen und glaubt, dass er letzte Nacht Fieber hatte."

Jakob setzt sich auf die Schreibtischkante, wo vorhin noch Daniela saß.

„Willst du nicht seine Lehrerin anrufen?"

„Er bringt mich um, wenn ich ihn so blamiere."

„Vermutlich. Er wird sich sicher melden, wenn es ihm schlechter geht. Jungs sind so. Er kann sich vor seinen Kumpels nicht die Blöße geben und Schwäche eingestehen."

„Möchtest du etwas Obstsalat?", beende ich das Thema mit einem Seufzen. „Deine Schwester hat den vorhin ganz frisch gemacht."

Jakob legt mir eine Hand auf die Wange und streichelt mit dem Daumen über meine Schläfe. Er sieht immer noch ziemlich fertig aus, aber schon wesentlich besser, als bei seiner Rückkehr aus dem Krankenhaus.

„Bleib sitzen. Ich hol uns etwas. Kaffee?"

„Ja, bitte. Mit viel Milch."

Obwohl ich einen Coffeeshop führe und dementsprechend alle verfügbaren Kaffeevariationen verkaufe, bin ich über einen simplen Milchkaffee selbst nie hinausgekommen.

„Das weiß ich, Katharina."

Im Aufstehen drückt er mir einen Kuss auf die Stirn und geht dann nach vorne zu seiner Schwester.

„Willst du drüber reden?", frage ich beiläufig, während wir uns eine Portion Obstsalat teilen.

Jakob schüttelt den Kopf.

„Nicht wirklich. Morgen früh trete ich meine letzte Schicht an und dann geht es erst mal nach Japan. Wenn ich zurückkomme, fängt ein neuer Abschnitt in einer Praxis mit Paul an. Ich kann die Welt nicht ändern, aber mir fehlt auch die nötige Kälte, um das nicht so sehr an mich ranzulassen. Es sind ja nicht nur misshandelte Kinder. Vor meiner Tochter war das alles noch einfacher."

Wenn er diese Kälte ausstrahlen würde, dann hätte ich ihn auch nie so schnell an mich rangelassen.

„Freust du dich? Ich meine, auf Eliana."

Mir geht es nämlich gar nicht gut bei dem Gedanken, dass er bei seiner Exfrau ist, aber ich würde mir eher die Zunge abschneiden, als das zuzugeben.

„Natürlich. Ich freue mich darauf, ihre Fortschritte zu sehen. Aber es ist auch traurig, dass ich bei ihrer Entwicklung nicht mehr dabei sein kann."

„Würdest du für sie dort hinziehen?"

Jakob schiebt mir das letzte Stück Ananas in den Mund.

„Nein. Es ist einfach keine Option, weil nicht feststeht, ob Claudia, meine Exfrau, dauerhaft dableiben wird. Außerdem habe ich ein Leben hier. Ich vermisse meine Tochter und werde versuchen, zwei- oder dreimal im Jahr rüberzufliegen, aber ich hab sie gehen lassen, damit sie bei ihrer Mutter sein kann. Ich hätte auch vor Gericht ziehen können, um sie mit Gewalt hier zu halten. Doch wem hätte das etwas gebracht? Claudia wäre unglücklich gewesen, weil sie nicht bei ihrem neuen Mann sein kann, und hätte mich dafür gehasst. Eliana wird sehr geliebt und wir tun alles, damit sie mich nicht vergisst. Mehr kann ich in diesem Augenblick nicht erwarten."

Schulterzuckend isst er die von mir verhassten Birnenstücke auf.

„Ich finde das sehr selbstlos. Du bist ein besserer Vater auf Entfernung, als viele, die mit ihren Kindern zusammenleben."

Mein Kaffee ist inzwischen kalt, aber dafür geht es meinen Kopfschmerzen etwas besser.

„Ich will nur das Beste für meine Tochter. Und wenn man gerade drei Jahre alt wird, dann ist das Beste eine glückliche Mutter. Natürlich fände ich es schöner, wenn sie hier wäre und ich sie oft sehen könnte, aber manchmal geht es eben nicht um mich."

„Warum bist du eigentlich hier hingezogen? Wo hast du vorher gewohnt?"

Wir können Stunden miteinander verbringen, ohne ein bedeutendes Wort zu wechseln, aber oft sind es diese Momente zwischen Tür und Angel, in denen wir uns das Meiste erzählen.

„Ich hatte vorher ein Haus im Stadtwald, aber nachdem Lia nicht mehr hier war, wurde es einfach zu groß für mich alleine. Obwohl es das Erbe meiner Großeltern war, hab ich es schweren Herzens verkauft. Diese Wohnung hier ist mehr als ausreichend für mich alleine und außerdem ist die Praxis ganz in der Nähe."

„Und dann findest du auch noch gleich eine Nachbarin ohne Slip, die willig ist, sich von dir vernaschen zu lassen."

„Das ist eine nette Zugabe, ja. Aber du bist mehr als nur das."

Er zieht mich von meinem Stuhl hoch und in seine Arme.

„Was bin ich denn noch?"

„Etwas, das ich nur ungern für eine Woche zurücklasse und das ich schmerzlich vermissen werde."

Ich hab nur einen Kuss als Antwort, denn ich habe Angst vor den Worten, die aus meinem Mund kommen könnten. Sie würden festlegen, was ich für ihn fühle und mich verletzlich machen.

Jakob drängt nicht auf eine Reaktion, hat aber einen Vorschlag.

„Darf ich morgen zu euch zum Abendessen kommen? Ich helfe dir auch beim Kochen oder wir bestellen etwas. Es ist der letzte Abend, bevor ich fliege, und ich würde gerne noch etwas Zeit mit dir verbringen."

„Was ist mit Ben?"

Mein Bruder hat schon Freunde von mir kennengelernt, aber ich habe ihm noch längst nicht jeden Mann als meinen Partner vorgestellt. Es ist an der Zeit, aber Jakob muss sich darüber im Klaren sein, dass es dann nicht mehr unverbindlich ist.

„Ich würde ihn gerne näher kennenlernen. Wenn das für

dich in Ordnung ist."

Hoffnungsvoll sieht er zu mir hoch, während er mit meinem Zopf spielt.

„Dir ist bewusst, was das bedeutet?"

„Katharina", seufzt er. „Ich hab dir gesagt, dass ich nicht an einer losen Affäre interessiert bin. Du hast mich umgehauen, als ich dich das erste Mal gesehen habe. Das mag jetzt nach Neandertaler klingen, aber ich will dich behalten. Mir ist in vollem Umfang bewusst, dass Ben mit zum Paket gehört."

„Ihm fehlt so dringend ein männliches Vorbild und es kann passieren, dass er sich sehr an dich klammert. Ich will ihm nicht wehtun, wenn das nicht funktioniert."

„Ich wäre stolz, wenn ich derjenige wäre, an dem er sich misst. Katharina, ich bin mir der Verantwortung durchaus bewusst. Wenn es so sein sollte, dass es zwischen uns nicht funktioniert, was ich übrigens bezweifle, dann bin ich absolut bereit, für ihn immer noch ein Freund zu sein. Wir sind Nachbarn. Ich kann dir nicht so einfach weglaufen und ich habe es auch nicht vor."

Mir sind die Argumente ausgegangen, also verabreden wir ein gemeinsames Abendessen, um Ben langsam daran zu gewöhnen, dass ich jetzt eine Beziehung habe. Doch wer gewöhnt mich daran?

11.

Es ist genau, wie ich es vermutet und befürchtet habe. Ben und Jakob verstehen sich prächtig.

Eigentlich freue ich mich und natürlich habe ich dem Ganzen zugestimmt, dennoch kann ich den bitteren Beigeschmack nicht verleugnen.

Es ist einfach nie für immer. Früher oder später verlassen uns alle.

Jakob hat seine Wii-Spielkonsole mitgebracht, da ich plane, Ben eine zum Geburtstag zu schenken. Die beiden sitzen auf der Couch und spielen Mario Kart, während ich die Küche aufräume. Meinem Bruder geht es immer noch nicht gut, aber vor Jakob markiert er natürlich wieder den starken Mann. Er hat nicht wirklich viel gegessen und trinkt seit seiner Rückkehr massenweise kalten Eistee.

Nachdem ich das dreckige Geschirr in der Spülmaschine verstaut habe, bringe ich den beiden ihre Getränke und setze mich neben Ben. Auf meinen Versuch, im Nacken seine Temperatur zu fühlen, reagiert er äußerst ungehalten. Er zieht seinen Kopf beiseite und setzt sich sofort ein Stück von mir weg.

Jakob sieht vom Spiel auf und lächelt mich mitfühlend an.

„Ben, du solltest zum Arzt", sage ich.

„Heute ist Samstag, da haben die doch alle zu. Außerdem ist Jakob Arzt. Er kann mich untersuchen."

„Sorry, Ben. Nicht wirklich mein Gebiet. Aber ich kann Paul anrufen, wenn du willst."

Er legt den Controller beiseite und nimmt sein Glas, um einen Schluck zu trinken.

„Ich gehe Montag, wenn es mir dann nicht besser geht. Hör

auf, mich wie ein Baby zu behandeln“, sagt er zu mir und stemmt sich von der Couch hoch. Beleidigt stampft er in die Küche, wo er sich zum x-ten Mal heute ein Wassereis aus dem Gefrierschrank holt.

„Ich geb dir gleich Pauls Nummer“, flüstert Jakob. „Ruf ihn an, wenn es Ben schlechter geht. Es tut mir leid, dass ich morgen fliege, aber Paul ist für dich da, wenn du ihn brauchst.“

Ich habe das Gefühl, Paul wäre in vielen Dingen gerne für mich da.

„Das ist wirklich nicht nötig. Wir können Montag einen Termin machen. Wenn es schlimmer wird, dann bringe ich ihn zum Notdienst.“

Ben kommt aus der Küche zurück und lutscht auf einem Stück Eis.

„Ich geh schlafen, Leute.“ Er winkt in den Raum und geht dann in sein Zimmer.

„Gute Nacht, Ben. Ich komme gleich noch mal rein, um nach dir zu sehen“, rufe ich ihm hinterher.

„Ja, ja“, höre ich es gerade noch, bevor er seine Tür zuknallt.

„Er hat Fieber, oder?“ Jakob rückt an mich heran und nimmt meine Hände.

„38 Grad, kurz bevor du kamst. Ich lasse ihn aber nachher noch mal messen.“

„Es ist wahrscheinlich nur ein kleiner Infekt.“

Jakob zieht mich an seine Schulter und streichelt mir den Kopf.

„Wahrscheinlich“, seufze ich.

„Ich könnte ihn mir ansehen, wenn er mich lassen würde, aber es wäre wirklich sinnvoller, wenn Paul das macht.“

Paul, Paul, Paul. Ich habe keine Chance, diesem Thema

auszuweichen.

„Kann ich dich etwas fragen, Jakob?“

„Alles.“

„Was ist das mit Paul?“

Er denkt lange über die Frage nach, aber es zu spezifizieren ist unnötig. Um nicht zu merken, was los ist, muss er schon taub und blind sein.

„Wir können da gerne drüber reden, wenn ich wieder zurück bin. Die letzten Stunden, die ich hier noch habe, würde ich lieber mit dir im Bett verbringen. Nur so viel: Paul kann sein, was immer du möchtest.“

Ich glaube, mir wird schlecht.

„Habt ihr das schon mal gemacht?“

„Während des Studiums, ja. Aber nicht so. Niemals, wenn es ernst war.“

Bei ihm klingt das so selbstverständlich. In mir löst es sehr verwirrende Gefühle aus.

„Kannst du Ben für eine oder zwei Stunden alleine lassen? Ich könnte ein bisschen Hilfe beim Kofferpacken gebrauchen.“

Damit beendet er das Thema und für den Moment bin ich sehr froh darüber.

„Deinen Koffer kannst du alleine packen, aber deine Tattoos hast du mir immer noch nicht erklärt.“

Jakob hat zwar immer noch kein Bett, aber dafür einen Nachttisch mit sehr interessantem Inhalt. Neben Schokolade finde ich da eine große Packung Kleenex und ein Gleitgel, das man gleichzeitig als Massagegel verwenden kann. Jakob ist im Bad und weiß noch nicht, dass ich seine Schätze entdeckt habe. Ich höre, wie er das Wasser abstellt, doch ich lasse mich nicht weiter auf meiner Entdeckungstour stören. Noch weiß er nicht, dass ich mich inzwischen vollständig ausgezogen habe. Auf dem Bauch räkele ich mich auf seinem Bett, mein nackter Hintern in seine Richtung gestreckt, und lese mir die Beschreibung des Gleitgels durchs.

Jakob öffnet die Badtür und begrüßt mich mit einem gequälten Stöhnen.

„Katharina", höre ich es wie eine Warnung hinter mir, bevor er sich auf mich stürzt und sich auf meinen Hintern setzt. Er versucht, mich durchzukitzeln, doch das lässt mich unbeeindruckt.

„Ich würde gerne sehen, was du hiermit machst."

Lächelnd halte ich ihm die Flasche hin und drehe mich zwischen seinen gespreizten Oberschenkeln um. Er trägt nur noch seine Boxershorts und wird mit jeder Sekunde härter. Ehe er reagieren kann, habe ich ihn befreit und massiere ihn in meiner Hand. Die ersten Lusttropfen hinterlassen eine feuchte Spur auf meinem Bauch.

„Das willst du nicht sehen", sagt er und beobachtet, was ich mit ihm mache.

„Doch, Jakob. Das will ich."

Ich lasse ihn los und will mir gerade einen Klecks des Gels in die Handfläche geben, als er sich zwischen meine Schenkel drängt. Meine Beine schlinge ich um seine Hüften und presse ihn gleich fest an mich. Seine harte Länge liegt genau auf meiner Spalte und wird dort schon von meiner Nässe benetzt.

Jakob bewegt die Hüften und rutscht dabei fast in mich, doch er hält sich zurück.

„Fühlt sich so an, als bräuchte ich kein Hilfsmittel", keucht er an meinem Hals. Er stemmt sich wieder von mir hoch und nimmt seinen Schwanz in die Hand.

„Das willst du sehen, Katharina?“
Mit halb geschlossenen Augen stößt er in seine Faust.
„Ja, bitte“, antworte ich atemlos.
Jakob deutet mir, mich mit dem Rücken an die Wand zu lehnen, damit er sich zwischen meine gespreizten Schenkel setzen kann. Ich kann ein leises Wimmern nicht unterdrücken, als er die warme Haut seines Rückens an meinen Oberkörper presst. Über seine Schulter kann ich weiterhin beobachten, wie er es sich selbst besorgt. Ich nehme die Flasche Gleitgel und gebe ein paar Tropfen über seine Finger. Jakob verteilt das Gel über seinen zuckenden Schaft. Selber nehme ich auch eine gute Portion in meine Handflächen und wärme es an, bevor ich damit seine Oberarme massiere.
„Was ist das?“, frage ich, und fahre über die Schlange auf seinem linken Oberarm, die um einen Stab gewunden ist. Das Tattoo nimmt seinen gesamten Oberarm und einen Teil seiner Schulter ein.
„Der Äskulapstab“, keucht Jakob und dreht den Kopf um mich zu küssen.
„Kleine Sünde aus dem Medizinstudium“, erklärt er, als er sich von meinem Mund löst. Seine Finger bearbeiten unverändert den glänzenden Ständer in seiner Faust. Es ist fast zuviel hinzusehen.
„Und das auf deiner Schulter?“ Sanft drücke ich ihn ein Stück nach vorne, damit ich auch seinen oberen Rücken einreiben kann.
„Das Sternbild von Lias Geburtstag.“
Es scheint wie eine wirre Verbindung von Linien mit schattierten Punkten, doch wenn er es so erklärt, dann macht es Sinn.

Bevor er sich wieder an mich lehnt, schiebe ich eine Hand zwischen meine Schenkel, denn ich kann nicht länger nur zusehen, sonst platze ich.

„Bist du gerne der Beobachter?“, fragt Jakob mit rauer Stimme. Ein kleiner Schwall weiterer Lusttropfen tritt an der Spitze aus und ich würde sie gerne auflecken, doch in dieser Position ist das leider unmöglich.

„Kommt auf das Objekt der Beobachtungen an. Aber das hier gefällt mir ausgesprochen gut.“

Sanft beiße ich in seine Schulter und lasse dabei zwei Finger um meinen Kitzler kreisen.

„Noch mal“, bettelt Jakob. Dieses Mal nehme ich seinen Hals und sauge leicht, bevor ich zubeiße. Das Massagegel bildet eine angenehme Reibung zwischen uns, was Jakob auch an meinen harten Nippeln an seinem Rücken spürt.

„Wirst du auch gerne beobachtet?“, fragt er leise. Er nimmt seine Hoden in die Hand und massiert diese härter als ich es mich trauen würde.

„Ich weiß nicht.“

Meine Antwort ist zögerlich. So etwas habe ich noch nie in Betracht gezogen.

Jakob dreht sich um, zieht mich komplett auf die Matratze und dringt ohne Vorwarnung in mich ein. Das süße Brennen der plötzlichen Invasion wird sofort von den pulsierenden Wellen eines beginnenden Höhepunkts begleitet.

Jakob spreizt meine Beine, soweit es möglich ist, und stößt hart in meine Pussy, jedoch ohne den Kontakt mit mir zu verlieren. Er kneift in meine Nippel und leckt über die harten Spitzen.

„Ich würde dich gerne beobachten.“

Der folgende Satz sollte mich nicht mehr überraschen, reißt

mich jedoch in einen betäubenden Orgasmus.

„Ich würde gerne sehen, ob du bei Paul die gleichen Töne machst, wie bei mir."

Inmitten der bittersüßen Krämpfe reiße ich die Lider auf und sehe direkt in Jakobs tiefbraune Augen. Er folgt mir Sekunden später, lässt jedoch keine Sekunde seinen Blick von mir.

„Du musst nichts tun, Katharina", sagt er, noch völlig außer Atem. „Es wird sich nichts ändern, wenn du das nicht willst."

Er meint es, und er scheint keine Angst davor zu haben, dass es etwas zwischen uns kaputtmachen könnte.

„Auch wenn du es nur einmalig ausprobieren möchtest, und dann nicht mehr willst, ist es okay. Ich sehe eure Blicke und ich weiß, dass es mit Paul geht. Du musst nur wissen, dass es in Ordnung ist, es zu wollen."

„Ich bin keine Schlampe."

Das ist mein erster Gedanke, den ich einfach aussprechen muss.

„Oh Gott, Baby. So etwas darfst du nicht denken." Zärtlich küsst er mein Gesicht und streichelt über meine Ohrmuscheln.

„Du bist alles andere als das. Mir ist bewusst, dass das für dich eine neue Welt ist, aber du kannst es haben, wenn du willst. Wir wissen, dass du so etwas nicht mit jedem machen würdest. Dasselbe gilt für Paul und mich. Es ist wegen dir. Du bist diejenige, die wir nun mal beide wollen."

„Ihr habt das schon abgesprochen?"

Bevor ich wütend werden und ihn von mir runterstoßen kann, schüttelt er den Kopf.

„Wir haben darüber gesprochen, wir haben nichts abgesprochen. Du bist der bedeutendste Faktor in der ganzen

Geschichte und kein Stück Vieh. Paul ist der Einzige, mit dem ich so etwas jemals gemacht habe und mit dem ich es mir überhaupt vorstellen kann."

„Habt ihr Sex miteinander?"

Jakob steckt immer noch in mir drin, was das ganze Gespräch sehr skurril macht.

„Wenn du meinst, ob wir miteinander Verkehr haben, dann nein. Aber wir haben keine Angst davor, uns in einer solchen Situation zu berühren."

Jakob rollt sich zur Seite und rutscht dabei aus mir heraus, hält mich aber weiterhin fest im Griff. Vermutlich hat er Angst, dass ich einfach aus der Tür raus stürme, was nicht ganz unbegründet ist.

„Ich weiß gerade nicht, was ich sagen soll."

„Sag gar nichts, Katharina. Denk darüber nach, solange du willst. Du hast alle Optionen offen, aber du bist nicht gezwungen, eine davon aufzugreifen. Es wird sich nichts ändern, wenn du nichts tust. Mich hast du, wenn du mich immer noch willst."

„Natürlich will ich dich."

Und jetzt in diesem Moment ein Glas Wein oder auch zwei.

12.

Ich bin nicht in der besten Stimmung, als ich an diesem Sonntagabend durch die Backstube des Coffeeshops fege. Jakob ist heute Morgen nach Japan geflogen und es macht mir mehr aus, als mir lieb ist. Ben ist immer noch krank, weswegen ich Steffi gebeten habe, ein Auge auf ihn zu haben, während ich die Vorbereitungen für die nächste Woche mache.

Eigentlich will ich nur noch in die Badewanne und dann in mein Bett, doch in der Stille meines Schlafzimmers würden die Gedanken an Paul wieder hochkommen.

Paul und Jakob.

Jakob und Paul.

Ich weiß nicht, ob ich das kann.

Mein Gewissen schreit aus voller Lunge, dass nur Schlampen so etwas machen. Aber warum fühlt sich der Gedanke daran dann so gut und richtig an?

Ich schaffe es gerade noch, eine Ladung Brownies aus dem Ofen zu holen und drei Bleche Vollkornbaguettes hineinzuschieben, als Steffi durch die Tür kommt.

„Was ist los?“, frage ich und wische mir die Hände an einem Küchentuch ab.

„Ben geht es nicht gut. Er fragt nach dir. Kati, ich hab alles versucht, aber er hat angefangen zu weinen. Sein Fieber ist wieder gestiegen.“

„Hast du ihm von dem Ibuprofen gegeben, dass ich dir hingelegt habe?“

Wenn Ben vor Steffi weint, dann geht es ihm wirklich dreckig.

„Natürlich. Aber es scheint nicht viel zu bringen. Du solltest ihn wirklich zum Arzt bringen. Matthias ist bei ihm, aber du solltest hochgehen. Er kann fast gar nicht mehr schlucken, so ist sein Hals zugeschwollen."

„Wie hoch ist sein Fieber?"

„40,3 Grad."

„Scheiße."

Verzweifelt sehe ich zum Ofen und auf das Chaos in der Backstube.

„Geh verdammt noch mal hoch. Ich kümmere mich darum. Ist der Timer am Ofen eingestellt?"

„Ja." Hastig ziehe ich meine Schürze aus und reiche sie Steffi. „Danke."

Auf dem Weg nach draußen umarme ich sie noch kurz. Ohne sie wäre ich völlig verloren.

Noch im Aufzug mache ich den Anruf, den ich eigentlich vermeiden wollte.

„Engel", ist alles, was er sagt, bevor er mich in die Arme schließt.

„Warum hast du mich nicht schon früher angerufen?" Vorwurfsvoll sieht er auf mich runter und wartet auf eine Antwort.

„Ich will keine Belastung sein", antworte ich mit einem Schulterzucken. „Eigentlich wollte ich ihn zum Notdienst bringen, aber er kann sich kaum aufrecht halten und hat Schüttelfrost."

Paul lässt mich los und nimmt seine Tasche, die er beim Reinkommen auf dem Boden abgestellt hat.

„Darüber reden wir noch", sagt er streng. „Aber jetzt schaue ich mir erst mal deinen Bruder an."

Mit professioneller Miene sitzt Paul auf dem Wohnzimmertisch vor Ben, der schlapp auf der Couch hängt, und stellt ihm einige Fragen zu seinem Befinden. Er tastet seine Lymphknoten ab, schaut in seinen Rachen und die Ohren. Als er seine Stirnhöhlen abklopft, wimmert Ben vor Schmerzen. Zum Schluss tastet er noch seinen Bauch ab und verweilt dort länger, als für meine angeschlagenen Nerven gut ist.

„Ich geb dir gleich noch etwas für die Halsschmerzen und gegen das Fieber. Morgen früh bräuchte ich noch eine Blutprobe von dir", sagt er zu Ben, der ein wenig ängstlich dreinschaut.

„Was hab ich denn?", fragt er.

„Auf jeden Fall tüchtig die Mandeln entzündet. Auch wenn dir das Abklopfen wehgetan hat, schätze ich, dass deine Stirnhöhlen frei sind und du einfach nur Kopfschmerzen hast. Ich rede mal eben mit deiner Schwester."

Er gibt Ben die Hand, der sichtlich davon beeindruckt ist, wie ein Erwachsener behandelt zu werden.

„Was ist los?", frage ich, als wir uns in der Küche gegenüberstehen.

„Ich bin mir nicht sicher, dafür brauche ich erst eine Blutprobe. Aber da das im Moment im Umlauf unter den Jugendlichen ist, würde ich stark darauf tippen, dass er Pfeiffersches Drüsenfieber hat. So ziemlich alles spricht dafür."

„Was ist mit seinem Bauch?"

„Du bist ein guter Beobachter, Mamabär", neckt er mich. „Seine Milz ist vergrößert, deswegen auch meine Vermutung. Ansonsten würde ich es als Tonsillitis einstufen."

„Jesus, Paul. Auf Deutsch bitte.“

Ich bin kurz davor, wieder das Nägelkauen anzufangen.

„Mandelentzündung, Engel.“

Paul verschränkt die Arme vor der Brust, obwohl er so aussieht, als würde er mich lieber an sich ziehen.

„Und jetzt?“

„Jetzt müssen wir vor allem erst mal sein Fieber runter bekommen. Du kannst ihm Paracetamol im Wechsel mit Ibuprofen geben. Alle vier Stunden. Hast du das hier?“

„Leider, nein. Ach, Scheiße. Ben war nie ernsthaft krank. Nicht so. Das kenne ich nicht von ihm. Irgendwie habe ich total versagt, zu erkennen, wie schlecht es ihm geht.“

Paul kommt einen Schritt auf mich zu und legt mir die Hände auf die Schultern.

„Hast du nicht, Katharina. Du tust, was du kannst. Und das ist eine Menge. Ich habe noch Paracetamol in meiner Tasche und auch ein betäubendes Spray für den Hals, damit er wenigstens vernünftig trinken kann. Normalerweise mache ich das nicht, aber ich würde ihm gerne ein Antibiotikum geben, falls es doch kein Pfeiffersches Drüsenfieber ist.“

„Hast du das auch in deinem Koffer?“

„Nein, aber ich schreibe ein Rezept und dann gehe ich es noch holen. Jetzt versorgen wir ihn erst mal mit den anderen Medikamenten. Anschließend fahre ich zur Apotheke und bringe uns auf dem Rückweg etwas zu essen mit.“

Ich will gerade den Mund öffnen, um ihm zu widersprechen, als er mir einen Finger auf die Lippen legt.

„Lass dir helfen. Nur dieses eine Mal.“

Nach einer Dosis Paracetamol und ein paar Löffeln Brühe schläft Ben mit dem Kopf auf meinem Schoß ein. Sein Fieber ist nicht wesentlich gesunken, aber er fühlt sich etwas besser.

„Wenn er in einer Stunde immer noch so glüht, dann musst du ihm Wadenwickel machen“, flüstert Paul aus dem Sessel. Auf dem Fernseher läuft leise irgendeine Krimiserie, der wir aber beide nicht besonders viel Aufmerksamkeit schenken.

„Wie mache ich das? So etwas musste ich bisher noch nie.“

„Die nassen Tücher dürfen nicht eiskalt sein, nur lauwarm, sonst erreichst du das Gegenteil und das Fieber schießt noch höher.“

„Danke, Paul. Jetzt bin ich gleich beruhigter. Als ob sein Fieber nicht schon hoch genug wäre.“

Paul sieht mich mit einer hochgezogenen Augenbraue an.

„Statt mich anzuzicken, könntest du mich auch einfach fragen, ob ich heute Nacht hierbleibe und dir helfe.“

„Das wäre nicht richtig“, sage ich kleinlaut und hebe Bens heißen Kopf von meinem Oberschenkel. Noch im Schlaf seufzt er erleichtert, als ich ihm stattdessen ein kühles Kissen unter den Kopf schiebe.

„Sagt wer?“ Herausfordernd sieht er mich an.

„Ich.“

„Warum?“

„Weil ich keine Schlampe bin?“

Dieser Begriff geht mir einfach nicht aus dem Kopf.

„Das bist du nicht, Engel. Du bist wunderschön. Und ich kann absolut auf der Couch schlafen. Ich will dir nur mit Ben helfen.“

Damit Ben in Ruhe weiterschlafen kann, ziehen wir uns auf die Terrasse zurück, wo wir uns die von Paul mitgebrachte Flasche Wein teilen.

Wir sitzen uns auf der Hollywoodschaukel gegenüber und

Paul lässt mich die Füße in seine Hosenbeine stecken, um sie zu wärmen.

„Mir gefällt es nicht, dass du dich als Schlampe siehst, nur weil du zwei Männer gleichzeitig anziehend findest“, sagt er und fixiert mich mit seinen schon so vertrauten, grünen Augen.

„Wie soll ich mich sonst fühlen? Schon die Tatsache, dass wir hier so zusammensitzen, gibt mir das Gefühl, Jakob zu betrügen.“

„Es ist kein Betrug, wenn er dich sogar dazu ermutigt. Du machst hier die Vorgaben. Niemand drängt dich zu irgendetwas.“

„Das weiß ich.“

Weil ich seinem Blick nicht mehr standhalte, starre ich in mein Weinglas.

„Engel. Sieh mich an!“

Zögernd schaue ich auf, doch als in seine Augen sehe, kriecht mir die Hitze in die Wangen.

„Weißt du, was ich jetzt möchte?“, fragt er.

„Nein. Was denn?“

„Dass du dich zu mir lehnst und mich küsst. Ich würde dich noch nicht mal berühren. Nur einmal deine Lippen schmecken.“

„Es wäre falsch.“

Ich stelle das Weinglas ab, ziehe meine Füße zurück und setze mich auf meine Hände, weil ich ansonsten seinem Wunsch nachkomme.

„Warum wäre es falsch? Willst du mich, Katharina?“

„Es wäre falsch, weil Jakob nicht hier ist.“

„Das ist nur die Hälfte der Antwort. Ich muss es von dir hören.“

„Ich will dich, Paul.“

Er nickt zufrieden und trinkt grinsend sein Glas aus.

„Ben kriegen wir heute wahrscheinlich nicht mehr von der Couch runter. Heißt das, ich kann mit dir in deinem Bett schlafen?“

„Du musst wirklich nicht bleiben, aber wenn du darauf bestehst, dann kannst du neben mir schlafen. Und ich betone: Neben mir!“

„Geht klar, Chefin.“ Zwinkernd tippt er sich an die Stirn und zieht mich dann mit sich von der Schaukel hoch.

Bens Fieber ist tatsächlich etwas gesunken, doch er ist nicht zu wecken, also lassen wir ihn auf der Couch liegen.

Es ist ein merkwürdiges Gefühl, Paul mit in mein Schlafzimmer zu nehmen. Ich zeige ihm, wo er ein zweites Kopfkissen findet und nehme meinen Shortypyjama mit ins Bad, um mich dort umzuziehen.

Zurück im Schlafzimmer, finde ich Paul mit nacktem Oberkörper in meinem Bett. Er hat sich die Decke bis an die Hüften hochgezogen und die Arme hinter dem Kopf verschränkt. Ich wende meinen Blick ab und werfe meine schmutzige Kleidung in den Wäschekorb. Auf dem Weg zum Bett lösche ich das Licht.

„Du hast keine Tattoos“, bemerke ich.

Zögerlich schlüpfe ich unter die Bettdecke und bemühe mich, ihn nicht zu berühren.

„Stimmt. Schlimm?“

Paul legt sich auf die Seite und schaut mir in die Augen. Das Licht der Straßenlaternen erhellt den Raum gerade genug, um ihn erkennen zu können.

Ich rolle mich auch auf die Seite und spiegele seine

Körperhaltung.

„Überhaupt nicht. Ich hatte nur irgendwie damit gerechnet."

„Weil Jakob welche hat? Engel, auch wenn wir beste Freunde sind, haben wir nicht automatisch die gleichen Interessen."

„Außer bei Frauen."

„Manchmal."

Irgendwie ist es leichter, im Schutz der Dunkelheit zu reden.

„Auch bei seiner Exfrau?"

Paul streckt eine Hand zu mir aus und streicht mir eine Haarsträhne hinters Ohr. Unter seiner Berührung bekomme ich eine Gänsehaut.

„Nein, nicht bei Claudia."

„Warum nicht?"

„Weil sie eine nette Person ist, ich aber nie an ihr interessiert war."

Ich möchte ihn noch so vieles fragen, aber meine Lider werden schwer und ich kann nicht länger gegen den Schlaf kämpfen.

13.

Im Morgengrauen weckt mich die Anwesenheit eines nicht ganz so vertrauten männlichen Körpers in meinem Bett.

Paul liegt auf dem Rücken und hat die Augen noch geschlossen. Eine Hand ruht auf seiner Brust und die andere hat er in seine Boxershorts geschoben, wo sie auf einer sehr offensichtlichen Morgenerektion liegt.

Warum genau habe ich ihn noch mal in meinem Bett schlafen lassen? Sein Anblick macht mir den Mund wässrig. Dass er jetzt noch anfängt, sich selbst zu streicheln, macht die Sache nicht besser. Ich bin mir nicht sicher, ob er noch schläft, doch seine Atmung beschleunigt sich. Plötzlich grummelt er vor sich hin und streckt seine gesamte Körperlänge, mit Armen über dem Kopf, in meinem Bett aus. Er öffnet die Augen und lächelt mich an. Jetzt fühle ich mich ertappt.

„Morgen“, murmelt er und rollt sich auf die Seite.

Ich kämpfe darum, nicht runter zu schauen, doch schon nach Sekunden kann ich nicht widerstehen.

„Du hast einen Sixpack“, sage ich, um nicht über das andere Paket unterhalb seiner Gürtellinie sprechen zu müssen.

Jakob ist zwar durchtrainiert, aber nicht so stark definiert wie Paul, der schlanker und sehniger ist.

Ich habe keinen Schimmer, warum ich die beiden immer vergleiche. Es ist nicht so, als würde ich dabei zu irgendeinem Ergebnis kommen.

„Und dennoch starrst du auf meine Morgenlatte. Wenn du nicht planst, etwas dagegen zu tun, dann sieh mich nicht so hungrig an.“

„Ich schaue nach Ben.“

Hastig steige ich aus dem Bett, bevor ich der Versuchung namens Paul nachgebe.

„Ich war heute Nacht noch bei ihm, aber ihm geht es nicht gut."

„Was hast du gesagt, warum du noch hier bist?"

Mir wird heiß und kalt bei dem Gedanken, dass Ben etwas mitbekommen haben könnte. Auch wenn nichts passiert ist, würde er es nicht verstehen.

„Keine Sorge, Engel. Ich habe ihm gesagt, dass ich drüben bei Jakob schlafe. Und ich habe mich natürlich angezogen, bevor ich rausgegangen bin. Obwohl Ben noch nicht mal mitbekommen hätte, wenn ich mich aus dem Nichts vor ihm materialisiert hätte."

„Er liegt immer noch auf der Couch?"

„Jetzt nicht mehr. Ich habe ihn in sein Bett gewuchtet."

„Danke, Paul", sage ich zur Tür, an deren Klinke ich mich festhalte.

„Gern geschehen."

Es fällt mir schwer, mich für selbstlose Hilfe zu bedanken. Weil ich immer alles alleine geregelt habe.

Irgendwie schaffen wir es, Ben zu vermitteln, dass Paul gerade erst vorbeigekommen ist, um ihm Blut abzunehmen. Zum Frühstück isst Ben eine Portion Vanilleeis, weil er wirklich nichts anderes runter bekommt. Er fiebert immer noch wie verrückt und ist sehr schlapp. Ich bin froh, wenn wir das Ergebnis vom Bluttest zurückbekommen und Paul ihn dann angemessen behandeln kann.

Nachdem ich Paul verabschiedet und Ben versorgt habe, gehe ich runter in den Coffeeshop. Steffi und Daniela haben sich schon bereit erklärt, die Schichten der nächsten drei Tage abzudecken, dennoch kann ich mir nicht helfen und muss kurz nach dem Rechten sehen.

„Was machst du denn hier?“, ruft Steffi und sieht mich vorwurfsvoll an, als ich durch die Backstube den Laden betrete. Sie räumt gerade die Spülmaschine aus und poliert die Tassen mit einem Tuch nach.

„Ich wollte nur mal hören, ob alles läuft. Keine Sorge, ich gehe gleich wieder hoch zu Ben.“

„Wie geht’s dem armen Kerl?“

„Nicht besonders. Paul hat heute Morgen noch mal einen Hausbesuch gemacht und eine Blutprobe genommen. Morgen sind wir hoffentlich schlauer.“

„Das ist merkwürdig“, sagt sie und schiebt mir ihren Milchkaffee rüber.

„Was ist merkwürdig?“ Ich nehme einen Schluck und schließe genussvoll die Augen.

„Ich bin mir ziemlich sicher, dass Pauls schwarzer Mustang die ganze Nacht vor dem Haus stand.“

Noch mit geschlossenen Augen verschlucke ich mich an meinem Kaffee und pruste beinahe durch die Nase alles wieder nach draußen. Mir laufen die Tränen runter, weil ich huste und dabei versuche, nicht den Kaffee auszuspucken. Schließlich schaffe ich es, die Tasse unfallfrei abzustellen, alles runterzuschlucken und mich richtig auszuhusten. Steffi grinst mich an und kommt im Traum nicht auf die Idee, mir zur Unterstützung auf den Rücken zu klopfen.

Ich will mich rechtfertigen, doch ich weiß wirklich nicht, was ich sagen könnte, ohne es noch schlimmer zu machen. Amüsiert sieht sie für einen Moment den fischähnlichen Schnappbewegungen meines Mundes zu, bis sie mich schließlich erlöst.

„Ich weiß doch, dass er nur Jakobs Freund ist. Kati, ich bin froh, wenn du dir helfen lässt. Und ich freue mich, dass du auch endlich ein paar andere Leute in euer Leben lässt. So gerne ich auch mit dir befreundet bin und dir jederzeit helfe, du bist noch so jung und hast wirklich etwas Spaß verdient. Arbeit ist nicht alles."

Sie umarmt mich einmal kurz und drückt mir meine Tasse wieder in die Hand.

„Austrinken! Und dann gehst du hoch. Ich weiß, du hörst es nicht gerne, aber wir haben den Laden auch ohne dich im Griff."

Zum Glück ist Ben kein unzufriedener Patient. Er genießt es, den ganzen Tag auf der Couch zu gammeln und sich von mir bedienen zu lassen, nutzt es aber nicht aus und nörgelt auch nicht unnötig viel. Mit Eis und kalten Getränken weitestgehend zufrieden, verschläft er den größten Teil des Tages.

Auf Ben aufzupassen, gibt mir ungewohnt viel Zeit zum Grübeln.

Jakob schickt mir ein paar liebe Zeilen aus Japan, die mir deutlich machen, wie sehr ich ihn vermisse. Ich will nicht daran denken, dass er bei seiner Exfrau ist, trotzdem kann ich es nicht unterdrücken. Natürlich ist er nur wegen seiner Tochter da und das freut mich für ihn, aber sie ist die Frau, mit der er mal verheiratet war. Irgendwie fühle ich mich verlogen bei dem Gedanken, schließlich habe ich letzte Nacht Paul in mein Bett gelassen.

Ein krankes Kind zu betreuen hat den Vorteil, dass ich Zeit habe, meinen Haushalt in Schuss zu bringen, auch wenn es mich juckt, wieder in den Shop zu gehen. Also lenke ich mich mit Wäsche waschen und bügeln ab und versuche, nicht zu sehr an die verwirrenden Gefühle für zwei Männer zu denken.

Ben ist schon im Bett, als Paul am Abend vor der Tür steht. Eigentlich habe ich damit gerechnet, dass er anruft, aber nicht, dass er wieder auf der Matte steht.

„Du musst dir wirklich nicht die Mühe machen", sage ich, als er mich umarmt. „Brauchst du nicht auch mal deinen Feierabend?"

„Wer sagt denn, dass ich nicht aus ganz egoistischen Motiven hier bin?"

Er sieht an mir runter, auf meine nackten Beine, die nur in einer knappen Shorts stecken.

„Und die wären?" Bevor er noch weiter starrt, schiebe ich ihn zur Küche und schließe die Wohnungstür.

„Dich zu sehen, Engel."

Wie aus dem Nichts steht er auf einmal ganz nah vor mir.

„Und warum solltest du das wollen?"

„Das weißt du ganz genau."

Mit dem Handrücken streichelt er über mein Schlüsselbein, das durch den weiten Halsausschnitt meines Shirts komplett für ihn entblößt ist.

„Ich sehe kurz nach Ben", flüstert er und lässt mich abrupt stehen. Er ist schon längst in Bens Zimmer verschwunden, als ich immer noch auf demselben Fleck stehe.

Was macht er nur mit mir?

Das ist nicht richtig, es kann nicht richtig sein. Man kann sich nicht in zwei Männer gleichzeitig verlieben. So was passiert nur in Filmen, in sehr schlechten Filmen. Ich habe mich zuerst gegen die Sache mit Jakob gewehrt, weil ich Mühe habe, für eine weitere Person die Zeit zu finden, und jetzt soll noch eine Dritte dazukommen? Kann so etwas funktionieren? Und was sage ich Ben, wenn es dazu kommen sollte? Das kann ich ihm nicht begreiflich machen. Er wird das nicht verstehen. Wie soll er auch? Ich tue es ja selbst nicht.

Mit einer Kanne Tee und zwei Tassen setze ich mich gerade auf die Couch, als Paul sich mit Anlauf neben mich schmeißt.

„War er noch wach?", frage ich und gieße ihm eine Tasse ein.

Dankbar nimmt er sie entgegen und nickt.

„Er hat noch ferngesehen, aber er schläft sicher gleich. Wie war sein Fieber über den Tag?"

„Nicht mehr so hoch, aber er ist total schlapp und sein Hals ist immer noch so zugeschwollen und bereitet ihm Schmerzen."

„Das hab ich gesehen. Morgen wissen wir mehr."

„Was ist denn, wenn er tatsächlich Pfeiffersches Drüsenfieber hat?"

Paul nimmt einen Schluck aus seiner Tasse und dreht sich zu mir. Unsere Knie berühren sich und ich bin froh, dass wenigstens der Stoff seiner Hose als Distanz zwischen uns dient.

„Das könnt ihr leider nur aussitzen, bis es vorbei ist. Dagegen hilft kein Antibiotikum. Er wird auch danach vermutlich noch eine Weile schlapp sei, und er wird sich auch noch etwas mit dem Sport zurückhalten müssen."

„Das wird ihm nicht gefallen. Er hasst es jetzt schon, dass er sein Fußballtraining verpasst hat."

Paul trägt heute ein enges, blaues T-Shirt und eine Jeans, die an genau den richtigen Stellen rutscht. Ich kann auf die gebräunte Haut seines Sixpacks sehen, während er sich streckt, um seine Teetasse wieder auf den Tisch zu stellen. Auch wenn er heute Morgen nur in Boxershorts aus meinem Bett gestiegen ist, kann ich nicht anders, als zu starren.

„Darüber können wir noch reden, wenn es so weit ist. Kann ich dir was sagen, Katharina? Ohne dass du dir zu große Gedanken machst?", fragt er, und nimmt meine Hände.

„Deine Art der Fragestellung impliziert schon, dass ich mir Sorgen machen sollte."

„Nein, so schlimm ist es nicht. Du solltest nur wissen, dass man das Pfeiffersche Drüsenfieber, falls es das dann ist, auch die Kusskrankheit nennt. Deswegen stecken sich die meisten in Bens Alter an."

„Ach was", wehre ich ihn ab, weil ich mich weigere, diesen Gedanken überhaupt zuzulassen.

Paul lässt mich diese Information für einen Moment verarbeiten, bevor er weiterspricht.

„Es heißt nicht, dass es dadurch passiert ist. Aber Fakt ist, dass in diesem Alter oft die ersten sexuellen Erfahrungen gemacht und dadurch Körperflüssigkeiten ausgetauscht werden. Auch wenn es noch lange nicht zum Verkehr kommt."

Beim Wort „Verkehr" halte ich mir die Ohren zu und summe die Melodie der Sesamstraße. Leider höre und sehe ich Paul trotzdem lachen. Er zieht mir die Finger aus den Ohren und sieht mich kopfschüttelnd an.

„Jakob hat mir nicht den Eindruck vermittelt, dass du besonders verklemmt bist."

Beleidigt schiebe ich die Unterlippe vor und boxe ihm auf die Schulter, bevor ich die Arme vor der Brust verschränke.

„Ich weiß noch nicht, was ich davon halten soll, dass ihr über alles redet", sage ich schmollend. „Und ich will nichts über Bens Sexualleben hören. Er ist mein Bruder. Außerdem ist er noch ein Baby und mag keine Mädchen. Basta."

„Ich muss dich enttäuschen, Engel. Ben ist ein hübscher Kerl und das sind die wenigsten in dem Alter. Wenn es noch nicht passiert ist, dann wird es das. Ich rede nicht von Sex, aber er wird die ersten Erfahrungen machen. Ist er aufgeklärt?"

„Natürlich ist er das. In der Theorie. Über Details will er nicht mit mir reden."

„Du weißt, dass mein Angebot immer noch steht. Ruf mich morgen früh in der Praxis an, dann machen wir einen Termin. Vielleicht kann er mit mir anders reden."

Paul bekommt eine Nachricht auf seinem I-Phone und unterbricht unser Gespräch für einen Moment. Mit einem breiten Lächeln schaut er auf das Display und hält es mir dann hin.

Es ist Jakob, der mit seiner Tochter auf dem Arm in einem Garten steht. Die beiden drücken ihre Köpfe zusammen und strahlen um die Wette. Es ist eins dieser selbst geschossenen Bilder, wo man noch einen Teil seines erhobenes Armes sieht, mit dem er das Telefon in die Luft hält. Ich habe ihn noch nie so lächeln sehen. Auf dieses Glück bin ich nicht eifersüchtig. Er hat sie so vermisst und ich hoffe, sie können die wenigen Tage gut nutzen.

„Wo ist dein Handy?", fragt Paul. „Er hat dir bestimmt auch etwas geschickt."

„In der Küche. Aber ich bin mir nicht sicher, ob er mir überhaupt etwas schicken kann. Ich hab nicht so ein schickes Teil. Meins empfängt unter Umständen gar keine Fotos. Hab ich noch nie ausprobiert."

Paul sieht mich etwas ungläubig an, sagt jedoch nichts.

„Was? Ich bin nicht so ein Technikfreak. Hauptsache ich kann damit telefonieren. Im Nachrichten schreiben bin ich inzwischen auch ganz gut geworden."

„Du klingst wie meine Mutter." Ungläubig schüttelt er den Kopf.

„Und dennoch willst du in mein Höschen."

„Katharina." Warnend zieht er die Augenbrauen hoch. „Du solltest keine Themen ansprechen, für die du noch nicht bereit bist. Ich werde jetzt nach Hause fahren, denn noch eine Nacht neben dir überlebe ich nicht, wenn ich dich nicht berühren darf."

„Ich will warten, bis Jakob wieder da ist. Ich will, dass er dabei ist. Verstehst du das?"

Manchmal wundere ich mich selbst über die Dinge, die aus meinem Mund kommen, denn das ist mir tatsächlich erst in dieser Sekunde bewusst geworden.

„Das verstehe ich sehr gut." Er drückt mir einen Kuss auf die Stirn und steht auf. „Deswegen werde ich jetzt gehen. Gute Nacht, Engel."

Im Vorbeigehen streichelt er mir über die Wange. Es kostet mich eine Menge Kraft, nicht seine Hand zu nehmen, und ihn wieder zu mir runterzuziehen.

14.

Pauls Verdacht bestätigt sich, doch Ben scheint nach vier Tagen schon das Schlimmste überstanden zu haben. Er hat zwar immer noch eine hohe Temperatur, aber er fiebert nicht mehr so extrem und so langsam kann er auch wieder vernünftig essen. Allerdings müssen wir seine Geburtstagsparty, so wie sie ursprünglich geplant war, absagen. Ich hatte ihm versprochen, mit drei seiner Freunde ins Spaßbad zu fahren, doch Paul hat sich klar dagegen ausgesprochen. Zwar ist sein Geburtstag erst in einer Woche, doch auch bis dahin soll er sich noch schonen.

„Ist da wirklich nichts zu machen?“, frage ich Paul, der mal wieder bei mir ist. Wir sitzen auf der Terrasse, nachdem Ben sich beleidigt ins Bett verzogen hat. Er ist nicht glücklich über die Planänderung.

„Tut mir leid, Engel. Er muss sich richtig erholen, vorher kann ich nicht ruhigen Gewissens mein Okay geben.“

„Dann muss ich mir etwas anderes einfallen lassen.“

Paul nimmt mir mein Weinglas aus der Hand, bevor ich es in einem Zug leere. Mich regt es auf, dass Ben nicht seinen Geburtstag feiern kann, wie er es sich wünscht. Er muss schon auf so viel verzichten.

„Du wolltest ihm doch eine Spielkonsole schenken, oder?“

„Die liegt schon in meinem Kleiderschrank. Warum?“

„Vielleicht habe ich eine Idee. Aber darüber muss ich erst mit Jakob reden. Und dann natürlich nur mit deinem Einverständnis.“

Jakob kommt morgen aus Japan zurück und irgendwie sitzen wir beide schon auf heißen Kohlen.

„Dabei fällt mir etwas ein. Meinst du, Jakob hat Lust, am

Sonntag ein bisschen hier zu grillen? Es soll so schönes Wetter werden, aber Ben kann nicht vor die Tür. Vielleicht ist Jakob aber auch zu müde, wenn er morgen erst wieder kommt."

Paul sieht mich verwirrt an und verunsichert mich damit.

„Schon gut, vergiss es. War eine blöde Idee. Ihr habt sicher keine Lust, mit einem kranken Kind hier zu hocken."

Ich weiß nicht, was ich Falsches gesagt habe, aber jetzt sieht er sauer aus.

„Was ist?", frage ich, jetzt selber verwirrt.

Paul schüttelt den Kopf und reibt sich über die Nasenwurzel.

„Tut mir leid, du willst sicher einfach nur nach Hause. Paul, du musst dich nicht um mich kümmern, nur weil Jakob nicht da ist", sage ich, bevor er etwas erklären kann.

Verzweifelt legt er mir eine Hand auf den Mund.

„Kannst du mal für zwei Sekunden deinen schönen Mund halten?", fragt er schließlich.

Ich nicke, also nimmt er die Hand wieder runter.

„Engel, kannst du auch nur ansatzweise annehmen, dass Leute gerne mit dir Zeit verbringen und nicht jeden Gefallen aufrechnen? Davon abgesehen ist Ben keine Belastung. Weder für mich noch für Jakob. Ich habe bei deiner ersten Frage nur überlegt, ob du das mit Jakob machen willst oder ob du mich dabei einschließt."

„Natürlich dachte ich dabei auch an dich."

Paul nimmt meine Füße und legt sie in seinen Schoß. Während er meine Fußsohlen massiert, scheint er sich über etwas innerlich zu amüsieren.

„Was ist jetzt schon wieder?" Ich kann mich nicht konzentrieren, wenn er meine Füße durchknetet. Eigentlich will ich ihn abwehren, doch dafür ist die Massage zu angenehm.

„Du bist unglaublich, Weib." Er kneift in meine Wade. „Wann kapierst du es endlich?"

„Was soll ich kapieren?"

„Dass ich dich will, mit allem, was dazugehört."

Erschöpft lasse ich mich nach hinten sinken und lege einen Arm über mein Gesicht. Paul lässt nicht von meinen Füßen ab, was es nicht gerade einfacher macht, einen klaren Gedanken zu fassen.

„Es ist nicht richtig", sage ich, gerade laut genug, damit er es noch versteht.

Paul lässt meine Füße fallen und spreizt meine Beine. Ich hab keine Zeit zu reagieren, als er sich über mich schiebt. Vorsichtig nehme ich meinen Arm vom Gesicht und sehe in sein hübsches Gesicht. Er stützt sich mit dem Ellbogen neben meinen Kopf ab und studiert mit angestrengtem Ausdruck meine Miene.

„Willst du mich, Engel?"

Einfache Frage, oder?

„Paul." Seufzend lege ich wieder den Arm über die Augen. „Ich verstehe, dass du nichts tun willst, solange Jakob nicht hier ist, aber ich will es einfach nur hören."

Er küsst mich nicht und berührt mich nur mit seinem Körper, der sich so angenehm an mich schmiegt. Ich will meine nackten Beine um seine Taille schlingen, doch das würde unweigerlich zu mehr führen.

Paul wird ungeduldig und nimmt meinen Arm beiseite, damit ich ihn ansehe.

„Ich will dich, okay? Aber das habe ich dir schon mal gesagt. Ich will euch beide. Und ich habe überhaupt keine Ahnung, wie ich damit umgehen soll. So etwas ist mir noch nie passiert. Es ist anstrengend, weil ich immer wieder versuche, meine Gefühle für euch gegeneinander abzuwägen. Aber ich komme zu keinem Ergebnis."

„Du musst dich nicht entscheiden, Engel. Du kannst beides haben."

Es macht mich verrückt, dass die beiden so gelassen sind.

„Es fühlt sich nicht richtig an", sage ich, jedoch mehr zu mir selbst.

„Wir könnten dir zeigen, wie richtig es sich anfühlen kann."

Seine geflüsterten Worte lassen eine Menge Blut in meinen Unterleib strömen. Mein Kitzler schwillt an und ein Schauer läuft mir über den Rücken.

Paul fühlt sich so anders in meinen Armen an, doch kein bisschen weniger gut. Und wieder kann ich die Vergleiche nicht lassen.

Ehe ich auf dumme Gedanken kommen kann, geht er wieder von mir runter und setzt sich neben mich.

Paul nimmt sein Handy vom Tisch und zeigt mir, dass er Jakobs Nummer gewählt hat. Ich will mich aufsetzen, doch er schiebt mich wieder zurück auf die Hollywoodschaukel. Als Jakob abnimmt, stellt er auf Lautsprecher.

„Zeitumstellung, Paul. 4.00 Uhr. Schlafen. Verflucht …"

Jakobs Stimme, wenn auch verschlafen und schlecht gelaunt, bringt mich zum Lächeln.

„Sorry, Jakob. Nur zur Info, deine Lady ist anwesend, also halt dich ein wenig zurück."

„Katharina, Baby. Ich vermisse dich."

Er stöhnt und grummelt, als würde er sich im Bett ausstrecken.

Erwartungsvoll sieht Paul mich an, doch mir ist es

unangenehm, das vor ihm zu erwidern.

„Sie vermisst dich auch, nur ist sie zu schüchtern, es vor mir zu sagen."

Der Blödmann findet das auch noch lustig. Ich stupse ihn mit meinen Zehen in die Seite, doch das war ein Fehler. Sofort hält er meinen Fuß fest und beißt in meinen dicken Zeh. Mein Gekreische, während ich versuche, mich aus seinem Griff zu winden, lässt Jakob wohl endgültig aufwachen.

„Mach mir meine Katharina nicht kaputt", ruft er über mein Geschrei.

„Keine Sorge, ich passe gut auf meinen Engel auf."

Paul lässt meinen Fuß einfach fallen und mich atemlos liegen.

„Dein Engel?"

Bei jedem anderen Mann könnte diese Frage nur mit einem eifersüchtigen Unterton rauskommen, doch Jakob ist schlicht neugierig.

„Das ist sie, und so langsam dringt es auch zu ihr durch."

„Gut." Jakob klingt zufrieden.

„Warum ich anrufe …" Abwesend streichelt er über mein Schienbein. Ich lasse ihn gewähren, auch wenn es mich Mühe kostet, nicht die Oberschenkel zusammenzupressen.

„Hast du Lust auf eine kleine Grillparty am Sonntag? Nur wir drei und Ben natürlich."

„Klar doch. Ich kann es kaum erwarten, wieder nach Hause zu kommen, auch wenn ich Lia gerne mitnehmen würde. Darf ich jetzt weiterschlafen?"

„Natürlich. Bis morgen Abend am Flughafen."

„Nacht, ihr beiden. Lieb euch."

Schon wieder halb eingeschlafen beendet er das Gespräch.

Mir weicht jegliche Farbe aus dem Gesicht.

Jakob wird die Liebeserklärung vor Müdigkeit über die Lippen gekommen sein, vermutlich ist er sich überhaupt nicht bewusst, was er da gesagt hat. Zumindest versuche ich, mir das einzureden.

„Mach jetzt nicht zu, Engel." Paul streichelt mir über die Wange und lächelt verständnisvoll. „Alles ist gut. Du musst es nur zulassen."

Das ist nicht so einfach, wie es klingt.

15.

Es kann nicht mehr lange dauern, doch irgendwie muss ich mich ablenken. Jakobs Rückkehr ist alles, woran ich denken kann.

Paul ist vor zwei Stunden zum Flughafen gefahren, was nur heißen kann, dass er ihn jeden Moment zu mir zurückbringt.

Der Shop hat schon längst geschlossen, also nutze ich die Ruhe meiner kleinen Backstube, um mich zu beschäftigen. Steffi und Daniela haben in den letzten Tagen ihr Bestes getan, trotzdem habe ich gerade eine halbe Stunde damit verbracht, alles wieder an seinen Platz zu bringen.

Auch wenn ich im Laufe der Woche immer mal runtergegangen bin, um für Nachschub bei den Backwaren zu sorgen, muss ich doch erst wieder meine Ordnung reinbekommen.

Baguettes für das morgige Grillen habe ich gerade in den Ofen geschoben. Cupcakes stehen als Nächstes auf dem Plan. Ich bereite einen Grundteig für die kleinen Törtchen und fülle ihn in zwei Muffinbleche. Der Timer für die Baguettes läuft gerade ab, also kann ich sofort die Bleche austauschen.

Es gibt Dinge, die mache ich immer noch gerne von Hand. Dazu gehört auch das Schlagen der Buttercreme für die Cupcakes. Da ich hier nie solche Mengen zubereite, wie es in einer Bäckerei üblich ist, schaffe ich das auch problemlos ohne große Maschinen. Es ist mir wichtig, dass ich nicht aus der Übung komme. Ich bin gerne Bäckerin, aber Konditorin war doch immer mein Traumberuf. Einen Teil meiner Leidenschaft kann ich hier ausleben, auch wenn ich es lieber mit einer solideren Grundlage tun würde.

Er versucht, leise zu sein, doch ich kann seine Anwesenheit spüren, bevor ich ihn höre. Eigentlich müsste ich mich sicherheitshalber umdrehen, wenn einfach jemand durch die Hintertür in meinen Shop kommt, doch ich weiß sicher, dass es Jakob ist. Auf leisen Sohlen schleicht er sich hinter mich und sieht über meine Schulter, während ich mit dem Spritzbeutel die Cupcakes verziere.

Er atmet tief ein und legt seine Wange an meine. Für einen Moment schließe ich die Augen und nehme nur ihn hinter mir wahr. Seine Wärme ist es, die ich am meisten vermisst habe.

„Sieben Tage", sage ich leise und widme mich wieder meiner Arbeit.

„Zu lange. Nächstes Mal kommst du mit."

Jakob wartet auf die Sekunde, in der ich den Spritzbeutel fallen lasse, um seine Arme um mich zu schlingen. Er presst seinen heißen Mund auf die kleine Kurve zwischen Hals und Schulter und dabei gleichzeitig seinen harten Schwanz an meinem Po. Obwohl er eine Jeans trägt, spüre ich jeden Zentimeter.

„Das hat mir gefehlt", flüstere ich und lege meine Hände auf seine. Ich will ihn fragen, ob er einen guten Flug hatte, doch der Gedanke löst sich ins Nichts auf, als er unsere Hände zusammen unter mein T-Shirt schiebt. Er wandert sofort zu meinen harten Nippeln, in die er leicht hinein kneift.

„Jakob", wimmere ich und dränge ihm meinen Po entgegen. Die Frage, wo er Paul gelassen hat, entgleitet mir sofort wieder.

„Hast du dich berührt, als ich nicht bei dir war?", fragt er mit rauer Stimme.

„Ja", bringe ich atemlos hervor.

Wie könnte ich nicht? Die Erinnerungen an die Nächte mit

Jakob, sowie die ständige Anwesenheit von Paul, halten meinen Hormonspiegel auf einem ablenkend hohen Level.

„Zeig es mir, Katharina."

Jakob knabbert an meinem Ohr und löst die Schleife an meiner Schürze, die achtlos auf den Boden gleitet. Er zieht das Bündchen meiner Leinenhose ein kleines Stück runter und schiebt meine Hand zusammen mit seiner in meinen Slip.

„Zeig mir, wie du dich berührst, wenn ich nicht da bin."

Seine Hand liegt nur lose auf meiner. Er denkt nicht daran, mir zu helfen. Ich nehme meinen Mut zusammen und lasse einen Finger durch meine schon feuchte Spalte gleiten.

Mit der freien Hand muss ich mich am Arbeitstisch vor mir abstützen, weil mir sonst die Knie einknicken. Jakob hält mich aufrecht, während er mit einem harten Nippel spielt. Ich will mich zu ihm umdrehen, doch er hat mich fest im Griff.

„Nur ein Kuss", flehe ich.

„Später. Erst kommst du für mich."

Er zieht seine Hand aus meiner Hose und legt sie an meine Kehle, um mich noch besser zu fixieren. So fordernd kenne ich ihn bis jetzt nicht, doch diese neue Seite gefällt mir.

Mit zwei Fingern massiere ich meinen geschwollenen Kitzler. Sein Duft, seine Nähe und Wärme, sowie die Tatsache, dass er seinen Ständer an meinem Hintern reibt, bringen mich in kurzer Zeit an den Rand eines heftigen Höhepunkts.

„Jakob", wimmere ich und gebe alles, um es noch ein paar Sekunden hinauszuzögern. Er nimmt meine Hand aus dem Slip und ersetzt sie wieder durch seine.

„Willst du kommen, Katharina?"

Seine Finger liegen bewegungslos auf meinem Kitzler, obwohl mein ganzer Unterleib pulsiert und förmlich um

Erlösung bettelt.

„Bitte!"

„Wenn du dich selbst berührst, denkst du dann daran, wie ich dich ficke, Katharina?"

„Gott, ja. Jakob, bitte!"

In der Hoffnung, ein wenig Reibung zu bekommen, bewege ich meine Hüften. Jakob schiebt mich fest vor den Arbeitstisch, so eng, dass er gerade noch Platz hat, um seine Finger zu bewegen. Theoretisch. Denn praktisch lässt er mich immer noch zappeln.

„Erst will ich noch eines wissen."

Er gibt mir ein kurzes Zucken seines Zeigefingers, das jedoch längst nicht ausreichend ist, sondern meine Situation nur verschlimmert. Keuchend hänge ich in seinem Griff.

„Mmmh… ich liebe deine niedlichen, kleinen Titten", schweift er ab, wofür ich ihm jetzt gerade vor das Schienbein treten könnte.

„Denkst du manchmal an Paul, wenn du es dir selbst machst?", wispert er direkt in mein Ohr und macht dabei eine kleine, kreisende Bewegung auf meiner Perle.

„Oh Gott." Die Hitze kriecht von meinem Brustkorb, über meinen Hals in mein Gesicht. Ich will mich irgendwo verstecken, doch ich wäre jetzt nicht in der Lage einen Fuß vor den anderen zu setzen, geschweige denn mich aus seinem Griff zu befreien.

„Sag es, Katharina!"

„Ja, Jakob. Ich denke an Paul."

Ich höre ein Stöhnen hinter mir und bin mir sicher, dass es nicht Jakob ist. Der beginnt sofort, geschickt meine Klit zu massieren und mich in wenig Sekunden zum Kommen zu bringen.

Zitternd stütze ich mich am Tisch ab und versuche, wieder zu Atem zu kommen. Jakob hält mich fest umarmt und reibt sich in einem stetigen Rhythmus an mir.

„Fick mich", keuche ich.

„Geht nicht."

„Warum?"

„Weil wir nicht alleine sind."

Ehe ich seine Worte realisiere, tritt Paul in mein Blickfeld.

„Engel", flüstert er mit rauer Stimme.

„Paul." Erschrocken sehe ich zu ihm auf, doch die erwartete Scham tritt nicht ein.

„Du bist atemberaubend, wenn du kommst."

Lässig lehnt er mit der Hüfte an der Tischkante und streicht mir eine Strähne aus dem Gesicht.

Eigentlich müsste ich sauer sein, dass Jakob mich nicht gewarnt hat, doch stattdessen kann ich nur zu Paul sehen und mich darüber wundern, wie richtig sich seine Anwesenheit anfühlt.

„Das war nicht geplant", sagt Jakob hinter mir und streichelt mir dabei über die Oberarme, als wollte er mich besänftigen.

„Er wollte dich nur überraschen, doch dann ist es irgendwie über euch gekommen. Das war sehr interessant anzusehen", bemerkt Paul. Er nimmt meine Hand, die vorhin noch in meinem Slip war, und führt sie an seinen Mund. Im ersten Moment scheint es, als wollte er mir einen Handkuss geben, doch dann hält er sich meine Finger unter die Nase und atmet tief ein.

Manchmal, wenn ich nervös bin, dann spucke ich jeden Gedanken ungefiltert aus.

„Ich will keinen Analsex, und ich will euch auch nicht dabei zusehen, wenn ihr welchen habt."

Ja, das ist eindeutig so ein Moment.

Jakob und Paul sehen sich an. Pauls Ausdruck kann ich nicht lesen, denn er verzieht keine Miene. Jakob sehe ich nicht, denn er lehnt immer noch an meinem Rücken. Ich drehe mich zu ihm und sehe zum ersten Mal seit einer Woche sein warmes Lächeln.

Er nimmt mein Gesicht in seine großen Hände und küsst mich auf den Mund. Ich spüre Pauls Blick auf uns und bekämpfe den natürlichen Drang, mich zurückzuziehen. Es ist nicht meine Art, vor dritten Personen rumzuknutschen. Selbst als Teenager konnte ich diesen öffentlichen Austausch von Körperflüssigkeiten nie nachvollziehen. Doch Paul ist nicht unbeteiligt.

Während Jakob meinen Mund erkundet, strecke ich eine Hand zu Paul aus. Nur für einen Moment zögert er, bevor er unsere Finger miteinander verschränkt. Jakob schiebt ein Knie zwischen meine Schenkel und drängt mich an den Tisch. Paul streichelt mit dem Daumen über meinen Handrücken, macht aber ansonsten keine Anstalten, uns näher zu kommen. Für den Moment ist das genug.

Jakob löst sich von meinem Mund, hält aber immer noch mein Gesicht fest.

„Du tust nichts, womit du dich nicht wohlfühlst."

Zärtlich küsst er meinen Mundwinkel und streichelt über meine Wangenknochen. Sein Blick wandert zu Paul.

„Über uns musst du dir keine Gedanken machen. Wir sind beide nicht daran interessiert. In erster Linie sind wir für dich da."

Ich spüre Jakob immer noch hart an meinem Schoß, doch so feucht meine Pussy auch ist, ich bin jetzt nicht bereit, etwas für ihn zu tun. Dafür ziehe ich Paul zu uns und bleibe für einen Moment zwischen den beiden stehen. Mein Herz klopft und meine Atmung hat sich immer noch nicht reguliert. Mir ist flau im Magen, doch ich bin nicht krank. Natürlich weiß ich, was das bedeutet. Bisher habe ich es jedoch nie so stark gespürt.

„Ich brauche jetzt einen Kaffee“, sage ich nach einem Moment und löse mich von den beiden. „Noch jemand?“

Meine beiden Männer nicken. Auch sie machen den Eindruck, als müssten sie all das erst mal realisieren.

16.

Mit einem zufriedenen Lächeln steht Ben zwischen Jakob und Paul am Grill. Die beiden Männer beziehen meinen Bruder in ihre Gespräche ein, als wäre er ein Erwachsener. Natürlich sehe ich das Leuchten in Bens Augen und wie er ihre Aufmerksamkeit aufsaugt. Ihm fehlt eine männliche Bezugsperson, das ist mir schon lange bewusst. Aus diesem Grund hat er bisher erst zwei meiner Exfreunde kennengelernt. Zu schnell hängt er sich an diese Personen und wird nur verletzt, wenn sie nicht mehr da sind. Es ist nicht so, als hätte ich in den letzten Jahren viele Beziehungen gehabt, aber alles, was sich nicht als ernst herausgestellt hat, hat Ben nicht mitbekommen. Es wäre soviel einfacher, wenn ich in der Sache nicht wie eine Mutter, sondern wie seine große Schwester denken könnte. Ich hatte nie den Luxus, meine Erfahrungen machen zu können, ohne darüber nachzudenken, welche Auswirkungen es für Ben habe könnte.

Paul dreht sich zu mir und beobachtet mich. Er ist gut darin, meine Stimmungen zu erspüren und sieht gleich, dass ich mir den Kopf zerbreche. Mit dem Blick zu mir, klopft er Ben auf die Schulter und kommt auf mich zu.

„Brauchst du etwas, Engel?“, fragt er und setzt sich auf das Fußende meiner Sonnenliege.

„Ich bin zufrieden“, antworte ich und versuche mich an einem Lächeln.

„Ich glaube dir nicht.“

Er legt eine Hand auf meinen nackten Unterschenkel und drückt leicht zu.

„Nur ein paar Gedanken. Nichts Wichtiges.“

„Du kannst mit uns reden. Das weißt du, oder?“

Paul berührt mich nicht so oft, wenn Ben in der Nähe ist. So sehr ich diese Rücksichtnahme auch zu schätzen weiß, hätte ich jetzt gerade nichts gegen eine Umarmung.

„Ich weiß, Paul. Danke."

„Meinst du, Ben würde dich uns später noch für eine Weile alleine überlassen? Ihm geht es ja schon viel besser. Jakob hat zwei Flaschen Sake aus Japan mitgebracht und wir könnten bei ihm eine kleine Verkostung machen."

Sein Blick wandert immer wieder zu meinem Mund. Er bedrängt mich nicht und lässt mir mein Tempo, doch ich glaube, er leidet ziemlich.

„Ben kommt auch für eine Weile ohne mich aus. Er ist vermutlich sogar froh, wenn er mich los ist."

Zufrieden steht er wieder auf, beugt sich aber noch kurz über mich, um mir etwas ins Ohr zu flüstern.

„Ich will dich küssen, Engel. Alles, was mich gerade davon abhält, ist die Tatsache, dass dein Bruder da vorne steht."

Die beiden machen es mir nicht leicht, und das machen sie ganz bewusst. Sie haben deutlich gemacht, was sie von mir wollen, aber den nächsten Schritt muss ich tun.

Mit einer Schachtel voller Erdnussbuttercookies, die ich wie ein Schild vor mir her trage, stehe ich vor Jakobs Tür. Ben ist schon im Bett, also muss ich mir um ihn keine Sorgen mehr machen.

Bevor ich eine Chance bekomme, die Klingel zu drücken, öffnet Jakob schon die Tür.

„Katharina", sagt er. „Wir haben schon auf dich gewartet."

Er nimmt mir die Schachtel ab und führt mich ins Wohnzimmer, wo Paul auf dem Sessel sitzt und sich gerade die Schuhe abstreift.

„Engel.“ Paul berührt meine Hand und beobachtet mich mit hungrigen Augen, als ich mich ihm gegenübersetze.

„Ich mag dein Kleid“, bemerkt er mit einem Blick auf meine nackten Schenkel. „Weiß steht dir.“

Demonstrativ schlage ich die Beine übereinander.

„Genau, Paul. Farbe der Unschuld und so. Genau mein Ding.“

Wenn ich nervös bin, dann werde ich aufmüpfig.

„Selbst wenn du es vorher gewesen wärst, bin ich mir sicher, dass Jakob sie dir in den letzten Wochen schon erfolgreich ausgetrieben hat.“

Der kommt gerade mit einer Art Karaffe und weiteren kleinen Gefäßen, die wohl dazu gedacht sind, den Sake zu trinken, aus der Küche.

„Warum hast du keine Beziehung, Paul?“, platze ich heraus. Dass er nicht schwul ist, hat er ja schon deutlich gemacht, aber dennoch darf man sich diese Frage bei einem Mann seines Alters durchaus stellen.

„Setz dich zu mir, dann erzähle ich es dir.“

Er klopft auf den kleinen Spalt, der neben ihm noch frei ist.

„Ist es nicht einfacher, wenn du zu mir kommst. Auf der Couch ist viel mehr Platz als auf dem Sessel.“

„Das ist der Sinn der Sache.“

Abwartend zieht er die Augenbrauen hoch und nickt zu dem Platz neben ihm.

Ich sehe hilflos zu Jakob, der gerade die Trinkgefäße verteilt, denn ich bin mir immer noch nicht sicher, ob es für ihn okay ist. Jakob lässt alles stehen und geht vor mir auf die Knie.

„Es ist nicht bloß in Ordnung, Baby.“ Zärtlich küsst er meine Schläfe. „Ich will es sogar so. Wenn du es willst.“

Er reicht mir eine Hand und hilft mir beim Aufstehen. Paul

streckt seine Finger aus, damit ich zu ihm komme. Mit klopfendem Herzen schiebe ich mich in den schmalen Platz neben seinem Oberschenkel. Ich lege die Hände in den Schoß und traue mich nicht, ihn anzusehen.

Paul nimmt mein Kinn und sucht meinen Blick.

„Wir haben schon in einem Bett geschlafen. Jetzt behandele mich nicht, als würdest du mich zum ersten Mal sehen. Ich will dich nur neben mir haben. Wir müssen nichts tun, wozu du nicht bereit bist."

Jakob reicht Paul und mir einen Sake und stößt mit uns an. Mir ist heiß, aber das liegt nicht an dem Alkohol, der gerade meine Kehle wärmt.

Paul will mir nachschenken, doch ich lehne ab.

„Lieber nicht. Ich vertrage nicht so viel."

„Das ist sehr vernünftig. Wir wollen dich bei klarem Verstand."

Wie selbstverständlich legt er eine Hand auf meinen entblößten Oberschenkel. Sofort rauscht das Blut in meinen Unterleib und lässt meine Scham aufblühen. Unsere Blicke treffen sich. Ich kann einfach nicht wegsehen. Paul scheint zu wissen, was gerade in mir vorgeht.

„Du willst wissen, warum ich keine Freundin habe?"

Er sieht zu Jakob, der uns aufmerksam beobachtet. Die Unterbrechung unseres Blickkontakts fühlt sich an, als hätte mich jemand aus einer Trance gerissen.

„Ja, bitte. Dann kann ich mir vielleicht ein Bild davon machen, was mit dir nicht stimmt."

Die Wärme seiner Hand strahlt von meinem Bein, direkt in meinen Schoß.

„Wohnst du noch bei deiner Mutter?"

Die beiden Männer fangen lauthals an zu lachen.

„Du bist echt der Hammer, Katharina", sagt Jakob und setzt sich uns gegenüber.

„Nein, Engel. Ich wohne nicht mehr bei meiner Mutter", antwortet Paul, immer noch grinsend. Mit dem Daumen streichelt er über die empfindliche Haut meines Oberschenkels.

„Ich habe vor einem halben Jahr eine langjährige Beziehung beendet und lebe im Moment in einem kleinen Apartment über der Praxis."

Ich zerfließe hier, doch er benimmt sich so, als wäre alles normal. Mein Höschen ist schon komplett durchnässt. Ich überlege, ob ich im Badezimmer verschwinden und es einfach ausziehen soll.

Paul nimmt noch einen Schluck Sake, macht aber keine Anstalten, dabei seine Hand wegzunehmen. Im Gegenteil, als er sich auf der Couch zurücklehnt, rutscht er sogar noch ein Stück höher. Ich lege meinen Kopf auf seine Schulter und hake mich an seinem Oberarm ein, obwohl ich mich lieber auf seinen Schoß setzen möchte. Er küsst mich auf den Scheitel und streicht mir ein paar verirrte Strähnen aus meinem geflochtenen Zopf hinters Ohr.

Jakob scheint sehr zufrieden mit seiner Beobachterposition, doch wenn mehr passieren soll, dann brauche ich ihn an meiner Seite.

Mir ist übel vor Aufregung. Ich kann die ganze Zeit nur daran denken, wie wohl Pauls Lippen schmecken.

„Paul hat mir von dem kleinen Problem mit Bens Geburtstag erzählt", sagt Jakob.

„Es tut mir so leid für ihn, dass er nicht richtig feiern kann. Aber wenn Paul sagt, er soll sich noch nicht so verausgaben, dann müssen wir uns wohl dran halten."

Auch wenn meine Galgenfrist wohl bald abläuft, bin ich dankbar um die kleine Ablenkung.

„Paul hatte da eine Idee und ich bin auf jeden Fall dafür. Natürlich nur unter der Voraussetzung, dass du einverstanden bist."

„Was denn?"

„Wenn Ben mag, dann kann er zwei oder drei seiner Kumpels einladen. Wir bauen die Wii, die er von dir bekommen soll, hier auf." Er zeigt auf seinen großen Fernseher. „Wir grillen mit ihnen auf der Terrasse, sie können bis in die Nacht spielen und sich dann hier im Wohnzimmer mit Luftmatratzen und Schlafsäcken breitmachen. Wir wären ja direkt nebenan und könnten immer ein Auge drauf haben."

Paul nimmt seine Hand von meinem Bein. Beinahe hätte ich lautstark protestiert.

„Jakob, bist du sicher? Ben fände das sicher toll, aber ich weiß nicht, ob das so eine gute Idee ist."

„Warum nicht?"

„Weil wir hier von dreizehnjährigen Chaoten reden. Grundsätzlich kann mein Bruder sich zwar benehmen, aber ich weiß nicht, wie es ist, wenn seine Freunde dabei sind."

„Darüber mache ich mir keine Sorgen. Ben ist vernünftig und ich werde den Jungs vorher schon eine Ansage machen. Kein Alkohol, keine Kippen und auch sonst keine Exzesse. Vertrau ihm ein bisschen."

„Okay", stimme ich zu, auch wenn es mir schwerfällt. „Danke."

„Gern geschehen, Katharina."

Immer mein Name, wie eine Liebkosung.

Vorsichtig legt Paul wieder seine Hand auf mein Bein. Sofort stehe ich in Flammen. Jakob sieht, wie sich meine

Brustwarzen unter dem dünnen Stoff meines Kleides zusammenziehen. Während ich Jakobs Blick suche, lege ich meine Hand auf Pauls.

„Ich kenne die Antwort", sagt Paul zu Jakob und mir. „Aber trotzdem sollten wir das vielleicht ein Mal laut aussprechen. Jakob, hast du etwas dagegen, wenn ich Katharina küsse? Ich leide hier gerade ziemlich und ich glaube, dass es ihr nicht besser geht. Aber sie muss es hören."

„Du weißt, dass ich überhaupt nichts dagegen habe. Natürlich nur, wenn sie es auch will. Möchtest du Paul küssen, Katharina?"

Paul zieht meine Hand an seine Lippen. Abwartend sieht er mich an, macht aber keine Anstalten, sich mir aufzudrängen.

Mein zaghaftes Nicken reicht ihm als Bestätigung. So behutsam, als wäre ich zerbrechlich, nimmt er mein Kinn und dreht mich zu sich. Unsere Nasenspitzen berühren sich, doch noch macht er nichts. Die Anspannung spüre ich schmerzhaft in meinem Brustkorb. Es fühlt sich so verboten an und doch so verdammt richtig. Ich schließe die Augen und drücke meine Lippen auf seine. Erleichtert stöhnt Paul auf und legt mir eine Hand in den Nacken, als wollte er mich davor bewahren wegzulaufen. Sein Griff ist jedoch sanft, genau wie sein Kuss, den ich in jeder Faser meines Körpers spüre. Er liebkost meine Oberlippe und tastet sich vorsichtig mit der Zunge vor. Ich bemerke nicht, dass Jakob aufgestanden ist und jetzt hinter mir steht. Erst ein heißer Kuss auf meiner Schulter macht mich auf ihn aufmerksam. Ich will mich von Paul lösen, doch er schüttelt beinahe unmerklich den Kopf und knabbert an meiner Unterlippe. Zwischen den beiden Männern zu sitzen, fühlt sich gut an, doch ich brauche eine kleine Verschnaufpause. Langsam drücke ich Paul von mir und drehe mich von Jakob weg.

„Engel, alles okay."

Besorgt sieht Paul mich an. Jakob umarmt mich von hinten, küsst mich aber nicht mehr. Ich muss ein paar Mal tief durchatmen, bis sich ein breites Grinsen auf mein Gesicht schleicht.

„Es geht mir sehr gut", sage ich zu beiden. „Aber ich brauche einen Moment, sonst ist das hier nicht mehr genug, und ich weiß nicht, ob ich heute schon dazu bereit bin."

Meine Männer stimmen mir bedingungslos zu und genau das ist es, was es so richtig macht. Sie sind bei mir, bei jedem Schritt.

17.

Ich liebe Pauls Telefonstimme. Er klingt so professionell und trotzdem, oder gerade deswegen, so sexy. Es jagt mir Schauer über den Rücken, wenn er einfach nur über seinen Tag redet. Leider ist das auch alles, was ich in der vergangenen Woche von ihm bekommen habe.

Jakob war in den letzten Tagen mit ihm in der Praxis, um den OP vorzubereiten, die ersten Beratungsgespräche zu führen und sich mit dem Anästhesisten abzusprechen. Doch ihn habe ich jeden Abend wenigstens für ein paar Minuten gesehen.

Heute ist Bens Geburtstagsparty und ich verziere gerade seine Torte. Er ist mit Jakob für die Party einkaufen gefahren, obwohl ich mehrfach gesagt habe, dass ich das mit ihm machen kann. Jakob liebt es, mir behilflich zu sein und mir dabei zuzusehen, wie ich mich dagegen sträube.

Obwohl Paul auch gleich hierher kommt, habe ich ihn wieder am Telefon.

„Was hast du gerade an, Engel?“, haucht er in den Hörer, ohne mich zu begrüßen.

„Ich wünsche dir auch einen schönen Tag“, sage ich und klemme mir den Hörer zwischen Schulter und Ohr ein.

Im Hintergrund höre ich das Klicken eines Feuerzeugs.

„Heute Nacht, wenn die Kids schlafen, dann will ich dir und Jakob zusehen.“

Mir fällt der Spritzbeutel voller Glasur aus der Hand. Mein Mund wird so trocken, dass ich das Gefühl habe, meine Zunge bleibt am Gaumen kleben. Ich frage mich jedes Mal aufs Neue, worauf ich mich hier eingelassen habe. Das ändert aber nichts daran, dass ich es will.

Zwei Männer in meinem Bett.

Meine Mutter hat mich nie geschlagen, aber wenn sie noch leben würde, dann hätte sie mir vermutlich jetzt zum ersten Mal eine Ohrfeige verpasst.

„Engel?“ Paul wartet immer noch auf eine Reaktion von mir.

„Ich bin nervös“, flüstere ich so leise, dass ich nicht sicher bin, ob er mich gehört hat.

„Das sind wir auch, aber es ist okay. Dir wird nichts passieren. Du bist sicher bei uns. Niemand drängt dich zu irgendetwas.“

„Paul, du verstehst doch, dass Ben davon besser nichts mitbekommt. Oder? Es tut mir leid, aber …“

Er fährt mir gleich über den Mund und lässt mich nicht ausreden.

„Das weiß ich. Nichts liegt mir ferner, als Ben zu verstören. Was auch immer weiter passiert, werden wir im Laufe der Zeit herausfinden und dann damit umgehen. Mach dir nicht zu viele Gedanken.“

Leichter gesagt als getan.

Ich habe Ben schon lange nicht mehr so offen und glücklich erlebt. Die ganze Aufmerksamkeit tut ihm gut.

In den letzten Jahren waren es immer nur wir beide. Jetzt sind auf Jakobs Terrasse seine besten Freunde Stefan und Luca, Paul, Jakob, Steffi und Matthias versammelt. Sie sind alle nur für ihn hier. Sogar Daniela hat vorhin noch ein kleines Geschenk für ihn vorbeigebracht. Zum ersten Mal habe ich gesehen, wie Ben errötet. Ich glaube, er ist ein bisschen in sie verliebt, auch wenn er das niemals zugeben würde.

Nachdem alle gesättigt sind und die Kohle im Grill auch schon beinahe verglüht ist, hilft Steffi mir beim Tisch abräumen. Ben ist mit seinen Freunden ins Wohnzimmer umgezogen. Die Männer sitzen draußen zusammen und trinken aus einer Flasche Bourbon, die Paul mitgebracht hat.

„Du bist glücklich“, sagt Steffi und gibt mir schmutzige Teller an, die ich in die Spülmaschine räume. Sie lächelt mir zu und streichelt mir über den Arm, bevor sie die Reste des Nudelsalats im Kühlschrank verstaut.

Deswegen mag ich sie so. Es reicht ihr, diese Tatsache einfach nur festzustellen, ohne mich in ein Gespräch über mein Gefühlsleben zu drängen.

Sie hat recht, das bin ich tatsächlich. Auch wenn mir das Angst macht, ich bin wirklich glücklich. Bislang war dieser Zustand nie von Dauer, doch je länger es anhält, desto mehr schmerzt es, wenn es vorbei ist.

Nachdem sich Steffi und Matthias verabschiedet haben, rücken Jakob und Paul damit raus, dass sie auch noch Geschenke für Ben haben. Ich möchte dagegen protestieren, doch die Freude in Bens Augen hält mich davon ab. Jakob schenkt ihm ein Lenkrad als Zubehör für seine Spielkonsole. Von Paul bekommt er das passende Spiel.

Jakob war wohl klar, dass es meinen Kontostand überstrapaziert hätte, deswegen hat er die Sachen auf eigene Faust besorgt. Es gefällt mir nicht, aber es steht mir auch nicht zu, Bens Geburtstagsgeschenke abzulehnen.

Wir versorgen die Jungs mit Getränken und Knabberzeug, bevor wir uns in meine Wohnung zurückziehen. Ben hat mir versprochen, dass in spätestens zwei Stunden das Licht aus ist.

Ich bin nervös, als wir meine Wohnungstür hinter uns schließen. Das liegt natürlich auch an den beiden Männern, mit denen ich hier bin, doch momentan ist es noch die Angst, dass die Jungs nebenan alleine sind. Ich hoffe wirklich, dass sie nichts kaputt machen oder irgendeinen anderen Unsinn veranstalten. Über Alkohol brauche ich mir allerdings keine Sorgen zu machen.

„Ich kann nicht fassen, dass du die Taschen der Jungs gefilzt hast", sage ich zu Paul, der mich gerade von hinten umarmt. Seufzend streife ich meine Schuhe ab und lehne mich an ihn.

„Sie hatten die Wahl. Entweder das oder keine Übernachtung. Ich war auch mal in dem Alter."

„Luca und Stefan scheinen vernünftige Kerle zu sein, aber es ist besser, auf Nummer sicher zu gehen", sagt Jakob. „Wir haben die Verantwortung und weder Paul noch ich sind daran interessiert, sich vor Eltern von Halbwüchsigen verantworten zu müssen, wenn sie sich unter unserer Aufsicht betrinken."

„Was ist mit dem Alkohol in deiner Wohnung?"

Ich löse mich aus Pauls Umarmung und gehe vor den beiden ins Wohnzimmer.

„In meiner Wohnung befindet sich nichts Alkoholhaltiges, außer Mundwasser."

Er hält die angebrochene Flasche Bourbon hoch, aus der sie vorhin getrunken haben.

„Die hab ich in Sicherheit gebracht."

Paul schnappt sich die Flasche und verschwindet damit in der Küche, wo er nach Gläsern sucht.

„Für mich nicht", rufe ich und nehme Jakobs Hand, um mit ihm ins Wohnzimmer zu gehen. Ich schiebe ihn auf die Couch und lasse mich auf seinen Schoß fallen. Jakob hat sofort seine Hände unter meinem T-Shirt. Er streichelt über die seitlichen Rundungen meiner Brüste und küsst meinen Hals, doch ich nehme seine Hände weg, als Paul ins Wohnzimmer kommt.

„Wegen mir müsst ihr nicht aufhören."

Im Vorbeigehen zieht er mir spielerisch am Zopf und drückt Jakob ein Glas Whiskey in die Hand.

„Die Jungs sind noch wach und wir haben beide die Terrassentüren auf. Solange sie nicht schlafen, müssen wir uns wohl benehmen."

Jakob nimmt einen Schluck vom Bourbon. Er stellt das Glas beiseite und zieht mich gleich zu einem Kuss an seinen Mund. Seine Lippen sind immer noch vom Trinken benetzt. Ich lecke über seine Oberlippe, um den Geschmack einzufangen.

„Mmmh …, schmeckt gut." Ohne Vorwarnung schiebe ich ihm meine Zunge in den Mund und hoffe, dort noch mehr von dem leicht rauchigen Aroma einzufangen. Jakob lehnt sich im Sessel zurück und lässt mich von seinem Mund kosten.

„Ich hätte dir auch etwas mitgebracht, mein Engel. Aber deine Art zu trinken hat etwas für sich."

Nur widerwillig löse ich mich von Jakob und schenke Paul ein träges Lächeln.

„Hast du noch mehr für mich?", frage ich.

Paul nimmt einen Schluck aus seinem Glas und setzt sich zu uns auf die Armlehne des Sessels. Er greift in meinen Nacken und zieht mich an seine Lippen. Jakob streichelt über meinen Rücken und beobachtet genau, was wir machen. Paul hat einen kleinen Schluck in seinem Mund belassen und tropft ihn vorsichtig auf meine Zunge. Er streicht mir ein paar lose Haare aus dem Gesicht und lässt sich dann wieder auf die Couch zurückfallen.

„Warum lässt du mich hängen?“, frage ich und schiebe beleidigt die Unterlippe vor. Jakob küsst mich auf den Oberarm und sieht mit einer Bewunderung zu mir auf, die mich verlegen macht.

„Weil ich sonst mehr schmecken möchte, als nur deinen Mund.“

„Oh.“

Mehr fällt mir darauf gerade nicht ein. Ich spüre Jakobs Erektion an meinem Oberschenkel und sehe jetzt auch die Wölbung in Pauls Schritt. Das wird ein langer Abend, bis die Jungs nebenan endlich schlafen.

„Was gibt deine DVD-Sammlung eigentlich so her?“, fragt Paul und zeigt zu meinem Fernseher. Ablenkung ist eine gute Idee, wird uns aber nicht viel helfen.

18.

Irgendwann muss ich auf Jakobs Schoß eingeschlafen sein. Ein sanftes Schaukeln weckt mich aus meinem Schlummer. Ich habe noch nicht genug Energie, um die Augen zu öffnen, aber ich spüre, dass Paul auch noch da ist. Eine Türe öffnet sich und gleich darauf werde ich auf einer weichen Unterlage abgelegt. Mein Schlafzimmer.

Ich strecke mich und öffne vorsichtig ein Auge. Jakob macht sich gerade an meinem Hosenknopf zu schaffen. Vorsichtig streift er mir die Hose über die Beine und legt sie auf den kleinen Sessel neben meinem Bett. Als ich den Kopf zur Seite drehe, sehe ich Paul im Türrahmen stehen. Er hat die Hände in den Taschen und schaut uns zu. Jakob schafft es irgendwie, die Decke unter mir herauszuziehen und mich zuzudecken.

Noch immer nicht ganz bei der Sache, strecke ich meine Hand zu Paul aus, doch er schüttelt den Kopf.

„Du bist müde. Schlaf ruhig."

Jakob setzt sich auf die Bettkante und streichelt über meinen Arm.

„Er hat recht. Du solltest besser schlafen."

Schläfrig setze ich mich auf und verschränke die Arme vor der Brust.

„Ich will nicht alleine schlafen."

„Ich komme gleich", sagt Jakob. „Nebenan ist zwar alles ruhig, aber ich sehe besser mal kurz nach und dann komme ich zu dir."

Ich lasse ihn gehen, aber nur, damit ich Paul noch mal zu mir rufen kann.

„Komm her", bitte ich ihn.

„Engel", seufzt er.

„Bitte, Paul. Lass mich nicht betteln.“

Ich ziehe mein T-Shirt über den Kopf. Sofort schaut er auf den Boden. Auch heute trage ich keinen BH. Eine Tatsache, mit der er eindeutig nicht gerechnet hat. Noch einmal strecke ich meine Hand zu ihm aus.

„Hilf mir, meinen Zopf zu lösen.“

Dem kann er nicht widerstehen. So gut kenne ich ihn nun schon.

Als er endlich einen Schritt auf mich zu macht, drehe ich mich um, damit er mir helfen kann, meine geflochtenen Haare zu öffnen.

Paul stellt sich hinter mich und entfernt vorsichtig das Haargummi. Strähne für Strähne löst er den französischen Zopf an meinem Hinterkopf. Seine Berührung ist so sanft, dass ich entspannt den Kopf auf die Brust sinken lasse. Leider ist er viel zu schnell fertig. Bevor er die Chance bekommt, seine Hände wieder zurückzuziehen, nehme ich sie und führe sie an meinen Mund, wo ich jede einzelne Fingerspitze küsse. Seine Atmung wird heftiger, doch er macht keine Anstalten, mich weiter zu berühren.

Ich drehe mich zu ihm und lasse meine Beine von der Bettkante hängen. Nur im Slip sitze ich vor ihm. Paul fährt mit den Fingern durch meine Haare und schüttelt sie über meine Schultern aus. Mein ganzer Körper wird von einer Gänsehaut überzogen.

„Ist dir kalt, Engel?“

„Nein, kein bisschen.“

Ich schiebe sein Poloshirt ein Stück hoch und lege meine Wange an seinen nackten Bauch. Paul versteht mein Verlangen nach mehr Hautkontakt und zieht sein Shirt über den Kopf.

„Ich werde nicht mit dir schlafen“, sagt er und öffnet dennoch seine Hose. Ich helfe ihm dabei, sie nach unten zu ziehen, damit er selbst aus den Hosenbeinen steigen kann.

„Warum nicht?“

„Du bist noch nicht bereit. Für Jakob schon, aber nicht für mich.“

Das kann ich nicht völlig abstreiten.

„Aber du bleibst trotzdem bei uns?“, frage ich voller Hoffnung.

„Natürlich, Engel.“

Er schiebt sich zwischen meine Knie und drückt mich aufs Bett. Sein Mund findet mein Schlüsselbein. Jakob tritt ins Schlafzimmer, als ich meine Beine um Pauls Hüften schlinge und ihn an mich presse. Still setzt er sich auf die Bettkante und zieht sich das T-Shirt über den Kopf.

Für einen Moment flackert Unsicherheit bei mir auf.

„Schalt den Kopf ab, Katharina. Das hier ist richtig, solange wir es alle wollen. Du willst es doch?“, fragt Jakob.

Paul arbeitet sich nach unten vor und nimmt einen Nippel zwischen die Lippen. Sanft greife ich in seine Haare und halte ihn fest, damit er nicht abhaut.

„Ja“, keuche ich. Jakob beugt sich zu mir runter und küsst meinen Mund. Paul verteilt inzwischen kleine Bisse und Küsse auf der empfindlichen Haut unterhalb meines Bauchnabels. Unwillkürlich schiebe ich ihm mein Becken entgegen. Jakob löst sich von meinen Lippen und beobachtet, was Paul da macht.

„Ich glaube, er will dich schmecken, Katharina. Darf er?“

Auch ich kann nicht widerstehen und muss sehen, was er da macht. Ich stütze mich auf die Ellenbogen und schaue dabei zu, wie Paul meinen Slip langsam über die Schenkel abstreift.

„Ist er denn gut?“, frage ich und lehne meine Wange an Jakobs Oberarm.

Er sieht zu mir runter und grinst.

„Ich kann nicht aus eigener Erfahrung sprechen, aber Paul ist dafür bekannt, dass er keine halben Sachen macht.“

Ich bin so auf Jakob fixiert, dass Pauls Zunge an meiner Klit völlig unvorbereitet kommt. Überrascht lasse ich den Kopf nach hinten fallen und stöhne laut auf.

Paul spreizt meine Schenkel, um sich besseren Zugang zu verschaffen. Er lässt keine Sekunde von mir ab und leckt und knabbert unermüdlich. Vorsichtig schiebt er einen Finger in mich und bewegt ihn im Rhythmus seiner Zungenschläge. Jakob zieht meinen Kopf auf seinen Schoß, als ich mich nicht mehr auf den Armen halten kann.

Mit geschlossenen Augen genieße ich die Aufmerksamkeit von zwei Männern, die so viel mehr sind, als nur nett anzusehen.

Jakob streichelt über meinen Bauch und nimmt meine kleinen Brüste in seine großen Hände. Er fährt mit dem Daumen über die aufgestellten Spitzen. Mein Höhepunkt kommt so rasch und ist durch nichts aufzuhalten. Selbst wenn mich in dieser Sekunde keiner mehr berühren würde, könnte ich es nicht stoppen.

Ich bin noch mitten in den Nachwehen meines Orgasmus, als Paul sich über mich schiebt und mich küsst. Ich spüre seinen harten Schwanz auf meiner Scham und warte gespannt, ob er etwas dagegen tun wird. Doch er rollt sich nur von mir und setzt sich gegen das Kopfende des Bettes.

„Komm zu mir.“

Mit einem warmen Lächeln streckt er seine Arme aus. Ich brauche einen Moment, bis ich wieder Herr über meine

Glieder bin, bevor ich mich aufsetzen und zu ihm krabbeln kann. Ich will mich rittlings auf seinen Schoß setzen, doch er dreht mich um und zieht mich zwischen seine gespreizten Beine.

„Was ist mit dir?“ Ich drehe den Kopf, um in sein Gesicht zu sehen.

„Ich hab es dir doch gesagt, Engel. Wenn du mich lässt, dann möchte ich dir und Jakob zusehen.“

Der steht schon am Fußende und streift sich die Hose ab. Auch bei seiner Boxershorts zögert er keine Sekunde. Ohne jede Spur von Scham nimmt er seinen Schwanz in die Hand und massiert sich in seiner Faust. Ich sehe die tropfende Spitze und lecke mir über die Lippen. Jakob hält es nicht mehr länger aus und klettert zu uns aufs Bett. Sofort schiebt er sich zwischen meine gespreizten Schenkel und legt meine Beine um seine Hüften. Heiß und hart spüre ich ihn an meiner Klit, während er an meinem Hals leckt und saugt. Paul hält mich und spielt mit meinen Haaren. Ich bin den beiden ausgeliefert, doch ich habe keine Angst.

„Bist du okay?“, fragt Jakob und sucht meinen Blick.

Träge lächle ich ihn an.

„Mir ging es nie besser“, sage ich, ohne mir wirklich bewusst zu sein, wie wahr das ist.

„Du weißt hoffentlich, welches Glück wir haben“, sagt Paul zu Jakob.

„Ich kann es immer noch nicht fassen.“

Mit einer kleinen Hüftbewegung gleitet er in mich. Für einen Moment hält er inne, damit wir uns beide an das Gefühl gewöhnen können, doch nach kurzer Zeit ist es schon nicht mehr genug. Ich halte mich an Pauls Beinen fest und schiebe Jakob mein Becken entgegen.

Der setzt sich auf die Fersen und zieht mich auf seine Oberschenkel. In einem langsamen Rhythmus stößt er in mich und sieht erstaunt zu uns runter. Paul hält mich und spielt mit meinen Nippeln. Ich muss nichts tun, außer mich von den beiden verwöhnen zu lassen.

„Meinst du, sie kann noch mal kommen?", fragt Paul und sieht zu Jakob hoch. Ich bin schon beinahe wieder soweit, doch das sage ich nicht.

„Versuch dein Glück. Auf jeden Fall habe ich nichts dagegen, wenn sie auf meinem Schwanz kommt."

Ein feiner Schweißfilm auf seinen Schläfen verrät seine Bemühung um Zurückhaltung.

Paul lässt eine Hand über meinen Bauch zu meiner Scham wandern und teilt mit zwei Fingern meine Spalte. Ein überraschtes Aufstöhnen dringt aus meiner Kehle, als er mit diesen Fingern meinen Kitzler massiert und dabei auch gleichzeitig immer wieder Jakob berührt. Sie haben mir zwar gesagt, dass sie keine Probleme damit haben, doch es direkt zu erleben, ist noch einmal etwas anderes.

Paul versucht, sich hinter mir in eine angenehmere Position zu setzen, ohne mich zu sehr zu bewegen. Es muss unangenehm für ihn sein, so hart zwischen uns eingeklemmt zu sein. Ich würde etwas für ihn tun, doch er lässt mich nicht. Noch nicht.

„Paul quält sich, Jakob. Denkst du nicht auch, ich sollte etwas dagegen machen?"

Paul zieht mich noch enger an sich und will gerade widersprechen, doch ich drehe meinen Kopf zu ihm und bringe ihn mit einem Kuss zum Schweigen.

„Auf jeden Fall. Aber erst, wenn ich mit dir fertig bin. Komm für uns Katharina."

Jakob erhöht sein Tempo und Paul führt seine Fingerspitzen an meinen Mund, damit ich sie anfeuchte, bevor er sie wieder zwischen meine Schenkel schiebt. Ich muss unseren Kuss unterbrechen und meinen Kopf auf seiner Schulter ablegen. Mit geschlossenen Augen konzentriere ich mich nur auf die beiden Männer vor und hinter mir. Eine meiner Befürchtungen war, dass ich mich in dieser Situation bedrängt fühle, doch stattdessen fühle ich mich nur beschützt. Ein Gefühl, gegen das ich kämpfen würde, wenn es mir nicht so fremd wäre und sich so gut anfühlen würde.

„Komm, Engel", flüstert Paul in mein Ohr. „Zeig uns, wie gut es sich für dich anfühlt."

„Ich kann mich nicht mehr zurückhalten", keucht Jakob und stößt noch ein paar Mal in mich, bevor ein Pulsieren in mir seinen Höhepunkt signalisiert. Pauls Finger und die warmen Schübe von Jakobs Samen lassen mich zwischen den beiden Männern zerfallen. Ich spüre die Blicke auf mir, als ich mich den süßen Krämpfen hingebe, doch ihre Bewunderung verstärkt meine Erregung nur.

Jakob zieht sich aus mir zurück und rollte sich keuchend von mir runter.

Behutsam schiebt Paul mich von seinem Schoß direkt in Jakobs Arme. Ich liege mit dem Rücken zu Jakob und spüre seinen immer noch vollständig erigierten Schwanz an meinem Po.

Paul legt sich vor mich und nimmt mein Gesicht in seine Hände. Er küsst mich zärtlich, doch seine heftige Atmung verrät ihn. Es wäre grausam, ihn weiter leiden zu lassen. Ich schiebe seine Boxershorts ein Stück runter und nehme ihn in die Hand. Seine Eichel ist feucht von den ersten Lusttropfen. Er zuckt unter meinen Fingern und keucht an meinen Lippen.

Von hinten schiebt Jakob sich in meine nasse Spalte. Ich bin zu feucht, um so zu kommen, schon gar nicht zum dritten Mal an diesem Abend, dennoch fühlt es sich so gut an. Dieses Mal packt er meine Hüften und hält mich in Position. Ein Bein lege ich über seinen Oberschenkel und lasse mich von ihm ficken, so schnell es diese Position zulässt. Gerne würde ich nach unten sehen, doch Paul küsst mich und lässt mich nicht los, während ich seinen Schwanz massiere. Er stöhnt in meinen Mund und scheint auch nicht mehr lange durchzuhalten.

„Ich komme", flüstert er an meine Wange und schließt die Lider. Gerne würde ich in seine Augen sehen, doch dazu ist auch noch ein anderes Mal Zeit. Dafür nutze ich den Moment und schaue genau in dem Moment runter, als er sich über meine Finger ergießt. Jakob folgt ihm nur Sekunden später.

Die beiden halten mich zwischen sich fest und flüstern mir süße Nichtigkeiten ins Ohr. Es ist schwer von diesem Hoch runterzukommen und all das zu verarbeiten, doch die späte Stunde fordert ihren Tribut. Deswegen dauert es nicht lange, bis wir in genau dieser Position einschlafen. Wir sind verschwitzt und klebrig, doch nichts bringt uns dazu, uns jetzt voneinander zu lösen.

Im Morgengrauen werde ich von einem leisen Rascheln wach. Paul steht vor dem Bett und zieht sich an. Ich suche seinen Blick, weil ich Jakob nicht mit meinen Worten wecken will.

„Ich gehe auf die Couch, bevor die Jungs aufwachen", flüstert er und schließt im nächsten Moment schon die Schlafzimmertür hinter sich. Es ist richtig und vernünftig, aber trotzdem gefällt es mir überhaupt nicht.

19.

Es ist nicht Jakob, der mich am nächsten Morgen weckt, sondern Paul. Trotz meiner noch geschlossenen Augen, weiß ich, dass er auf der Bettkante sitzt und über meine entblößte Schulter streichelt. Mittlerweile kann ich die beiden an ihrem Geruch unterscheiden.

„Guten Morgen". Zärtlich küsst er meinen Oberarm.

Ich rolle mich auf den Rücken und strecke mich erst mal genüsslich aus, wohl wissend, dass ich immer noch splitterfasernackt bin. Nur ein Teil meiner Beine wird von der Decke verdeckt.

„Wenn du so weiter machst, dann nehme ich dich jetzt und hier und Jakob muss leider drauf verzichten, dabei zu sein."

Er legt mir eine kühle Hand auf den Oberschenkel und lässt sie langsam nach oben gleiten.

„Und wenn du so weitermachst, dann verstehe ich das als Angebot."

Vorsichtig öffne ich ein Auge und blinzele ihn an.

„Wo ist Jakob eigentlich?"

„Er ist drüben und macht den Jungs Frühstück. Ich soll dich holen und mir noch ein paar Momente mit dir alleine stehlen."

Ich stütze mich auf die Ellbogen, damit ich ihn besser ansehen kann.

„Ist das so? Dann solltest du vielleicht die Schuhe ausziehen und unter meine Decke kommen."

„Geht nicht, sonst werden es mehr als nur ein paar Momente."

Natürlich hat er recht, trotzdem kann ich meine Enttäuschung nur schwer verbergen. Paul sieht auf meine

Nippel, die sich unter seinem Blick aufrichten. Er schaut wieder in meine Augen und stöhnt gequält.

„Paul?“

„Engel?“

„Nimm deine Hand von meinem Bein, sonst kann ich für nichts mehr garantieren.“

Er zieht sich so schnell zurück, als hätte er sich verbrannt. Ein paar Mal muss er schlucken, bevor er wieder vernünftig reden kann.

„Ich wollte über etwas mit dir reden“, sagt er schließlich.

„Okay.“

Mein erster Gedanke ist der, dass er doch eine Freundin hat. Aber wenn das der Fall wäre, dann müsste ich mich wirklich sehr in ihm getäuscht haben.

„Ich will nicht den Oberlehrer spielen und ich denke absolut nicht, dass wir uns bei dir Sorgen machen müssen, aber trotzdem möchte ich, dass wir alle zusammen einen Test machen. Und zwar auf alle gängigen Geschlechtskrankheiten. Ich kann Jakob nicht verübeln, dass er bei dir etwas den Kopf verloren hat, doch ich kann da den Arzt nicht abstellen. Mir ist klar, dass das kein besonders schönes Thema ist, aber ich will nur, dass wir alle sicher sind.“

Er klingt beinahe verzweifelt und streicht sich immer wieder durch die sonst so gut frisierten Haare.

Ich setze mich auf und klemme mir die Decke unter den Armen ein, um nicht so nackt vor ihm zu sitzen.

„Paul, es ist in Ordnung. Du hast absolut recht. Wir waren sehr leichtsinnig. Wenn es einen Weg gibt, das von eurer Praxis aus zu machen, dann lass uns keine Zeit verschwenden und es gleich morgen früh tun.“

Ich nehme seine Hände, damit er aufhört, sich die Haare zu

raufen.

„Das kann ich regeln, kein Problem."

„Warum macht dich das so nervös?", frage ich.

„Weil ich das Gefühl habe, mich in etwas zu drängen, was mich nichts angeht."

„Natürlich geht dich das etwas an. Wenn ich dich zum ersten Mal in mir spüre, dann möchte ich auch kein Gummi zwischen uns. Wir waren unvernünftig und das werden wir jetzt ändern, damit jeder ein ruhiges Gewissen hat."

Paul legt eine Hand auf meine Wange und küsst mich mit einem erleichterten Seufzer.

„Danke für die letzte Nacht, Engel. Hoffentlich gönnst du uns noch mehr davon."

„Wenn es nach mir geht, auf jeden Fall. Und jetzt darfst du mir beim Duschen zusehen."

Stefan und Luca schwingen sich kurz nach dem Frühstück wieder auf ihre Fahrräder und machen sich auf den Weg nach Hause. Ben ist glücklich über seine Geschenke, doch er ist auch traurig darüber, dass er sich nicht mit ihnen auf dem Fußballplatz treffen kann. Ich bin einfach nur froh, dass sie sich in der Nacht, alleine in Jakobs Wohnung, so vorbildlich verhalten haben. Sie sind zur vereinbarten Zeit schlafen gegangen und hatten sogar schon aufgeräumt, als Jakob zum Frühstück rüber ging.

Paul hilft Ben gerade, die Wii an unserem Fernseher anzuschließen, während Jakob in seiner Wohnung mit Eliana einen Videochat abhält. Eigentlich wollte er mich dabei haben, doch ich finde es dafür noch zu früh.

„Du bist ziemlich viel mit Jakob zusammen", stellt Ben sachlich fest.

„Das stimmt, Ben. Aber wir haben darüber gesprochen …“

Ehe ich meinen Satz beenden kann, fällt er mir ins Wort.

„Dich meine ich nicht, Kati. Ich weiß, dass Jakob dein Freund ist. Meinst du, ich bin blöd? Ich rede von Paul.“

Der sieht etwas hilflos zu mir, als müsste ich eine passende Antwort darauf haben.

„Paul ist Jakobs bester Freund, Ben. Die beiden kennen sich schon lange und haben ja nun auch die Praxis zusammen.“

Ben steckt die Controller in die Spielkonsole ein und lässt sich auf die Couch sinken. Er wird immer noch schnell müde. Man sieht, dass ihm die letzte Nacht zugesetzt hat. Ich nehme sein Trinkglas vom Esstisch und drücke es in seine zitternden Finger.

„Alles okay?“, fragt Paul besorgt und setzt sich gleich neben ihn. Er greift nach Bens Handgelenk und fühlt seinen Puls.

„Ja, ja. Ich bin nur müde“, wimmelt er uns ab und entzieht Paul seine Hand. Er trinkt sein Glas aus und steht auf, um in sein Zimmer zu gehen. Auf halbem Weg fange ich ihn ab. Ich lege meine Hand auf seine Schulter und ziehe ihn in meine Arme. Seit einem halben Jahr muss er sich dafür ein Stück nach unten beugen, da er so groß geworden ist.

„Ich hab dich lieb, Benny“, flüstere ich in sein Ohr, damit Paul es nicht hört, und lasse ihn gleich wieder gehen. Grummelnd verzieht er sich in sein Zimmer.

„Wenn ich dich mit Ben sehe, dann wird mir erst bewusst, wie klein du eigentlich bist“, sagt Paul hinter mir und erhebt sich von der Couch.

„Ich bin nicht klein, ihr seid alle nur furchtbar groß. 1,63 Meter sind nicht wirklich klein.“

„Es ist ja nicht so, als wollte ich dir auf die Parade regnen, Katharina, aber du bist klein“, sagt Jakob, der gerade durch die Terrassentür kommt. Er läuft in drei großen Schritten auf mich zu und umarmt mich von hinten.

„Aber ich mag dich so. Das macht es einfacher, dich ins Bett zu tragen, wenn du auf der Couch einschläfst, oder dich in Position zu halten, wenn ich dich ficke.“

Seufzend schmiege ich mich in Jakobs Arme und lege seine Hände auf meine Brüste, die nur von einem dünnen Top bedeckt werden.

„Leute, so anregend der Anblick auch ist“, unterbricht uns Paul. „Ben ist immer noch nebenan und wach. Es ist wirklich gemein, wenn ich deswegen nicht mitspielen kann.“

Es ist nicht seine Absicht, doch er klingt ein wenig bitter. Ich löse mich von Jakob und setze mich auf Pauls Schoß. Jakob bleibt auf der Stelle stehen und beobachtet Bens Zimmertüre.

„Wir spielen auch nicht alleine, wenn Ben jeden Moment reinkommen könnte“, sage ich und küsse ihn auf den Mundwinkel. „Wir wollen mit dir spielen.“ Ein Kuss auf den anderen Mundwinkel bringt ihn zum Lächeln.

„Ich wünschte, es wäre einfacher“, flüstere ich, bevor ich meine Lippen auf seine presse.

Jakob dreht sich zu uns und beobachtet, wie wir uns küssen. Ich sehe gerade noch, wie er seine Hände auf Pauls Schultern legt, bevor sich meine Augen schließen und ich mich der sanften Liebkosung von Pauls Zunge hingebe.

Als ich mich rittlings auf seinen Schoß schwinge und mich an seinem Schritt reibe, schiebt er mich jedoch von sich.

„Starte nichts, was du nicht beenden kannst. Ich will dich zu sehr, um dir lange zu widerstehen.“

„Ich möchte, dass ihr beide ein Date habt. Alleine. Ohne mich“, sagt Jakob unvermittelt. Er streichelt einmal durch Pauls Haare, zieht jedoch gleich wieder die Hände weg. Auch er muss sich an diese Art der Intimität erst gewöhnen.

„Warum?", fragen wir gleichzeitig und sehen verwirrt zu ihm.

„Weil ich will, dass Paul die gleiche Chance hat, dich kennenzulernen, wie ich sie hatte. Seid doch mal ehrlich, ihr beide wisst nichts voneinander, außer dass ihr es treiben wollt wie die Karnickel. Das solltet ihr ändern."

„Aber warum nicht mit dir?"

Hastig steige ich von Pauls Schoß und gehe zu Jakob, der mich sanft anlächelt. Ich lege meine Hände auf seinen Brustkorb und warte auf eine Antwort.

„Katharina", seufzt er. „Es hat nichts damit zu tun, dass ich von dir eine Entscheidung verlange. Ich denke, wir haben dir oft genug klar gemacht, dass wir dich wollen und es zwischen uns keinen Konkurrenzkampf geben wird. Das sollte dir eigentlich auch die letzte Nacht deutlich gemacht haben. Aber ich möchte, dass du eine Chance bekommst, uns als unabhängige Personen kennenzulernen. Du musst wissen, auf wen du dich einlässt. Natürlich wissen wir beide auch noch nicht alles voneinander, aber ich bin da klar im Vorteil."

„Ich denke, das ist eine gute Idee", sagt Paul.

Obwohl ich mich dagegen wehren möchte, verkneife ich mir einen weiteren Kommentar und gebe meine Zustimmung. Selbst nach so kurzer Zeit fühlt es sich falsch an, einen von uns außen vor zu lassen.

20.

Ich bin etwas nervös, als ich zum ersten Mal die Praxis betrete. Irgendwie habe ich das Gefühl, meine Anwesenheit rechtfertigen zu müssen.

Doch meine Nervosität ist unbegründet. Gleich an der Anmeldung werde ich von zwei netten Arzthelferinnen begrüßt, die mich scheinbar schon erwartet haben.

Rita ist eine rundliche Dame, die wohl schon hart an ihrem sechzigsten Lebensjahr kratzt. Gaby ist in meinem Alter, aber eher der burschikose Typ und mehr als offensichtlich nicht an Männern interessiert.

Paul und Jakob warten gemeinsam in Pauls Sprechzimmer auf mich und verlieren keine Zeit, die Tür hinter mir zu schließen, durch die Gaby mich gerade geschoben hat.

Ich lasse mich in den großen Ledersessel fallen und schaue die beiden Männer an, die sich gerade auf der Schreibtischkante vor mir niederlassen.

„Ich mag eure Arzthelferinnen. Sehr freundlich und sehr professionell."

Mein zuckender Mundwinkel verrät mich.

Paul, der in seiner weißen Arbeitskleidung einfach nur zum Anbeißen aussieht, verschränkt die Arme vor der Brust und sieht mich mit einer hochgezogenen Augenbraue an.

Jakob, der in seiner OP-Kleidung genauso sexy anzusehen ist, stimmt in mein Grinsen ein.

„Du magst einen schlechteren Eindruck von mir haben, aber als ich die beiden eingestellt habe, hatte ich etwas anderes im Sinn als kurze Röcke und dicke Titten. Gaby und Rita sind kompetente Mitarbeiterinnen und können sehr gut mit Kindern umgehen."

Paul scheint wirklich beleidigt.

„Und darüber bin ich sehr froh“, sage ich und zwinkere in Jakobs Richtung.

Der stupst Paul mit der Schulter an.

„Sie verarscht dich nur, obwohl ich glaube, dass sie ganz froh ist, keinen Grund zur Eifersucht zu haben.“

Paul funkelt mich an, und für einen Moment denke ich, dass er wütend auf mich ist.

„Es gibt nichts, worauf du eifersüchtig sein musst, Engel. Egal was ich den ganzen Tag vor der Nase habe, ich will nur dich.“

„Das ist gut zu wissen. Bekomme ich eigentlich keinen Kuss, bevor ihr mich anzapft?“

Gleichzeitig strecken mir die beiden ihre Hände entgegen, um mich vom Sessel hochzuziehen.

„Wir haben nicht viel Zeit“, flüstert Jakob an meinem Ohr.

„Ich will auch nur einen Kuss“, sage ich und schmiege mich in Pauls Arme, während Jakob mich von hinten umschlingt.

Paul beugt sich zu mir und küsst mich zärtlich, während Jakob eine Hand unter mein Oberteil schiebt und auf meinen nackten Bauch legt. Er hinterlässt eine Spur feuchter Küsse auf meinem Hals und lässt mich spüren, wie er unter seiner weiten Arbeitskleidung hart wird. Paul sieht ihn strafend an.

„Nicht hier!“, sagt er bestimmend und dreht mich zu Jakob, der gleich nach meinem Zopf greift, um meinen Kopf ein Stück nach hinten zu ziehen. Er saugt an meiner Unterlippe und neckt mich mit seiner Zungenspitze, vermeidet es jedoch, sich wieder an mich zu pressen. Seine Stoffhose verbirgt nicht viel und die Verlockung ist groß, einfach vor ihm auf die Knie zu gehen, um ihn in den Mund zu nehmen. Doch das würde zu lange dauern.

„Heute Abend", verspreche ich ihm und streiche mit dem Daumen über seine vom Küssen geschwollene Unterlippe. Jakob schüttelt den Kopf und sieht zu Paul.

„Ich hätte dich gerne heute Abend für mich", sagt der. Er greift nach einer Schale mit Utensilien für eine Blutabnahme und nickt zu der Untersuchungsliege im hinteren Teil des Raums.

„Wenn du Zeit hast, dann würde ich gerne für dich kochen und dir meine Wohnung zeigen."

Verunsichert sehe ich zu Jakob.

„Es ist okay, Katharina. Ihr braucht ein paar Momente für euch. Ich hab dich jeden Tag und ich bin nicht eifersüchtig. Es ist Paul und wir wollen dich teilen, wenn du uns lässt."

Sie wollen mich teilen. Natürlich läuft es darauf hinaus, doch es so ausgesprochen zu hören, macht mir erst bewusst, wie verboten das klingt.

„Ich habe Zeit. Aber ich kann nicht zu spät zurück sein", sage ich zu Paul, der sich schon an meinem Arm zu schaffen macht.

„Ich kümmere mich um Ben, Katharina. Er kann bei mir essen, wenn er mag. Danach hat er bestimmt Lust, noch ein bisschen mit mir die Wii zu strapazieren. Wenn er fragt, dann sagen wir ihm einfach, dass du einen Abend für dich brauchst."

Jakob ist immer so willig, mir zu helfen, ohne etwas dafür zu wollen. Ich weiß nicht, wie ich damit umgehen soll. Da ist es gut, dass er mir gar keine andere Wahl lässt, als mich damit abzufinden.

Fast hätte ich nicht bemerkt, wie er mir die Nadel in den Arm sticht, so sanft ist Paul. Ich drehe den Kopf zur Seite, denn ich kann nicht dabei zusehen, wie das Blut aus meinem

Arm in die Spritze gezogen wird. Jakob setzt sich neben mich und zieht meinen Kopf an seine Schulter.

„Kann ich etwas mitbringen für heute Abend?“, frage ich, während Paul die Nadel wieder aus meinem Arm zieht und einen Tupfer auf den Einstich drückt. Erleichtert sehe ich wieder auf, direkt in Pauls verwirrtes Gesicht. Er nimmt meine Finger und drückt sie an seiner Stelle in meine Ellenbeuge.

„Sie kann das nicht lassen, oder?“, fragt er Jakob.

„Nein, kann sie nicht. Ich weiß auch nicht, wie man ihr das austreiben kann.“

„Was habe ich denn jetzt schon wieder gemacht?“

Ich mag es nicht, wenn sie über mich reden, als wäre ich nicht im Raum.

„Das ist es ja, Engel. Du willst immer etwas machen. Es zerreißt dich fast, wenn sich mal jemand nur um dich kümmern will. Um deine Frage zu beantworten: Nein, du sollst nichts mitbringen. Solltest du irgendetwas in der Hand haben, wenn du vor meiner Tür stehst, dann lass ich dich nicht rein.“

Paul greift nach meinem Kinn und erstickt meinen Kommentar mit einem Kuss.

Daniela ist gerade mit einem Kunden beschäftigt, als ich den Laden betrete. Das *Trudi's* ist mein Baby und dennoch kann ich beinahe nie den Namen meines Geschäfts aussprechen oder auch nur denken. Es war der Name meiner Mutter und es war Bens Wunsch, den Coffeeshop nach ihr zu benennen. Die Idee gefällt mir auch heute noch, trotzdem ist es schwer, immerzu an sie erinnert zu werden.

„Hey Daniela“, begrüße ich Jakobs Schwester, die sich

inzwischen zu einer unverzichtbaren Mitarbeiterin gemausert hat.

„Was kann ich tun?", frage ich.

Sie schließt gerade die Deckel auf vier Pappbechern, steckt sie in einen Getränkehalter und überreicht sie mit einem herzlichen Lächeln dem Kunden.

„Wir brauchen Nachschub bei den Schinkenbaguettes, aber ich kann mich auch gleich darum kümmern."

„Ich mach das schon", sage ich und lege ihr eine Hand auf den Oberarm.

„Wenn du Zeit hast, kannst du mir bitte einen Milchkaffee nach hinten bringen? Ich muss noch ein paar Bestellungen beim Großhändler machen."

„Kein Problem, Chefin."

Während ich eine Lage frischer Baguettes in die Auslage räume, wischt Daniela die Tische im Gastraum ab. Ich weiß, dass es kein anspruchsvoller Job ist, doch die Dinge die sie ohne spezielle Aufforderung macht, waren für ihre Vorgänger keine Selbstverständlichkeit. Mir ist aber auch bewusst, dass sie nicht ewig hierbleiben wird. Das ist einfach kein Job, in dem man alt wird. Wenn sie ihr Studium abgeschlossen hat, wird sie sich mit Sicherheit eine bessere Alternative suchen.

„Die Servietten werden knapp und mit den großen To-Go-Bechern kommen wir auch nicht mehr lange aus. Kannst du da gleich Nachschub bestellen?"

„Ist notiert. Fällt dir sonst noch etwas ein?"

„Neben der üblichen Kaffeebestellung sind wir noch gut bestückt."

Ich will eine Tasse vom Regal nehmen und unter die Maschine stellen, doch Daniela nimmt sie mir aus der Hand.

„Ich habe gesagt, ich bringe dir Kaffee, also bringe ich dir Kaffee.“

Sanft schiebt sie mich beiseite und schäumt eine doppelte Portion Milch für mich auf.

„Ich bin sehr zufrieden mit dir, Daniela. Das wollte ich dir nur mal sagen.“

Sie dreht sich zu mir und strahlt mich an.

„Das ist schön zu hören, Kati. Du bist auch eine gute Chefin. Ich arbeite gerne hier.“

Sie gibt mir meinen Kaffee und stellt eine zweite Tasse für sich unter die Maschine.

„Ich habe ja auch gar keine andere Wahl, als einen guten Eindruck bei der Frau zu hinterlassen, die mein Bruder liebt. Und der Gratiskaffee ist auch nicht zu verachten.“

Mein verwirrtes Gesicht ignorierend, scheucht sie mich in die Backstube, um sich einem weiteren Kunden zu widmen.

Jakob liebt mich?

21.

Mit geröteten Wangen und verwuschelten Haaren öffnet Paul mir die Tür. Obwohl er eine anthrazitfarbene Anzughose und ein weißes Hemd trägt, sieht er nicht so sortiert aus, wie ich ihn sonst kenne.

Er zieht mich in seine Wohnung und schließt die Tür hinter mir. Doch bevor ich nur einen Schritt weiter machen oder etwas sagen kann, presst er mich an die Wand und schiebt ein Knie zwischen meine Beine. Er stützt sich mit den Händen neben meinem Kopf ab und sieht nach unten auf mein tiefes Dekolleté. Ich habe vielleicht nicht viel Oberweite, doch der richtige BH kann Wunder wirken.

„Darauf würde ich gerne kommen." Mit den Fingerspitzen streicht er über den Ansatz meiner Brüste und leckt sich über die Lippen.

„Du siehst so aus, als wärst du das gerade schon", sage ich und schaue auf seine Haare.

Paul zeigt mir sein verdorbenstes Grinsen.

„Was gibt es zum Essen?", frage ich, und lege meine Hand auf seinen Schritt.

„Wir können direkt mit dem Nachttisch anfangen, wenn du so weiter machst."

Er küsst mich auf den Hals und will gerade zu meinem Mund weiterwandern, als ich mich unter seinem Arm raus drehe und ihn stehen lasse. Sicherheitshalber mache ich ein paar Schritte zurück.

Paul sieht auf meine nackten Beine, die unter einem schwarzen Rüschenrock herausschauen, der wenige Zentimeter über meinen Knien endet. Sein Blick wandert weiter über mein rotes Top, wo er nochmals an meinem

Dekolleté verweilt. Doch erst als er in mein Gesicht schaut, schenkt er mir sein einzigartiges Lächeln.

Auf den ersten Blick hat er diese arrogante Fassade, doch so ist er nicht, wenn er mit Kindern umgeht oder bei mir und Jakob ist.

„Du siehst atemberaubend aus, Engel."

Mit seinen langen Beinen überwindet er die Distanz zwischen uns in zwei Schritten.

„Hast du dein Haar für mich offen gelassen?", fragt er und streicht mir eine Strähne von der Schulter.

„So wie du es magst", flüstere ich und lege meine Stirn auf seinen Brustkorb. Er riecht so gut und er ist so warm. Gerne würde ich jetzt seine nackte Haut küssen.

Ich lege meine Arme um seine Taille und so bleiben wir für einen Moment stehen. Paul nimmt mein Gesicht in seine Hände und küsst mich zärtlich, bevor er von mir ablässt.

„Komm, Engel", sagt er und verschränkt unsere Finger miteinander. „Ich geb dir eine Tour durch meine kleine Wohnung."

Paul ist ein guter Koch und ein noch besserer Gastgeber. Er lässt mich wirklich gar nichts machen und verweist mich jedes Mal auf meinen Platz, wenn ich ihm helfen will. Es fällt mir schwer, mich verwöhnen zu lassen, aber zwischen Jakob und Paul ist es anstrengender, sich dem zu widersetzen, statt die beiden gewähren zu lassen.

Fasziniert beobachtet er, wie ich mich über seine selbst gemachten Tagliatelle hermache. Mir war nicht klar, dass frische Pasta wirklich so viel besser schmecken.

„Das ist wirklich gut", seufze ich zwischen zwei Bissen und lecke mir einen Tropfen Tomatensoße aus dem Mundwinkel.

Paul will mir noch etwas Rucolasalat in meine Schüssel füllen, doch ich schüttele den Kopf.

„Du hast gar keine Ahnung, was für ein Vergnügen es ist, dir beim Essen zuzusehen."

Entspannt lehnt er sich im Stuhl zurück und nimmt noch einen Schluck Rotwein.

„Warum?", frage ich. „Weil ich lieber noch eine weitere Portion Pasta nehme, statt mich mit Salat abzufüllen?"

„Weil du eine der wenigen Frauen bist, die so hemmungslos etwas anderes als Salat isst und dabei total glücklich aussieht."

„Solange ich es mir noch erlauben kann."

Schulterzuckend klaue ich mir noch eine Nudel von Pauls Teller. Bisher habe ich mir nie Gedanken um mein Essverhalten machen müssen, da ich das Glück hatte, immer schlank zu sein. Vielleicht gerade weil ich nie viel darüber nachgedacht habe.

Nach dem Essen bringt Paul mir einen Espresso und lässt mich dabei zusehen, wie er die Küche aufräumt. Es war wieder ein heißer Tag heute und draußen braut sich gerade ein heftiges Gewitter zusammen.

„Hast du eigentlich schon etwas mit Ben für die Sommerferien geplant?", fragt er, während er den Herd abwischt.

„Nicht wirklich."

„Wolltet ihr denn in den Urlaub fahren?"

„Nein."

Ein höhnisches Lachen kann ich mir gerade noch verkneifen. Paul setzt sich mit seinem eigenen Espresso mir gegenüber.

„Die Praxis ist in den letzten beiden Ferienwochen Ende August geschlossen. In der Zeit wollte ich zu meinem

Ferienhaus in Cadzand hochfahren."

Es muss toll sein, Geld zu haben. Ich bin eigentlich nicht so bitter, doch die Unterschiede zwischen den beiden Doktoren und mir sind leider deutlich.

„Ich möchte euch mitnehmen, Engel. Meinst du, Ben hätte da Lust drauf? Es ist nur ein kleines Haus mit zwei Schlafzimmern und einer Wohnküche, aber wir würden das schon irgendwie regeln."

„Wo ist Cadzand? Das habe ich noch nie gehört."

„An der holländischen Küste. Das Haus ist direkt am Strand und hat keine direkten Nachbarn. Wir hätten unsere Ruhe. Ich muss auf jeden Fall dahin, da ich schon seit letztem Herbst nicht mehr drin war, aber ich will wirklich nicht ohne euch fahren."

„Ich rede mit Ben."

Der wäre zweifellos begeistert, aber ich weiß nicht, ob ich das stemmen kann. Ben war noch nie im Urlaub, da das immer meine letzte Sorge war. Vorher waren andere Rechnungen zu bezahlen, und das hat sich bis jetzt noch nicht geändert.

Paul bemerkt meine Wortknappheit.

„Was ist los, Katharina. Red mit mir. Ich sehe, dass dich etwas beschäftigt, aber ich weiß wirklich nicht, was dir gerade durch den Kopf geht."

Er nimmt meine Hände und zwingt mich, ihn anzusehen.

„Es ist nichts. Ich muss nur sehen, ob ich das mit dem Coffeeshop geregelt bekomme. Ben war noch nie im Urlaub und wäre auf jeden Fall begeistert."

„Noch nie?"

Ja, ich kann es auch nicht fassen, ist aber leider so.

„Abgesehen von der letzten Klassenfahrt, noch nie. Meine

Mutter war dafür zu krank."

Es gefällt mir nicht, dass wir jetzt über so etwas reden. Ich wollte einen netten Abend mit ihm verbringen.

Die Küche wird von einem Blitz erhellt, auf den gleich ein heftiger Donner folgt. Erschrocken zucke ich zusammen.

„Hast du Angst?" Paul streichelt mit dem Daumen über meinen Handrücken und lächelt mich liebevoll an.

„Nein, ich bin nur schreckhaft. Hat Jakob dir von meinen Eltern erzählt?", frage ich.

Paul nickt.

„Hat er. Aber du kannst trotzdem mit mir darüber reden, wenn du es willst."

„Ein anderes Mal. Nicht heute. Erzähl mir lieber von deinen Eltern. Jakob hat schon recht, ich weiß gar nichts über dich."

Paul steht auf und streckt seine Hand aus.

„Wir reden im Wohnzimmer weiter. Da ist es gemütlicher und ich kann dich festhalten."

„Hast du Geschwister?", frage ich. Paul setzt sich neben mich und legt meine Beine über seine Oberschenkel.

„Ich hatte eine Schwester. Sie ist aber mit elf Jahren gestorben."

Mit einem Lächeln zeigt er mir, dass es in Ordnung ist.

„Darf ich fragen, was passiert ist?"

„Leukämie."

Er sagt nichts weiter und sieht mich nur an. Ich will unter seinem Blick nicht zusammenbrechen, doch ich kann die aufsteigenden Tränen nicht unterdrücken. Erst kann ich es mir nicht erklären, doch als Paul mich einfach nur an seine Schulter zieht und auf die Schläfe küsst, wird mir etwas bewusst. Er ist die Person, die verstehen kann, was ich durchgemacht habe. Jakob ist verständnisvoll, doch er war nie in dieser Situation.

„Wie alt warst du?“ Ich wische mir die Tränen aus den Augenwinkeln und zwinge mich, die Wasserwerke zu stoppen.

„Ich war sechzehn. Sie hat zwei Jahre lang gekämpft, doch im Prinzip hatte sie von Anfang an keine Chance.“

„Bist du deswegen Kinderarzt geworden?“

Ich sehe zu ihm auf und bin erschrocken über die Emotionen in seinen Augen.

„Es hat damit zu tun, ja. Aber nicht aus den Gründen, die du dir vielleicht vorstellst. Heilungsmöglichkeiten für Krebs zu finden, ist komplett außerhalb meines Kompetenzbereichs. Ich hatte nie den Drang, in die Forschung zu gehen. Es hat mich nur so verrückt gemacht, wie kalt manche Kollegen, die sich Kinderärzte nennen, mit meiner Schwester umgegangen sind. Natürlich muss man als Arzt eine gewisse Distanz wahren, sonst geht man kaputt. Doch sie ist oft wie ein Stück Vieh behandelt worden. Ich konnte das nicht ertragen und irgendwie hat es sich festgesetzt.“

„Also wolltest du ein besserer Arzt für die Kinder sein.“

„Naja, ich bilde mir ein, dass ich das bin.“

Ein weiterer Donner erschüttert das ganze Haus. Wir sitzen direkt vor der offenen Balkontür und genießen die kühle Luft, die von draußen rein strömt.

„Ich bin mir ziemlich sicher, dass du das bist.“

„Schick Ben zu mir, dann kann er es dir sagen.“

„Das ist der Plan, Paul. Hast du eigentlich ein gutes Verhältnis zu deinen Eltern?“

„Wenn ich sie zu Gesicht bekomme, dann ja. Die beiden sind eigentlich ständig irgendwo auf Reisen, seitdem mein Vater in Pension ist.“

„Aber ihr versteht euch?"

„Wir verstehen uns", sagt Paul. „Meine Mutter würde heute noch meine Wäsche machen, wenn ich sie lassen würde. Zum Glück weiß mein Vater sie zu unterhalten. Jakobs Mutter ist genau so und noch schlimmer. Aber sie hat wenigstens zwei Enkelkinder, womit sie sich beschäftigen kann. Hast du sie schon kennengelernt?"

„Nein, noch nicht."

Ich reiße mich auch nicht darum. Normale Familien verunsichern mich. Irgendwie komme ich mir immer fehl am Platz vor.

Der nächste Donner ist so laut, dass ich fast in Pauls Arme springe.

„Der ist irgendwo eingeschlagen", stellt er fest.

Erstaunt sieht er zu, wie ich mich rittlings auf seinen Schoß schwinge. Er legt seine Hände auf meine nackten Oberschenkel und schiebt den Rock hoch.

„Vermisst du Jakob?" Seine Fingerspitzen wandern unter das Bündchen meines Slips. „Du kannst ruhig ehrlich sein."

„Natürlich. Aber du fehlst auch, wenn ich mit ihm alleine bin."

„Ist das etwas Gutes?"

„Ich habe keine Ahnung, Paul. Ist es richtig, was wir hier tun?" Mit meiner Stirn an seine gelehnt, schließe ich die Augen.

„Fühlt es sich richtig an?" Er zieht mich fester auf seinen Schoß und lässt mich seine Erektion spüren.

„Es fühlt sich gut an, aber das macht es noch lange nicht richtig."

„Warum nicht?"

„Weil ich nicht nur an mich denken kann."

„Das weiß ich, Engel. Glaub mir, wir denken an Ben. Uns ist auch bewusst, dass wir einige Hürden zu überwinden haben, wenn wir wollen, dass es funktioniert."

„Manchmal wünschte ich, ich dürfte einfach nur seine große Schwester sein, die auch mal das Recht hat, Fehler zu machen."

Paul nimmt seine Hände von meinem Hinterteil und legt sie auf meine Wangen.

„Findest du, dass wir ein Fehler sind?"

„Nein, Paul. Es fühlt sich so gut an, euch zu haben. Das ist mehr als ich verdiene. Es interessiert mich auch grundsätzlich nicht, was andere Leute denken. Ich würde mit euch beiden an der Hand durch die Stadt laufen, wenn das nicht etwas wäre, was Ben verletzen könnte. Natürlich kann es sein, dass er kein Problem damit hat. Er mag Jakob und dich sehr. Aber seine Klassenkameraden? Das ist eine andere Geschichte. Kinder können so grausam sein."

„Deine Bedenken sind richtig und vernünftig. Aber Katharina, du hast auch ein Recht, glücklich zu sein. Bevor wir Ben irgendetwas sagen, sollten wir für uns herausfinden, ob es funktioniert. Er weiß, dass du mit Jakob zusammen bist. Es ist in Ordnung für mich, wenn das vorerst so bleibt."

„Es ist nicht fair."

„Mach dir um mich keine Sorgen. Gib der Sache Zeit und hab ein wenig Vertrauen, dass sich alles regeln wird. Ich fahre dich jetzt nach Hause. Es ist spät und Jakob wartet sicher schon auf dich."

„Und was ist mir dir?"

Ich lasse meine Hände in seinen Schritt wandern und massiere ihn durch die Hose. Paul grinst mich träge an und hält dann meine Handgelenke fest.

„Wenn du zu Jakob rüber gehst, dann will ich, dass du mich anrufst und zuhören lässt. Kannst du das für mich tun, Engel?“

Er zieht meine Finger an die Lippen und küsst mich auf die Knöchel.

„Ich kann auch jetzt etwas für dich tun.“

Paul schüttelt den Kopf.

„Deswegen wollte ich dich heute nicht hier haben. Versteh mich nicht falsch, ich kann es nicht erwarten, bis ich zum ersten Mal in dir sein darf, doch das war nicht der Zweck dieses Abends. Lass mich zuhören, wie Jakob dich zum Kommen bringt. Aber vorher sagst du es ihm.“

„Was soll ich ihm sagen?“

Wir haben zwar über einiges gesprochen, doch ich weiß nicht, was genau ich davon weitergeben soll, dass er noch nicht weiß.

„Dass du ihn liebst, Engel. Sag es ihm.“

22.

Das Gewitter hat sich verzogen, als Paul mich vor der Haustür absetzt. Die Zeit in seiner Anwesenheit ist schnell vergangen. Inzwischen ist es dunkel, obwohl die schwarzen Wolken abgezogen sind. Ein Blick auf meine Armbanduhr zeigt mir, dass es bereits wenige Minuten vor Mitternacht ist.

Nur eine kleine Leselampe spendet noch Licht, als ich meine Wohnung betrete. Ben ist im Bett, doch er hat mir einen Zettel auf dem Küchentisch hinterlassen. Er geht seit heute wieder zur Schule, auch wenn er noch vom Sportunterricht befreit ist. Nun braucht er zehn Euro für einen Tagesausflug mit seiner Schulklasse. Dieses Mal hat er es wenigstens nicht als Forderung formuliert, sondern nett gebeten und sogar drunter geschrieben, dass er mich lieb hat. Ein wenig habe ich Jakob im Verdacht, dass er ihn dazu angehalten hat.

Den Zettel stecke ich gleich in meinen Tagesplaner, für die Tage, an denen ich mich daran erinnern muss, dass Ben nicht nur ein Pubertätsmonster ist.

Auf nackten Füßen und mit meinem Telefon in der Hand gehe ich auf die Terrasse. Aus Jakobs Wohnung dringt nur das Licht eines flackernden Fernsehers.

Ich steige über die kleine Mauer zwischen unseren Terrassen und schleiche mich an die geöffnete Schiebetür. Jakob liegt auf der Couch und hat einen Arm über dem Gesicht, während auf dem Fernseher eine Diashow von Eliana läuft. Er trägt nur eine Pyjamahose und atmet tief und gleichmäßig. Neben ihm auf dem Tisch steht ein halb volles Whiskyglas. Ich bleibe in der Tür stehen und nehme mir einen Moment, diesen Mann zu bewundern. Eigentlich hatte ich nie viel für Tattoos übrig, doch sie stehen in so großem Kontrast zu seinem seriösen Beruf, dass sie ihn noch attraktiver machen.

„Willst du weiter die kleine Spannerin spielen oder lieber zu mir kommen?“

Er nimmt den Unterarm vom Gesicht und streckt seine Hand zu mir aus.

In wenigen Schritten bin ich bei ihm und lege mich neben ihn auf die Couch. Jakob schließt mich in seine Arme und direkt an seinen Mund. Ich schmecke den Whiskey auf seinen Lippen. Er ist nicht betrunken, das sehe ich an seinem Blick.

„Du vermisst deine Tochter“, stelle ich fest.

Jakob nickt und greift nach der Fernbedienung, um den Fernseher auszuschalten. Er zieht mich auf sich und drückt mich in eine sitzende Position.

„Hattest du einen schönen Abend?“, fragt er.

Es steckt keine Eifersucht in dieser Frage. Ich weiß nicht, wie die beiden das machen und ob ich es im umgekehrten Fall genauso könnte.

„Paul hat sich gut um mich gekümmert.“

Jakob schiebt mein Shirt hoch und streichelt mit den Daumen kleine Kreise auf meinem Bauch.

„Hat er das?“

„Hat er, doch ich hab dich vermisst.“

„Das ist gut zu hören. Aber ihr brauchtet das.“

Es gibt keinen bestimmten Auslöser in diesem Moment, trotzdem weiß ich es jetzt. Paul hat recht. Ich ziehe Jakob zu mir hoch, bis er seine Arme um mich schlingt. Es ist nicht genug. Mein Oberteil wandert über meinen Kopf und direkt hinter mich auf den Boden. Jakob hilft mir, den ungewohnten BH loswerden.

Wir seufzen beide auf, als wir endlich den ersehnten Hautkontakt herstellen können. Meine Fingerspitzen fahren durch seine seidigen, schwarzen Haare. Jakob schließt die Augen und genießt meine Liebkosung, doch ich brauche seinen Blickkontakt, um das zu tun.

„Sieh mich an."

Jakob öffnet seine warmen, braunen Augen, die mir so viel Sicherheit vermitteln.

„Ich liebe dich." Es ist noch früh in unserer Beziehung, doch meine Stimme ist fest und sicher, denn ich bin es auch.

Jakobs Augen lächeln, bevor es seinen Mund erreicht.

„Das ist gut, Katharina. Denn ich liebe dich."

Noch bin ich nicht bereit, es zu Paul zu sagen, aber er erwartet das auch gar nicht. Er ist genauso wenig an diesem Punkt, doch wir wissen beide, dass es nur eine Frage der Zeit ist. Wir können gar nicht mehr stoppen, was wir einmal gestartet haben.

Paul und Jakob lieben sich schon lange, obwohl sich die platonische Ebene auch zu verschieben scheint. Es mag ihnen noch nicht bewusst sein, doch ich kann es sehen.

„Ich will mit dir schlafen, Jakob. Aber ich will Paul anrufen, damit er zuhören kann. Er hat mich darum gebeten."

„Das ist eine gute Idee."

Er nimmt mein Handy vom Tisch, das ich beim Reinkommen dort abgelegt habe. Routiniert wählt er Pauls Nummer und schaltet den Lautsprecher ein. Er legt mein Telefon wieder auf den Tisch und wartet darauf, dass Paul abnimmt.

„Hey", klingt seine warme Stimme durch den Hörer. „Wie geht es meinen beiden liebsten Personen?"

„Sehr gut", sagt Jakob. „Wusstest du, dass die hübsche Frau auf meinem Schoß mich auch liebt?"

„Hab ich dir doch gesagt. Du wolltest mir nicht glauben."

„Willst du noch was wissen?“ Jakob schiebt meinen Rock hoch und die Finger in mein Höschen.

„Alles, Jakob. Das weißt du doch. Wenn es um euch geht, will ich alles wissen.“

Er verreibt die Zeichen meiner Erregung auf meiner Klit und massiert sie in kreisenden Bewegungen. Es ist gut, dass die beiden das Gespräch führen, denn ich kann nichts mehr sagen. Wimmernd lege ich meine Stirn auf seine Schulter und gebe mich der Liebkosung hin.

„Katharina sitzt erst seit ein paar Minuten auf meinem Schoß und ist schon total nass. Ist sie so heiß auf mich oder ist das deine Schuld?“

Paul lacht heiser.

„Ich würde sagen, von beidem etwas.“

Jetzt muss ich mich doch einmischen.

„Hättest du mich gelassen, dann hättest du meine Lippen nicht nur auf deinem Mund gehabt. Aber du wolltest ja nicht.“

„Alles zu seiner Zeit, Engel. Jakob ist gerade sicher mehr als willig.“

„Das bin ich“, flüstert der in mein Ohr und leckt über meine Ohrmuschel. Er nimmt seine Finger aus meinem Höschen und benutzt sie stattdessen dazu, seinen harten Schwanz aus der Pyjamahose zu holen. Ich sehe zwischen uns, wie er sich selbst massiert.

Vor Erregung zitternd steige ich von seinem Schoß, gehe vor ihm auf die Knie und helfe ihm, die Hose abzustreifen. Jakob lässt keine Sekunde von seinem Ständer ab.

„Lasst mich nur zuhören“, sagt Paul.

„Ich hab das Telefon auf Lautsprecher gestellt und mache es mir jetzt im Bett gemütlich.“

Das würde ich gerne sehen.

„Du fehlst uns, Paul."

Jakob spricht aus, was ich denke.

„Ihr fehlt mir auch."

Überrascht keucht er auf, als ich ihn in den Mund nehme.

Paul stöhnt. Die Vorstellung, was er gerade tut, macht mich wahnsinnig.

Ganz langsam lasse ich meine Zunge um Jakobs Eichel gleiten und sauge ihn zwischen meine Lippen. Er schiebt mir sein Becken entgegen und hält meine Wangen fest. Die Muskeln in seinem Bauch und den Oberschenkel zucken vor Anstrengung. Offensichtlich hält er sich sehr zurück, um nicht zu grob in meinen Mund zu stoßen.

„Wenn du sehen könntest, was ich sehe, Paul. Wenn du das fühlen könntest."

„Ich stelle es mir vor …"

Wir hören Paul durchs Telefon atmen. Ich kann nicht weiter warten. Jakob gibt einen quengelnden Laut von sich, als ich von ihm ablasse. Mit hungrigem Blick schaut er zu, wie ich meinen Rock und das durchnässte Höschen abstreife, und lässt seine Hand übernehmen, was meine Lippen gerade noch getan haben.

Jakob beobachtet jede meiner Bewegungen, während ich mich mit gespreizten Beinen auf seinen Schoß setze. Er sieht mir in die Augen und schiebt sich langsam in mich. Behutsam nimmt Jakob meine Haare zu einem Zopf zusammen und zieht daran meinen Kopf zur Seite. Er leckt und küsst über die empfindliche Haut an meinem Hals und hinter dem Ohr.

Langsam bewege ich die Hüften und spüre jeden Millimeter seines harten Schwanzes in mir.

„Oh Gott, ich werde mich nie daran gewöhnen, wie eng du

bist“, keucht er an meiner Schulter und hält mich dabei fest umarmt.

„Ihr gebt die besten Geräusche von euch, wenn ihr Liebe macht.“

Pauls Aussage erregt mich und macht mich gleichermaßen traurig. Ich will ihn bei uns haben.

„Du solltest hier sein, Paul. Warum bist du nicht mit hochgekommen?“

Jakob wippt mich auf seinem Schoß und saugt an meinen Nippeln, doch Paul ist nicht zufrieden mit mir.

„Jakob, wieso hat sie noch genug Atem zum Diskutieren? Vielleicht solltest du etwas dagegen tun.“

Der lässt sich nicht zweimal bitten und steht mit mir auf dem Schoß auf, nur um mich in einem Schwung auf die Couch zu legen und meine Beine auf seiner Schulter zu platzieren. Er hält meinen Po hoch, um ein Kissen darunter zu legen. Als er zufrieden mit meiner Position ist, bewegt er sich in langsamen und tiefen Stößen in mir.

Mit dem Daumen massiert er meinen Kitzler, während er Küsse auf meinem Unterschenkel verteilt.

„Schon besser“, stöhnt Paul.

Jakob hat den perfekten Winkel gefunden und trifft immer wieder einen besonders sensiblen Punkt in mir.

„Bitte, Jakob.“ Worum ich flehe, weiß ich selbst nicht.

Ich will meine Schenkel schließen, doch Jakob hat das Gegenteil im Sinn. Er spreizt meine Beine und schlingt sie um seine Hüften.

Mit dem Daumen streicht er über meine Lippen und bittet mich still, für ihn den Mund zu öffnen. Er schließt die Augen, als ich meine Zunge um seinen Daumen kreisen lasse, und verliert für einen Moment seinen Rhythmus.

Schließlich nimmt er seinen feuchten Daumen und benutzt ihn, um weiter meine Klit zu massieren.

Pauls Stöhnen steigert sich parallel zu meinem.

„Engel", keucht er. „Komm für mich. Lass es mich hören."

„Sieh mich an, Katharina."

Ich kämpfe damit, den Blickkontakt zu Jakob aufrechtzuerhalten, während ich um ihn zucke und mich winde. In diesen süßen Krämpfen kann ich noch besser spüren, wie hart er ist.

„Oh Gott, du bist so unglaublich schön", bringt Jakob gerade noch raus, bevor er mir folgt und in mir pulsiert. Die Geräusche aus dem Telefonhörer deuten darauf hin, dass Paul bei uns ist. Jakob bricht über mir zusammen und küsst meinen Nacken.

Wir nehmen uns einen Moment, um wieder zu Atem zu kommen.

Paul findet als Erster seine Stimme wieder.

„Gute Nacht, mein Engel. Gute Nacht, Jakob. Wir sehen uns morgen."

Bevor wir eine Chance haben, etwas zu erwidern, hat er das Gespräch schon beendet.

„Ich hasse es."

Jakob nickt zustimmend.

„Es ist zu wenig. Für uns alle."

Er setzt sich auf und zieht sich langsam aus mir zurück. Damit ich nicht auf die Couch tropfe, drückt er mir seine Pyjamahose, die irgendwann auf dem Boden gelandet ist, zwischen die Beine. Sofort legt er sich wieder neben mich und zieht meinen Kopf auf seine Schulter.

„Du liebst ihn", sage ich.

„Natürlich. Er ist mein bester Freund."

Abwesend streichelt Jakob über meinen Oberarm. Die Liebkosung macht mich schläfrig.

„Ich habe das Gefühl, es ist ein wenig mehr als das."

Jakob ist für eine ganze Weile still und in Gedanken.

„Eine Sache ist wichtig", sagt er schließlich. „Keine Lügen zwischen uns Dreien. Sonst funktioniert es nicht."

„Das sehe ich genau so."

„Wenn du nicht wärst, dann würde das gar nicht zum Thema werden. Ich habe niemals ein Interesse an Männern gehabt und ich könnte auch nicht sagen, dass sich das jetzt ändert. Alles, was ich jetzt fühle, hat nur damit zu tun, dass wir drei zusammen sind. Ich liebe Paul und ich weiß nicht genau, wie weit es zwischen uns geht. Wir sind beide nicht daran interessiert, direkten Sex miteinander zu haben."

„Aber ihr fühlt euch zueinander hingezogen?"

„Katharina, ich bin 37 Jahre alt und es fällt mir nicht leicht, das überhaupt auszusprechen. Das ist auch für mich Neuland."

„Und Paul?"

„Ihm geht es ähnlich, aber er hat weniger Probleme, es deutlich zu sagen."

Das überrascht mich nicht. Paul ist direkter und spricht klar aus, was er will.

„In meinen Augen ist unsere Beziehung der falsche Ort, um seine Sexualität neu zu definieren. Es war doch von Anfang an klar, dass wir zu dritt sind, nicht eine Frau zwischen zwei Männern. Ich liebe dich, Jakob. Mach dir keine Gedanken. Für mich ist alles okay, solange es niemanden von uns verletzt. Wenn ich ehrlich sein soll, dann lässt mich der Gedanke, dass du mit Paul rummachst, auch nicht ganz kalt."

Jakob dreht mir den Kopf zu und lässt mich seinen

Mundwinkel küssen.

„Ist das so?“, fragt er grinsend.

„Natürlich. Wie könnte mich das nicht anmachen. Und wenn ihr mich zuschauen lasst, dann gebe ich euch vielleicht auch etwas fürs Auge.“

„Wenn du so weiter redest, dann bist du gleich für eine zweite Runde fällig.“

Ein Blick auf seinen Schoß zeigt mir, dass er schon wieder auf halbem Wege da ist.

„Jakob, kann ich dir etwas sagen? Ich hätte es Paul vorhin schon erzählen müssen, aber es ist mir unangenehm.“

„Du kannst mir alles sagen?“

„Paul hat mich wegen Holland gefragt. Ich möchte wirklich gerne. Schon wegen Ben. Aber ich weiß nicht, ob ich das hinbekomme.“

„Zeitlich oder finanziell?“

Auch wenn ich das Thema hasse, weiß ich es zu schätzen, dass Jakob nie um den heißen Brei herum redet.

„Finanziell. Ich musste am Jahresanfang eine neue Kaffeemaschine für den Shop anschaffen und das spüre ich jetzt noch. Es ist einfach verdammt knapp für uns, das war es immer schon. Ich sag das nicht, weil ich in irgendeiner Weise erwarte, dass ihr bezahlt. Ihr müsst nur verstehen, dass ich bei gewissen Dingen einfach nicht mitziehen kann.“

„Du hast recht, denn das hättest du bei Paul schon ansprechen sollen. Dann hätte der dir nämlich gesagt, dass es nichts zu bezahlen gibt. Katharina, das Haus gehört Paul. Er muss den Unterhalt dafür sowieso zahlen, egal ob er da ist oder nicht. Wir werden mit meinem Auto fahren, weil ich den Kombi habe. Essen müsst ihr hier auch, wobei Paul und ich nicht planen, dich da irgendetwas von zahlen zu lassen.“

„Das ist nicht richtig.“

„Ich weiß, dass du unabhängig sein willst, und das ist einer der Gründe, warum ich mich in dich verliebt habe, aber lass uns das doch einfach für dich tun. Paul kann es nicht erwarten, Ben den Strand zu zeigen. Wir wollen einfach nur ein paar Tage entspannen. Es kostet dich keinen Cent, Katharina, nur deine Zeit.“

Meine Zeit kostet in dem Fall auch Geld, weil ich an den Tagen keine Schichten im *Trudi's* abdecken kann, aber das sage ich jetzt nicht.

„Ungestörte Zeit mit euch klingt gut. Es ist vielleicht auch eine Möglichkeit, Ben etwas an uns zu gewöhnen, ohne ihn gleich mit den Details unserer Beziehung zu belasten.“

Wenn ich es so sehe, dann ist dieser Urlaub für uns alle notwendig.

23.

Ich kann nicht jede Nacht bei Jakob schlafen, aber ich kann mich jeden Morgen für ein paar Minuten in sein Bett schleichen, bevor Ben aufwacht. Steffi hat diese Woche die Frühschicht und das nutze ich nur zu gerne aus.

Gestern hat er mir einen Schlüssel zu seiner Wohnung gegeben. Natürlich hat er auch meinen bekommen. Es ist für mich nicht normal, so schnell Männer in mein Leben zu lassen, doch Jakob und Paul sind einfach nicht mehr zu vermeiden.

Es sind jetzt schon drei Tage vergangen, seit meinem Abend mit Paul. Ich vermisse ihn wahnsinnig, denn seitdem habe ich ihn nicht mehr gesehen. Die Arbeit in der Praxis schafft beide und Paul hat einfach keine Energie mehr, am Abend mitzukommen und dann so spät erst wieder nach Hause zu fahren.

Umso überraschter bin ich, als ich mich nur in einem T-Shirt in Jakobs Wohnung schleiche und ihn schlafend auf der Couch vorfinde. Er hat sich auf der Seite zusammengerollt und benutzt seine Hände als Kissen. Nur in Boxershorts liegt er da und schläft tief und fest. Die Decke ist neben ihn auf den Boden gerutscht, aber im Dachgeschoss ist es bei dem Wetter ohnehin zu warm. Ich streife mein T-Shirt über den Kopf ab und lege mich hinter ihn. Mit meinen Händen auf seinem Bauch schmiege ich mich an ihn.

„Träume ich?“

Er will sich zu mir umdrehen, bleibt jedoch sofort still liegen, als ich eine Hand in seine Boxershorts schiebe.

„Tust du nicht.“

Ich küsse ihn auf den Hals und nehme seinen schon halb

erigierten Penis in die Hand.

„Das muss ein Traum sein", murmelt er.

„Nein, ist es nicht. Dieses Mal lasse ich dich nicht gehen, bevor du nicht wenigstens über meine Finger gekommen bist."

Diese Worte reichen, um ihn vollständig hart werden zu lassen.

„Bist du nackt?" Noch völlig schläfrig stößt er in meine Hand. „Denn wenn du es bist, dann darf ich mich nicht umdrehen."

„Warum nicht?"

Mit meiner freien Hand fahre ich durch seinen dichten, braunen Haarschopf.

„Weil ich dann in dir bin, bevor du auch nur eine Chance hast zu zwinkern."

„Verlockender Gedanke. Ich habe tatsächlich kein einziges Kleidungsstück am Körper."

Mit dem Daumen verteile ich den austretenden Lusttropfen auf seiner Eichel. Bei der Vorstellung, ihn in mir zu haben, werden meine Nippel hart, was er auch deutlich an seinem Rücken spürt.

„Engel." Paul legt eine Hand auf meine Hüfte, lässt sich aber von mir verwöhnen. „Die Testergebnisse müssten heute kommen."

„Wie klingt ein Filmabend am Freitag? Ben übernachtet bei seinem Freund."

„Perfekt." Sein Griff auf meiner Hüfte wird Spuren hinterlassen, wenn er noch härter zufasst. Er dreht sich auf den Rücken und zieht mich zu einem Kuss ran. Seine Atmung kommt jetzt stoßweise. Mit der freien Hand zieht er die Boxershorts runter und lässt mir mehr Raum ihn zu massieren.

Paul vergräbt sein Gesicht an meinem Hals.

„Oh Gott, ich komme."

Keuchend ergießt er sich in warmen Schüben über seinen Bauch.

„Und ich habe mich schon gewundert, wo mein sexy Weckruf bleibt, aber die Aussicht entschädigt."

Jakob lehnt mit verschränkten Armen im Türrahmen und beobachtet uns. Er trägt nur eine Pyjamahose, die nichts von seiner Erektion verbirgt.

„Wir haben einen Voyeur", flüstere ich in Pauls Ohr, der immer noch die Augen geschlossen hat und heftig atmet.

„Ich bin nicht der Einzige, der gerne zusieht, Engel."

„Wenn ich nicht so dringend Frühstück für Ben machen müsste, würde ich mich auch noch um dich kümmern", sage ich und löse mich aus Pauls Griff. Ich ziehe mir mein T-Shirt über und gehe zu Jakob, der mich gleich in seine Arme schließt.

„Morgen, Baby." Er streichelt mir über den Rücken und steckt die Nase in meine Haare. Mit einem Kuss und einem Klaps auf den nackten Hintern, entlässt er mich wieder und schiebt mich zu Paul, der sich gerade mit einem Taschentuch den Bauch abwischt.

Ich beuge mich zu ihm runter, um ihn auf den Mund zu küssen, und höre Jakob hinter mir stöhnen.

„Katharina, wenn du noch länger so stehen bleibst, dann nehme ich dich in genau dieser Position von hinten."

Es ist wohl keine so gute Idee, in Anwesenheit der beiden kein Höschen zu tragen. Zumindest nicht, wenn man es eilig hat.

Nachdem ich Paul angemessen mit einem Kuss

verabschiedet habe, gehe ich nochmals zu Jakob und lege meine Hand auf seinen ausgebeulten Schritt.

„Vielleicht kann Paul dir ja helfen", sage ich gerade laut genug, damit der es auch versteht.

„Ich werde dir gleich helfen, du Luder."

Er will mich nochmals an sich ziehen, doch ich mache schnell einen Schritt nach hinten und entwische lachend durch die Wohnungstür.

Ben ist schon wach und grinst mich über seine Cornflakesschüssel an.

„Na, haste deinen Geliebten wach bekommen?"

„Ich weiß nicht, wovon du redest, junger Mann. Und noch schlimmer, ich weiß überhaupt nicht, woher du weißt, wovon du da redest."

Ben rührt in der Schüssel und sieht mich lieber nicht mehr an. Näher drauf eingehen möchte er dann auch nicht.

Nachdem ich mich im Schlafzimmer angezogen habe, setze ich mich mit einem Glas Orangensaft zu ihm an den Tisch.

„Du musst nicht immer mit mir frühstücken, Kati. Ich bin kein Baby mehr. Wenn du lieber bei Jakob bist, dann ist das okay."

„Unsinn, Ben. Wir sind immer noch eine Familie. Ich weiß, dass ich oft keine Zeit habe, aber ich geb mein Bestes. Ich will wissen, wie es dir geht und was bei dir los ist. Du bist vielleicht kein Baby mehr, aber du bist immer noch mein kleiner Bruder und noch längst nicht erwachsen."

„Ich hab auch nicht gesagt, dass ich dich nicht mehr brauche. Ich hab dich lieb, Kati. Aber ich habe auch nix dagegen, wenn ich hier ab und an mal alleine bin."

„Das glaube ich dir. Ben, ich vertraue dir, aber so schnell

wirst du mich nicht los. Dabei fällt mir etwas ein. Ich würde dir gerne einen Termin für eine Vorsorgeuntersuchung bei Paul machen. Er hat mich drauf angesprochen, dass das jetzt bei dir ansteht. Dann kann er auch gleich noch mal auf deinen Impfpass schauen."

Außerdem kann Paul dann sehen, ob Ben für ein offeneres Gespräch zum Thema Mädchen und Sex bereit ist. Das sage ich ihm natürlich nicht.

„Paul ist cool, aber bin ich nicht zu alt, um zum Kinderarzt zu gehen?"

Laut schlürfend trinkt er die übrige Milch aus der Schüssel und ich beiße mir auf die Zunge, um ihn ausnahmsweise nicht zu rügen.

„Er sagt, dass es durchaus normal ist, bis zum achtzehnten Lebensjahr zum Kinderarzt zu gehen. Ich wäre froh, wenn du das machen würdest, aber es ist deine Entscheidung. Ich kann dich nicht zwingen. Impfen kann auch unser Hausarzt."

„Nee, ist schon in Ordnung. Kannst mir einen Termin machen."

Er stellt die benutzte Schüssel in die Spülmaschine und kratzt sich am Hintern. Noch trägt er seine Schlafanzughose und sonst scheinbar nichts drunter.

Ben sieht mein Augenrollen und zuckt entschuldigend mit den Schultern. Momentan habe ich eindeutig eine Spur zuviel Testosteron in meinem Leben. Paul und Jakob können sich zum Glück besser benehmen. Ich hoffe inständig, dass das auch so bleibt.

Steffi sitzt auf heißen Kohlen, als ich sie im Coffeeshop ablöse. Sie hat bereits ihre Tasche nach vorne gestellt und schon die Jacke in der Hand. Daniela müsste jede Minute kommen, um mit mir zusammen den Mittagsansturm abzuarbeiten.

„Hast du einen Termin?“

So kenne ich sie sonst nicht. Da sie hier im Haus wohnt und Matthias immer lange arbeitet, hat sie es eigentlich nie eilig, nach Hause zu kommen.

„Ja, hab ich. Beim Gynäkologen. Ich muss wirklich los. Daniela sollte jeden Moment da sein. Du kommst doch klar?“ Sie hat ihre Jacke schon übergezogen und drückt mir im Vorbeigehen einen Kuss auf die Wange.

„Natürlich. Geh schon.“

Steffi gibt sich mit Daniela die Klinke in die Hand, die mit einer älteren, blonden Frau sowie ihrer Tochter Anna im Schlepptau in den Laden kommt.

„Bin ich zu spät?“, fragt sie und sieht verwirrt auf ihre Armbanduhr.

„Nein, alles gut. Steffi hat es nur etwas eilig.“

Neugierig sehe ich zu der älteren Dame, die mich von oben bis unten mustert. Die Ähnlichkeit zu Daniela ist nicht zu bestreiten.

„Das muss deine Mutter sein.“ Ich strecke ihr meine Hand entgegen. „Hallo Frau Schneider. Mein Name ist Kati Lehnen.“

Sie lächelt mich an und schüttelt meine Hand. In ihrem Mundwinkel bildet sich ein vertrautes Grübchen.

Ich bin ein solcher Idiot. Natürlich ist Frau Schneider nicht nur Danielas, sondern auch Jakobs Mutter. Manchmal stehe ich so dermaßen neben mir, dass es schon besorgniserregend ist.

Daniela streichelt ihrer Tochter über den Kopf und grinst in meine Richtung.

„Ja, Kati. Das ist meine Mutter und demzufolge auch die Mutter meines Bruders Jakob."

Oh Gott, ich bin nicht bereit für diese Konfrontation. Noch nicht. Jemand hätte mich wirklich vorwarnen können.

„Kein Problem, Kati. Jakob kommt mehr nach seinem Vater. Schön dich kennenzulernen. Ich bin Maria. Frau Schneider ist unnötig."

„Möchten Sie einen Kaffee, Maria?"

Etwas Besseres fällt mir nicht ein, um die Situation aufzulockern. Anna hat sich schon in die Spielecke verzogen, doch Maria schüttelt den Kopf.

„Ich wollte nur meine Enkeltochter übernehmen, während meine Tochter arbeitet. Aber beim nächsten Mal gerne. Wir werden uns ja in Zukunft hoffentlich öfter sehen."

Sie sammelt Anna ein und verabschiedet sich.

Daniela tritt neben mich hinter die Theke und löst meine Finger von der Arbeitsplatte, die ich dort unbewusst festgekrallt habe.

„Du kannst jetzt aufhören zu schwitzen. Meine Mutter ist unkompliziert. Mach dir keine Sorgen."

„Eine Warnung wäre gut gewesen. Ich werde nicht gerne überrascht. Schon gar nicht von den Müttern meiner Freunde."

Meine Stimme ist härter als beabsichtigt. Daniela sieht mich schuldbewusst von der Seite an.

„Sorry, Chefin. Mir war nicht klar, dass es so ein Problem ist."

Nach einem tiefen Atemzug entweicht etwas von der Anspannung in meinen Gliedern.

„Es ist okay, Daniela. Nicht deine Schuld. Ich war gerade nur etwas überfahren. Du hast nichts falsch gemacht."

24.

Negativ. Dreimal negativ.

Paul hat mir die ausgedruckten Laborergebnisse mitgebracht, als würde ich ihm sonst nicht glauben. Es ist nicht so, als wäre ich besonders beunruhigt gewesen.

„Also können wir jetzt?"

Die Frage könnte auch von einem jungfräulichen Schulmädchen kommen, doch ich weiß nichts anderes darauf zu sagen.

Paul sitzt mir gegenüber am Küchentisch und verschlingt einen Cupcake.

„Wir hätten es auch vorher gekonnt, Engel. Aber so ist es doch besser, oder nicht?"

Er putzt sich den Mund mit einer Serviette ab und stellt seinen Teller in die Spülmaschine. Immer noch bin ich völlig fasziniert, wenn sowohl er, als auch Jakob diese Dinge ohne vorherige Aufforderung machen.

„So ist es auf jeden Fall besser, auch wenn ich keine Bedenken hatte."

Paul stellt sich vor mich und lässt mich seine schmalen Hüften umarmen.

„Die hatte ich auch nicht, aber ich möchte nicht, dass du etwas zu bereuen hast, wenn du mit zwei Männern zusammen bist."

Ich weigere mich, über solche Dinge nachzudenken.

„Warum ist Jakob noch nicht Zuhause?"

„Er hat heute Morgen ein Muttermal bei einem Einjährigen entfernt und die Mutter war beim Verbandswechsel etwas beunruhigt über die Blutung. Da ist er noch mal hingefahren. Er müsste aber jeden Moment kommen."

„Oh, ich hoffe, der Kleine ist okay?“

„Ganz sicher. Meistens sind es nur die Mütter, die beruhigt werden müssen. Das Muttermal war sehr groß und direkt neben dem rechten Auge. Kopfwunden bluten immer stark und einen Einjährigen nach einem Eingriff ruhig zu halten, ist beinahe unmöglich. Wahrscheinlich hat er sich etwas zu sehr verausgabt, nachdem das Beruhigungsmittel nachgelassen hat.“

Bens Zimmertür geht auf und Paul macht sofort zwei Schritte zurück. Mein Bruder stürmt in üblicher Manier in die Küche und rennt ihn dabei fast über den Haufen. Er winkt uns zu und steckt dann den Kopf in den Kühlschrank. Mit einer Flasche Wasser und einem Joghurt zieht er wieder in sein Zimmer.

„Manchmal glaube ich, er würde es noch nicht mal merken, ob du oder Jakob hier übernachtest. Sind alle Teenager so auf sich selbst fixiert? Waren wir auch so?“

Paul lacht und setzt sich neben mich an den Tisch.

„Ich mit Sicherheit. Bei dir habe ich meine Zweifel.“

Leider hat er da recht. In unserer Familie war kein Platz für eine weitere emotional instabile Person.

Scheinbar stehen mir meine Gedanke auf die Stirn geschrieben.

„Manche Leute behaupten, ich wäre ein arroganter Bastard, aber in Wirklichkeit bin ich ein ziemlicher guter Zuhörer. Mir ist klar, dass ich das schon mal gesagt habe, aber ich wollte es nur noch mal deutlich machen.“

„Du bist kein arroganter Bastard.“

Auch wenn das mein erster Eindruck von ihm war. Paul zieht meinen Kopf an seine Schulter und küsst meinen Scheitel.

„Irgendwann möchte ich es dir erzählen, auch wenn Jakob es schon getan hat. Irgendwann bin ich hoffentlich an dem Punkt, an dem es mich nicht mehr nur wütend macht, dass man uns so alleine gelassen hat.“

„Es ist okay, Engel. Wann immer du bereit bist.“

Jakob kommt eine halbe Stunde später mit Pizza und Rotwein. Für Ben hat er Malzbier mitgebracht. Nie vergisst er meinen Bruder. Das ist eines der vielen Dinge, die ich an ihm liebe.

„Hast du eigentlich über meine Frage nachgedacht? Bezüglich Holland?“, fragt Paul.

Wir sitzen gemeinsam um den Couchtisch auf dem Boden und essen, während wir eine Aufzeichnung von *Two and a half men* schauen. Ben sieht mich fragend an.

„Hab ich. Wenn Ben Lust hat, dann sind wir dabei.“

„Worauf hab ich Lust?“

Verwirrt sieht er zwischen mir und Paul hin und her.

„Ein paar Tage in Holland am Meer, am Ende der Sommerferien. Ich hab ein kleines Häuschen da und würde euch gerne mitnehmen.“

Das Leuchten in Bens Augen wischt auch den letzten Zweifel in mir beiseite.

„Klar hab ich Lust darauf.“

Jakob steht auf, um ein paar Servietten zu holen. Paul zwinkert mir von der anderen Seite des Tisches zu. Ich muss grinsen, weil Ben so hart kämpft, sich nicht zu sehr zu freuen und sich damit vor Paul und Jakob die Blöße zu geben. Mit jedem Tag wird es für ihn wichtiger, männlich zu wirken, besonders vor den beiden Männern in meinem Leben.

„Ich hab gehört, du hast heute meine Mutter getroffen?“

Im Vorbeigehen streichelt Jakob mir über die Schulter, was immer noch dazu führt, dass sich sofort mein Pulsschlag erhöht.

„Allerdings. Das war überraschend. Ich war so perplex, dass ich nicht kapiert habe, wen deine Schwester da mitgebracht hat.“

„Davon hab ich gehört, ja.“ Jakob setzt sich so nah neben mich, dass sich unsere Oberschenkel berühren. „Sie war sehr amüsiert.“

„Und findet mich jetzt wahrscheinlich schrecklich“, setze ich seinen Satz fort.

„Nein, Katharina.“

Wie er meinen Namen ausspricht, mit dieser angenehm tiefen Stimme, die immer nur mir gilt, lässt eine Hitzewelle durch meinen Körper strömen. Ich weiß nicht, was heute los ist, aber ich will Sex. Seit ich Jakob und Paul kenne, habe ich das Gefühl, drei Mal am Tag mein Höschen wechseln zu müssen. Dass wir es jetzt auch ohne jede Beschränkung tun dürfen, macht es nicht leichter.

„Ich war heute mit ihr und Anna zu Mittag essen. Sie fand dich sehr sympathisch und würde dich gerne näher kennenlernen.“

Ben begreift als Erster die Bedeutung meines schmerzverzerrten Gesichtsausdrucks.

„Oh, oh“, flüstert er. „Arme Kati.“

Mein Bruder weiß, wie ich den Kontakt zu den Eltern meiner Exfreunde gehasst habe. Es ist auch selten etwas Gutes dabei rumgekommen. Entweder haben sie mich gehasst und von oben herab angeschaut oder sie wollten schon nach wenigen Wochen Ben und mich voll in die Familie integrieren.

Auch wenn hinter diesem Gedanken immer eine gute Absicht lag, habe ich das sofort abgewehrt. Ich kann Ben nicht an Leute gewöhnen, um ihn beim Scheitern der jeweiligen Beziehung zu verletzten.

„Es ist okay", flüstert Jakob und zieht mich an sich. „Meine Mutter ist etwas übereifrig. Wann immer du soweit bist, werde ich dich meinen Eltern vorstellen."

Paul beobachtet uns. Es ist offensichtlich, dass er sich gerne an dieser Konversation beteiligen würde, doch solange Ben bei uns ist, können wir nicht offen sprechen.

„Ich muss noch Hausaufgaben machen." Wie aufs Stichwort nimmt Ben sich eine weitere Flasche Malzbier aus der Verpackung und verabschiedet sich für den Abend. Entweder hat er wirklich noch etwas zu tun oder er hat mehr Feingefühl als ich ihm zuspreche.

„Paul?"

„Hm." Er sitzt mit dem Rücken an die Couch gelehnt und starrt auf den Fernseher. Ich löse mich von Jakob und krabbele auf allen Vieren zu ihm.

Endlich sieht er zu mir und grinst.

„Komm her." Er zieht mich rittlings auf seinen Schoß und legt fest seine Arme um mich.

„Es bricht mir das Herz, Paul. Wir werden das regeln, irgendwie."

„Du bist das Beste, was mir in den letzten Jahren passiert ist, Engel. Mir ist bewusst, dass die Situation gerade nur so ist, weil du Jakob zuerst kennengelernt hast. Ich bin nicht eifersüchtig. Es ist, wie es ist. Ich kann warten, bis die Zeit reif ist."

Die Sicherheit und Selbstverständlichkeit seiner Aussage berührt mich. Ohne Forderungen und jede Art von Druck, ist er einfach nur glücklich, dass wir uns haben.

Es ist schneller passiert, als ich erwartet hätte. Ich kann nicht mehr zurück. Ich liebe zwei Männer.

25.

Erschöpft, verschwitzt und mit dem dringenden Bedürfnis nach einer Dusche, krieche ich die Treppe zu meiner Wohnung hoch. Dieser Sommer ist ungewöhnlich heiß und bis auf ein paar Gewitter zur Abkühlung scheint auch kein Ende in Sicht.

Samstags schließen wir den Shop zeitig, da die umliegenden Geschäfte am frühen Nachmittag zumachen und es sich einfach nicht lohnt, länger aufzuhalten.

„Hey, schöne Frau."

Zwei so angenehm warme Stimmen, die mir direkt ein Lächeln aufs Gesicht zaubern. Paul und Jakob sitzen neben meiner Wohnungstür auf dem Boden, jeder eine Flasche Radler in der Hand.

„Hey, ihr beiden. Ist das mein Empfangskomitee oder ist es euch drinnen zu warm?"

„Ein wenig von beidem. Wir wollten dich davon abhalten, in deine Wohnung zu verschwinden, um sofort deine kostbare Zeit stehlen zu können. Ben haben wir schon abgefüttert. Er ist gerade mit dem Rad zu Luca gefahren."

Paul versucht einen Blick unter meinen Rock zu erhaschen, während ich vor den beiden stehe.

„Danke, dass ihr euch um Ben gekümmert habt, aber da muss ich euch leider enttäuschen. Wenigstens eine Dusche und ein paar frische Klamotten müsst ihr mir gönnen, dann bin ich sofort für euch da."

„Kommt gar nicht infrage." Jakob stemmt sich vom Boden hoch und nimmt mich in die Arme. „Du gehörst jetzt uns. Duschen kannst du bei mir und ein frisches T-Shirt habe ich auch für dich."

„Nur ein T-Shirt? Aber dann habe ich doch gar nichts für drunter. Soll ich etwa den Abend ohne ein frisches Höschen verbringen? Ist das nicht zu gefährlich, wenn man den Abend mit zwei attraktiven und offensichtlich sehr hungrigen Männern verbringt?“

Paul sitzt immer noch auf dem Boden und streichelt sich an meinem nackten Oberschenkel hoch.

„Das wäre nur gefährlich für dein Höschen, denn ich kann sehr ungeduldig werden, wenn ich das Bedürfnis verspüre, dich zu lecken.“

Jakob lässt mich seine wachsende Erektion spüren und küsst die verschwitzte Haut meines Schlüsselbeins, während Paul mit dem Handrücken über meine Scham fährt. Nur durch die dünne Lage meines Slips getrennt, fühle ich alles. Meine Haut ist noch durch ein zwei Tage altes Waxing sensibilisiert. Gott sei Dank gibt es hier oben keine weiteren Nachbarn, denn die Lautstärke meines Aufstöhnens hätte auf jeden Fall Aufmerksamkeit erregt.

„Ich mache euch einen Vorschlag“, sagt Jakob. „Du nimmst Paul mit unter die Dusche. Er ist schon den ganzen Tag hart. Ich konnte es jedes Mal genau sehen, wenn er an dich gedacht hat. Vielleicht könnt ihr gemeinsam ein wenig Spannung abbauen. In der Zwischenzeit starte ich den Grill.“

Paul steht vom Boden auf und stellt sich hinter mich. Er legt einen Arm um meine Taille und sein Kinn auf meine Schulter.

„Das klingt gut oder was meinst du?“

Er will von mir die Bestätigung, dass es für mich in Ordnung ist, mit ihm alleine zu sein. Seine Unsicherheit macht mich traurig, aber ich weiß nicht, wie ich es ändern soll, da Jakob durch die Wohnsituation nun mal klar im Vorteil ist.

„Das klingt sehr gut." Ich drehe mich zwischen den beiden, bis ich mit dem Gesicht zu Paul stehe und ihn küssen kann. Jakob hat eine Hand an meiner Hüfte und die andere auf Pauls Schulter, während er uns mit angehaltenem Atem zusieht.

„Meine Füße bringen mich um." Mit einem erleichterten Seufzer setze ich mich auf den Badewannenrand, um meine Sandalen abzustreifen. Paul, der sich gerade sein Shirt abstreift, geht vor mir in die Knie und beginnt meine Füße zu massieren.

„Mach das nicht. Ich muss wirklich erst duschen."

„Für mich riechst du perfekt, Engel." Er küsst mein Knie und arbeitet sich an meinem Schenkel nach oben, doch da muss ich ihn stoppen.

„Paul, halt." Ich lege meine Hände auf seine Wangen, damit er mich ansieht. „Erst Wasser und Seife, danach kannst du mit mir machen, was du willst."

„Alles, was ich will? Das klingt vielversprechend."

„Alles, war ihr wollt. Ich gehöre euch."

„Du hast keine Ahnung, was uns diese Worte bedeuten."

Ich ziehe Paul mit mir hoch und starte die Dusche.

„Ihr bedeutet mir viel", sage ich leise, während ich mit der Hand die Wassertemperatur prüfe. „Sehr viel."

Es wäre ein passender Moment, doch ich muss noch ein wenig Courage sammeln, um auszusprechen, wie ich für ihn fühle.

Paul stellt sich hinter mich, öffnet den Reißverschluss an meinem Rock und lässt ihn mit meinem Höschen auf den Boden fallen. Er öffnet die Knöpfe an meiner Bluse und umschließt meine Brüste mit warmen Händen. Das Wasser der heißen Dusche erfüllt das Bad mit Dampf. Meine Nippel werden hart unter seinen Händen. Ich lehne meinen Kopf an seine Schulter.

„Ich bin verrückt nach dir, Katharina."

Er nennt mich nicht so oft bei meinem vollen Namen, wie Jakob es tut, doch es verfehlt nicht seine Wirkung. Paul öffnet mit einer Hand seine Hose und lässt sie einfach auf den Boden fallen. Die weite Boxershorts verbirgt nichts von seiner Erektion, die er mir gerade an den Po drückt.

„Ich kann es nicht erwarten, in dir zu kommen. Aber das sparen wir uns für später auf, wenn Jakob dabei ist."

Ich drehe mich aus seinem Griff und steige unter die laufende Dusche. Paul verliert keine Zeit, sein letztes Kleidungsstück loszuwerden und sich zu mir zu gesellen.

„Bist du sicher, dass du nicht jetzt schon in mir kommen willst?"

Pauls Stöhnen ist Antwort genug, als ich vor ihm auf die Knie gehe.

Jakob steht schon am Grill, als wir Hand in Hand auf die Terrasse kommen. Ich trage eins von Jakobs übergroßen T-Shirts, das mir bis an die Knie reicht.

So müde ich auch bin, kann ich es nicht erwarten, endlich mit meinen beiden Männern zusammen zu sein. Paul trägt nur eine graue Cargohose und auch Jakob steht mit nacktem Oberkörper am Grill. Ich lasse Pauls Hand los und lege meine Arme von hinten um Jakobs Taille. Seine Haut ist warm von der Hitze des Feuers.

„Ich hoffe, du bist hungrig."

Er hat ja keine Ahnung, wie sehr. Nur nicht auf die Steaks, die er gerade grillt.

„Bin ich.“ Ich küsse ihn zwischen die Schulterblätter und schiebe meine Hände in den Bund seiner tiefsitzenden Jeans. Jakob beugt sich reflexartig nach vorne.

„Woah, Katharina.“

Bevor er sich irgendwelche Körperteile verbrennt, nimmt Paul ihm die Grillzange ab. Jakob lehnt sich an mich und genießt für ein paar Sekunden, wie ich seinen Schwanz massiere. Er ist noch nicht ganz hart, als er meine Hände aus seiner Hose zieht und sich zu mir umdreht.

„Ich dachte, Paul hätte dich vorerst gesättigt.“

„Sie hat mich nicht gelassen“, erklärt der, während er die Steaks wendet.

„Dafür hat sie sich hervorragend um mich gekümmert.“

Ein sattes Grinsen überzieht sein hübsches Gesicht.

„Ihr süßer Mund ist noch wesentlich besser als ich mir ausgemalt habe.“

Jakob sieht mit einer hochgezogenen Augenbraue auf mich runter.

„Du kannst dich nicht einfach mal von uns verwöhnen lassen, oder?“

„Glaub es oder auch nicht, aber ich genieße das. Ihr seid beide unglaublich sexy, wenn ihr kommt. Der Anblick alleine ist es wert.“

Jakob schiebt eine Hand zwischen meine Schenkel und fährt mit dem Mittelfinger durch meine feuchte Spalte.

„Und was ist mit dir?“ Er hebt den Finger und zeigt mir die glitzernde Feuchtigkeit.

„Ich bin zuversichtlich, dass ihr beide davon heute noch Gebrauch machen werdet.“

Paul tritt hinter mich und tut etwas, das sogar Jakob den Mund offen stehen lässt. Er nimmt Jakobs Finger und schiebt ihn sich zwischen die Lippen. Genüsslich leckt er die Spuren meiner Lust von Jakobs Haut, während er ihn keine Sekunde aus den Augen lässt. Jakob hat Mühe, die Augen aufzuhalten, scheinbar selbst überrascht über seine starke Reaktion auf diese Liebkosung. Die massive Erektion muss in der Enge seiner Jeans schon schmerzhaft sein.

Jakob räuspert sich und ringt um Fassung, als Paul seine Hand loslässt.

„Wir sollten essen“, sagt er heiser und dreht sich wieder zum Grill.

Paul legt seine Arme um meine Schulter.

„Gefällt dir das?“, flüstert er an meinem Ohr.

Ich befeuchte mir ein paar Mal die Lippen und nicke. Ein Bild setzt sich gerade vor meinem inneren Auge fest. Zwei Männer zwischen meinen Schenkel, die mich mal abwechselnd und mal gleichzeitig lecken.

Wir sollten wirklich essen, denn es scheint, als würden wir für diese Nacht eine Menge Energie benötigen.

26.

Ich kann nicht mehr warten. Obwohl sehr lecker, war das Essen eine einzige Quälerei. Es ist mir unmöglich, still zu sitzen. Jakob und Paul haben eine sadistische Freude daran, mich zappeln zu lassen. Nach dem letzten Bissen habe ich genug. Ich werfe meine Gabel auf den Teller, was die beiden erschrocken aufschauen lässt.

„Ich gehe jetzt ins Bett. Und wenn ihr beide nicht mitkommt, dann kann ich euch auch nicht helfen."

Mit offenen Mündern beobachten sie, wie ich mir das T-Shirt über den Kopf ziehe, mein Weinglas vom Tisch nehme und splitterfasernackt in die Wohnung stolziere.

Jakobs Bett ist wesentlich breiter als meins und irgendwie habe ich den Verdacht, dass er es bewusst in der Größe angeschafft hat. Ich lasse mich gegen die Kissen sinken und schlage die Beine übereinander. Mit einem kleinen Schluck Rotwein befeuchte ich meine Kehle und warte auf meine Männer.

Die lassen nicht lange auf sich warten. Immer noch in ihren Hosen, aber deutlich erregt, stehen sie nebeneinander im Türrahmen.

„Hier ist nur Platz für euch, wenn ihr die Hosen verliert."

Lasziv lächeln sie mich an und entledigen sich beinahe synchron ihrem letzten Kleidungsstück. Keiner der beiden trägt Unterwäsche, die an diesem Abend auch nur reine Zeitverschwendung bedeutet hätte.

Jakob ist der Erste, der an seinen Schwanz greift und ihn in seiner Hand wichst. Für einen Moment sieht Paul fasziniert zu und tut es ihm dann gleich.

„Kommt her." Ich strecke den beiden meine Hände hin, die sie auch sofort entgegennehmen. Sie legen sich zu meiner rechten und meiner linken Seite und schmiegen sich an mich. Unbeabsichtigt treffen sich ihre Hände in der Mitte meines Brustkorbs, doch sie schrecken nicht eine Sekunde voreinander zurück. Paul küsst meinen Hals und Jakob meinen Mund. An jeder Seite spüre ich eine pulsierende Erektion. Dort, wo ich mich zärtlichen Fingern entgegenstrecke, wird auch gleich meinem Bedürfnis nach Berührung nachgegeben.

Paul schiebt sich über mich und drängt sich zwischen meine Schenkel, die sich beinahe von selbst für ihn öffnen.

„Engel." Er keucht an meiner Wange und reibt seinen Schwanz über meinen Venushügel, wo er von den Zeichen meiner Lust benetzt wird. „Ich will dich und ich kann nicht länger warten."

Jakob saugt an meinem Nippel, was es mir fast unmöglich macht, ihm verbal zu antworten.

„Gott, ja", presse ich hervor und schiebe ihn näher an mich. Jakob reibt seinen Ständer an meiner Hand. Ich schließe meine Finger um ihn und lasse ihn in meine Faust stoßen.

Paul spreizt meine Beine noch ein Stück weiter und schiebt sich widerstandslos in mich.

„Fuck", flucht er.

Jakob leckt an meinem Ohrläppchen und sorgt dafür, dass ich mich unter Paul bewege.

„Lass uns hören, wie gut es sich anfühlt", wispert er in mein Ohr, um mich daran zu erinnern, dass ich mich für niemanden zurückhalten muss.

Paul schlingt meine Beine um seine Hüften und setzt sich auf. Er hält meine Knie fest und bewegt sich langsam in mir.

Seine Stöße sind so sanft und doch kraftvoll, ich spüre jeden Millimeter.

Jakob nimmt meine Hand von seinem Schwanz und legt sie zwischen meine Schenkel.

„Ich will es sehen." Er setzt sich auf und legt meinen Kopf auf seinen Oberschenkel. Doch meinen Versuch, wieder nach ihm zu greifen, wehrt er ab.

Nur kurz fährt Paul mit dem Daumen über meine geschwollene Klit, wohl wissend, dass es Hunger auf mehr macht.

„Zeig es uns, Engel."

Seine anfängliche Überreizung scheint vergangen zu sein, er wirkt schon fast unbeteiligt, während er mich fickt.

Ich sehe zu Jakob hoch, der mir über die Wange streichelt, während er sich massiert, und beginne auch mich zu streicheln. Paul stöhnt auf, als ich ihn berühre und fühle, wie er sich in mir bewegt. Er beugt sich über mich, um mich zu küssen und in mein Ohr zu flüstern.

„Ich glaube, Jakob fühlt sich etwas vernachlässigt." Seine Stöße werden heftiger und treffen genau den richtigen Winkel. Mein Höhepunkt überrascht nicht nur mich, er reißt auch Paul mit, der sich mit letzter Kraft über mir abstützt und in warmen Schüben in mir kommt.

„Verdammt, Engel", keucht er. „Das konnte ich absolut nicht stoppen."

Ich lege einen Arm um seine Schultern und strecke mit derselben Hand meine Finger zu Jakob aus, der schwer atmend neben uns sitzt. Jakob legt seine Hand auf Pauls Schulter und verschränkt unsere Finger miteinander.

„Katharina." Mein Name klingt aus seinem Mund wie ein Flehen. Ich kann nur erahnen, wie es ihm gerade geht.

Paul zieht sich aus mir zurück und legt sich auf die freie Bettseite.

„Komm her“, fordert er mich auf. Ich lege mich zwischen die beiden, mit dem Gesicht zu Paul. Jakob schiebt sich hinter mich und legt mein Bein über seinen Oberschenkel.

„Ich explodiere, wenn ich nicht sofort in dir sein kann“, raunt er an meiner Schulter und reibt seine Erektion zwischen meinen Pobacken.

Paul ist etwas tiefer gerutscht. Er leckt und saugt an meinen Nippeln und hilft mir, meine Beine etwas zu spreizen.

„Das wollen wir doch nicht“, sagt Paul. „Oder, Engel?“

„Auf keinen Fall.“ Ich streichele durch Pauls dichten Haarschopf und drehe meinen Kopf zu Jakob.

„Ich sehe keinen guten Grund, warum du noch länger leiden sollst.“

Jakob schiebt mir seine Zunge in den Mund. Paul teilt meine Spalte mit zwei Fingern und schiebt mich auf Jakobs Schwanz, der daraufhin in meinen Mund stöhnt.

Paul rutscht wieder hoch und wartet geduldig, bis Jakob von meinem Mund ablässt, um mich zu küssen. Er nimmt mein Gesicht in seine Hände und schaut mich an. Immer wieder presst er sanft seine Lippen auf meine.

Jakob hält mich fest in seinen Armen, während er in mich stößt.

„Ich liebe dich“, wispert er in mein Ohr.

Ich will ihm antworten, doch ich kann nicht. Paul ist dazu übergangen, meine Klit zu massieren und nimmt mir damit jeden Atem.

„Kannst du noch einmal für uns kommen, Engel? Jakob ist so weit.“

„Ich glaube nicht“, keuche ich hervor, obwohl mein

gesamter Unterleib pulsiert. Ob es sich dabei um einen nahenden Höhepunkt oder die Nachwehen vom Ersten handelt, kann ich nicht unterscheiden.

„Du kannst, Katharina." Paul zwingt mir seinen strengen Blick auf.

„Komm!" Es ist ein Befehl, und mein Körper gehorcht ihm, ohne dass ich Kontrolle darüber habe. Zwischen meinen Männern komme ich, noch heftiger als beim ersten Mal. Jakob folgt mir sofort und entlockt mir einen protestierenden Laut, als er sich nicht mehr in mir bewegt.

Nur langsam und unter unzähligen Küssen und Liebkosungen, kommen wir wieder zu Atem.

Wir haben keine Worte für das, was zwischen uns passiert. Manchmal können die mehr zerstören, als Gutes tun. Es ist nicht nur der Sex. Wir sind alle dabei, uns emotional aneinander zu binden. Nein, das stimmt nicht. Es ist schon längst passiert, dass wir miteinander verbunden sind.

Ich liege zwischen meinen Männern und habe mich noch nie so sicher und behütet gefühlt. Ja, wir hatten Sex. Zu dritt. Aber das hier ist kein Porno. Wir lieben uns und brauchen das, um uns nahe zu fühlen.

Jakob fallen zuerst die Augen zu. Er schlummert friedlich hinter mir, doch Paul ist noch hellwach.

„Geht es dir gut, Engel?"

Er nimmt meine Hände und küsst sanft meine Fingerspitzen.

„So gut wie noch nie." Es ist nicht bloß eine Floskel.

„Wenn du dich von uns bedrängt fühlst, dann musst du es sagen, okay? Ich weiß, dass wir manchmal etwas einnehmend sein können."

Ich schüttele den Kopf.

„Paul, ich bin nicht aus Glas. Es gibt keinen Grund, mich so zu behandeln.“

„Kann ich dir was sagen?“

Er ist so leise, ich hätte ihn beinahe nicht verstanden.

„Natürlich. Alles.“

„Ich liebe dich.“

Es kommt überraschend. Ich dachte, er wäre noch nicht so weit.

„Bist du sicher?“ Unsicher suche ich seinen Blick, denn ich muss wissen, ob er es ehrlich meint.

„Wenn ich es nicht wäre, dann würde ich es nicht sagen. Das heißt nicht, dass ich von dir …“

Ich lege einen Finger auf seine Lippen, um ihn ruhigzustellen.

„Ich liebe dich, Paul.“

„Lieb euch auch“, grummelt Jakob hinter mir und rollt sich schnaubend auf die andere Seite.

Paul stimmt in mein leises Lachen ein. Ich glaube nicht, dass Jakob bewusst wahrgenommen hat, was gerade passiert ist.

27.

Um vier Uhr am nächsten Morgen werde ich davon geweckt, dass Jakob im Wohnzimmer telefoniert. Das kann nichts Gutes bedeuten. Ich will mich gerade von Paul lösen, um zu Jakob zu gehen, da kommt er schon mit meinem Handy in der Hand ins Schlafzimmer.

„Es hat die ganze Zeit geklingelt, da bin ich ran gegangen. Ich wollte euch nicht wecken."

„Was ist los?"

„Katharina, reg dich jetzt bitte nicht auf."

Der Satz alleine trägt nur zu meiner Beunruhigung bei. „Jakob, was ist passiert?"

Paul reibt seine Augen und streckt sich neben mir aus.

„Das war Ben. Er ist ziemlich betrunken und hat irgendwie sein Rad geschrottet."

Die Wut schnürt mir augenblicklich die Kehle zu. Das kann nicht wahr sein.

„Wo ist er?" Hastig steige ich aus dem Bett und suche meine Klamotten zusammen.

„Irgendwo am Schwimmbad. Das konnte er mir gerade noch sagen, bevor er sich in die Büsche übergeben hat."

„Kannst du mich fahren?"

Paul sieht verwirrt zwischen uns hin und her. Noch hat er nicht begriffen, was gerade passiert.

Jakob knöpft schon seine Hose zu, die er sich während seiner Erklärung übergezogen hat.

Eigentlich sollte ich ihn fragen, ob Ben sich verletzt hat, doch ich bin gerade zu wütend, um nur einen Gedanken daran zu verschwenden.

Paul hat sich inzwischen aufgesetzt und greift nach meiner

Hand.

„Engel, du solltest besser hier bleiben. Ich fahre mit Jakob und du gehst nach nebenan und stellst schon mal einen Eimer neben sein Bett.“

„Nein!“, rufe ich lauter als beabsichtigt. „So leicht kommt er nicht davon. Und wenn ich ihn vor seinen ganzen Kumpels blamiere, das ist mir scheißegal. Er hat gesagt, er wäre bei Luca. Unter Aufsicht von Lucas Eltern. Was denkt er sich eigentlich?“

Jakob zieht sich ein T-Shirt über und kommt zu mir. Er legt mir die Hände auf die Schulter und schaut mich eindringlich an.

„Du bist wütend, und das verstehen wir. Aber glaubst du, dass in diesem Moment irgendetwas zu ihm durchdringt? Ben hat gerade seinen hoffentlich ersten Vollrausch, und es ist nur richtig, wenn er dafür Konsequenzen zu spüren kriegt. Aber nichts, was du jetzt zu ihm sagst, wird er bewusst aufnehmen. Morgen ist noch genug Zeit, ihm mehr als nur ein paar Takte dazu zu sagen.“

Ein Teil meiner Wut ist verraucht, als Ben auf Paul gestützt in unsere Wohnung stolpert. Trotzdem koche ich immer noch innerlich.

Mein Bruder sieht auf und entblößt eine blutende Platzwunde auf seiner Stirn.

„Oh Gott.“ Ich laufe auf ihn zu und will ihn umarmen, doch er fängt an zu würgen. Sofort ist Paul mit einem Eimer zur Stelle, den er ihm unters Kinn hält. Ich halte seinen Kopf fest, damit er die verletzte Stirn nicht an den Eimerrand lehnt.

„Er ist okay, Katharina. Wir müssen ihn heute Nacht beobachten, aber es sieht schlimmer aus, als es ist. Ich kümmere mich gleich um seine Stirn. Wahrscheinlich kann ich das kleben", sagt Jakob.

Mir steigen die Tränen in die Augen, doch ich wische sie unwirsch beiseite. Dafür ist jetzt keine Zeit.

Ich nehme Paul den Eimer ab und stelle mit Schrecken fest, dass der Inhalt eine beunruhigend rote Farbe hat.

„Kein Blut, nur Bessenjenever. Irgendso ein ekelhaft süßer Beerenschnaps", klärt Jakob mich auf. „Von dem Zeug würde ich auch kotzen."

Nachdem Jakob Bens Platzwunde geklebt und seine aufgeschürften Handballen gereinigt hat, legt er ihn in stabiler Seitenlage aufs Bett. Ben wimmert vor sich hin und kann nicht einschlafen, weil sich alles dreht. Das geschieht ihm recht. Morgen früh wird er sich wünschen, dass ihm nur ein wenig schwindelig ist.

Wir lassen die Zimmertüre auf und gehen zurück ins Wohnzimmer, wo ich mich erschöpft auf die Couch fallen lasse. Paul und Jakob setzen sich rechts und links neben mich.

„Ist das meine Schuld?" Die Frage stelle ich mehr mir selbst als den Männern.

„Schwachsinn, Engel. Ich will nicht sagen, dass es in Ordnung ist, was er gemacht hat, aber das haben wir alle hinter uns."

„Ich nicht. Ben sollte es eigentlich besser wissen. Er weiß, wie unser Vater war."

„Katharina", seufzt Jakob. „Dein Vater war kein Teenager, der mal über die Stränge geschlagen hat. Er war depressiv. Natürlich musst du Ben deutlich machen, dass das nicht akzeptabel ist. Aber ihn mit deinem Vater gleichzusetzen, ist nicht fair. Ben weiß außerdem nicht, wie du dich dabei fühlst, denn er war damals erst drei Jahre alt. Vermutlich hat er keine greifbare Erinnerung an ihn und schon gar nicht daran, wie viel er getrunken hat."

„Kann ich euch um einen Gefallen bitten?"

Das geht komplett gegen meine Prinzipien, aber ich weiß mir nicht mehr zu helfen.

„Jeden", antworten die beiden gleichzeitig.

„Ihr habt gesagt, dass ich mir helfen lassen soll. Natürlich wird Ben von mir noch eine Standpauke bekommen, aber könnt ihr auch mal mit ihm reden? Ich habe das Gefühl, dass ihr einen anderen Draht zu ihm habt und ich einfach nur irrationale Vorwürfe vorbringen werde, wenn ich zu viel sage."

Jakob nimmt meine Hand und Paul zieht meinen Kopf auf seine Schulter.

„Natürlich, Katharina. Wir reden mit ihm."

Gegen Mittag am nächsten Tag schleicht Ben wie ein lebender Toter aus seinem Zimmer. Er sieht beinahe noch schlimmer aus, als in der Nacht. Das Tageslicht entblößt noch weitere Kratzer auf seinen Wangen und den Beginn eines Veilchens.

Ben sieht mich mit verschränkten Armen auf der Couch sitzen und wird noch blasser, als er ohnehin schon ist. Ruckartig schlägt er die Hand vor den Mund und taumelt ins Badezimmer, wo gerade wahrscheinlich das ganze Haus hört, wie er die Toilettenschüssel anbrüllt. Ein wenig Schadenfreude kann ich mir nicht verkneifen. Ich hoffe, die Anstrengungen des Würgens bringen seinen Kopf noch einmal richtig zum Pochen.

Als er nach zehn Minuten immer noch nicht aus dem Bad

kommt, gehe ich rein, um nach ihm zu sehen. Er hat die Wange auf dem kühlen Toilettendeckel abgelegt und sieht müde zu mir hoch.

„Geht es wieder?“

„Nicht wirklich“, stöhnt er.

„Gut“, sage ich mit mehr Härte, als er von mir gewohnt ist. „Ich hoffe, du behältst das in Erinnerung. Warte erst ab, bis du dich im Spiegel siehst.“

Ben sieht mir dabei zu, wie ich einen Waschlappen nass mache, und seufzt erleichtert, als ich ihm das kühle Tuch in den Nacken lege.

„Wenn du meinst, dass du aufstehen kannst, dann komm in die Küche. Ich mache dir Tee.“

„Pfefferminz, bitte“, ruft er mir mit heiserer Stimme hinterher.

Jakob und Paul sind ins Fitnessstudio gefahren, damit ich zuerst mit Ben alleine reden kann. Er sitzt mit seinem Tee am Küchentisch und wagt es nicht, mich anzusehen. Mit verschränkten Armen lehne ich an der Arbeitsplatte, denn ich kann mich gerade nicht mit ihm an einen Tisch setzen.

„Woher hattet ihr den Alkohol?“, frage ich ohne weitere Einleitung.

„Luca hat die Flasche im Vorratskeller bei seinen Eltern gefunden.“

Gefunden? Aber sicher doch.

„Warum wart ihr nicht bei ihm, sondern um diese Uhrzeit noch draußen?“

„Lucas Eltern dachten, dass er hier ist.“

Die Ehrlichkeit weiß ich zu schätzen, es ändert aber nichts an der Wut in meiner Magengrube.

„War Stefan dabei?"

„Nein. Er ist krank."

Heißt im Umkehrschluss, er wäre dabei gewesen, wenn er gesund gewesen wäre. Aber das kann man ihm ja schlecht zum Vorwurf machen.

„Sieh mich an, Ben. Damit ich sicher sein kann, dass du mir zuhörst."

Ben schaut auf. Das Weiße in seinen Augen ist blutunterlaufen von der Kotzorgie der letzten Nacht und des Morgens. Seine Unterlippe zittert und ich glaube, er ist kurz davor loszuheulen.

„Zwei Dinge. Ich bin so unglaublich enttäuscht von dir, und wenn das noch einmal vorkommt, dann schwöre ich dir, dass du die erste Tracht Prügel deines Lebens von mir beziehst. Es interessiert mich einen Scheiß, dass du inzwischen größer bist als ich."

„Ich verstehe."

Verstohlen wischt er sich eine Träne aus dem Augenwinkel.

„Die zweite Sache, Ben. Ich bin froh, dass du mir genug vertraust, um mich in so einer Situation anzurufen", sage ich etwas sanfter.

„Kati, es tut mir leid. Das kommt nicht mehr vor, ich verspreche es dir."

Sein Tonfall signalisiert, dass er dieses Gespräch für beendet hält, doch ich habe noch ein paar Worte für ihn.

„Du wirst morgen nach der Schule zu Jakob und Paul in die Praxis gehen und mit den beiden ein Gespräch zu dem Thema führen."

Ben versucht mich zu unterbrechen, doch ich hebe einen warnenden Zeigefinger, damit er die Klappe hält.

„Da du dein Fahrrad geschrottet hast, aber dummerweise

darauf angewiesen bist, wirst du das Geld für ein neues abarbeiten. Mittwoch ist der letzte Schultag vor den Ferien, also wirst du ab Donnerstag jeden Tag vier Stunden im *Trudi's* aushelfen. Dein Hausarrest läuft, bis wir in den Urlaub fahren. Du kannst zum Fußballtraining, aber danach kommst du auf direktem Wege nach Hause. Kein Internet für die nächsten zwei Wochen und absolut kein Kontakt zu Luca, bis die Schule wieder anfängt."

„Kati, das kannst du nicht machen."

Der nörgelnde Ton macht mich nur wütender.

„Nur für den Fall, dass ich mich nicht klar ausgedrückt habe. Du hast dir gestern Abend sämtliche Diskussionsgrundlagen verspielt und bist gerade absolut nicht in der Position, irgendwelche Ansprüche zu stellen. Heute Abend werde ich mit Lucas Eltern telefonieren und sie darüber aufklären, was gelaufen ist, da ich nicht davon ausgehe, dass dein feiner Freund gebeichtet hat. In Zukunft werde ich mich mit den Eltern deiner Kumpels wieder absprechen, da man euch ja offensichtlich nicht trauen kann. Jetzt verschwinde in dein Zimmer. Ich will dich heute nicht mehr sehen."

Ben stürmt schluchzend aus der Küche und knallt Sekunden später seine Zimmertür hinter sich zu.

Ich hatte gehofft, die sonntägliche Ruhe im Shop würde mich etwas runterfahren, doch stattdessen lasse ich meinen Frust an einem Teigballen für Vollkornbrot aus.

„Man hört dich im ganzen Haus, Katharina."

Jakob steht im Rahmen der Hintertür und schaut mir bei der Arbeit zu. Wütend knalle ich den Teig auf den Tisch und drehe mich zu ihm um.

„Falls du auf einen schnellen Fick aus bist, dann ist gerade wirklich der falsche Zeitpunkt."

„Jemand steht immer noch unter Strom", bemerkt Paul, der gerade aus dem Hausflur kommt und seinen Arm um Jakobs Schultern legt.

„Hat Ben sich schon über seine böse, böse Schwester ausgeheult?"

Ich verschränke meine Arme vor der Brust und schaue die beiden mit einer hochgezogenen Augenbraue an.

Jakob macht den ersten Schritt nach vorne und schließt mich in die Arme, meine gehässigen Kommentare vollständig ignorierend. Paul folgt ihm und legt seine Arme um uns beide.

„Wir waren gerade bei ihm", sagt Jakob. „Er hat wirklich ein schlechtes Gewissen."

„Er sieht auch seine Bestrafung ein", bemerkt Paul. „Obwohl du ganz schön hart bist."

Mein Protest wird durch Pauls Hand auf meinem Mund erstickt.

„Engel, komm runter. Du stehst seit Stunden unter Hochspannung, das ist nicht gesund." Er schiebt sich hinter mich, sodass ich zwischen meine beiden Männer gepresst stehe.

„Wir lassen dich erst wieder gehen, wenn du die Wut runterfährst."

Jakob küsst mich und Paul streichelt mich, bis alle Anspannung meinen Körper verlässt.

„Es tut mir leid, dass unser gemeinsamer Abend so geendet hat."

„Katharina, das war unser Moment. Was vorher oder nachher passiert ist, ist völlig unerheblich. Das lassen wir uns nicht kaputtmachen. Auch nicht von einem pubertierenden Teenager."

28.

Auch wenn Bens erste Reaktion auf seine Bestrafung eher trotzig war, hat er sich offenbar Gedanken um sein Verhalten gemacht. Ich weiß nicht, worüber er mit Jakob und Paul gesprochen hat, aber er scheint es sich zu Herzen genommen zu haben. Zumindest für den Moment. Die ersten drei Tage Arbeit im Shop hat er hinter sich. Er wagt es nicht, sich über die niederen Reinigungsarbeiten und Botengänge zu beschweren. Sein gutes Zeugnis hat mich auch wieder etwas friedlicher gestimmt.

Da heute Sonntag ist, lasse ich ihn ausschlafen. Es ist noch früh, doch Jakobs Terrassentür ist auf, was heißt, dass er auch schon wach ist. Seine warme Stimme dringt durch die offene Tür. Dem Tonfall nach zu urteilen, habe ich auch schon einen Verdacht, mit wem er spricht.

Ich klettere auf seine Terrasse und sehe ihn über seinem Laptop am Couchtisch sitzen. Er macht einen Videochat mit seiner Tochter und ist dabei einfach nur goldig, auch wenn er davon nichts wissen will. Leider bekomme ich nur kurz die Gelegenheit, ihn ungestört zu beobachten, bevor er mich entdeckt.

„Komm her.“ Eifrig winkt er mich zu sich.

Unsicher gehe ich in sein Wohnzimmer und halt mich aus dem Einzugsbereich der Webcam fern, doch Jakob greift nach meiner Hand und zieht mich neben sich.

Eliana ist gerade damit beschäftigt, eine Barbie zu kämmen.

„Lia, schau mal. Ich möchte dir jemanden vorstellen.“

Das kleine Mädchen sieht hoch. Es ist, also würde ich direkt in Jakobs Augen sehen.

„Hallo Eliana.“ Ich winke ihr zu und werde mit einem

schiefen Lächeln belohnt.

„Wer ist das, Papa?", klingt ihr dünnes Stimmchen durch den Lautsprecher.

„Das ist meine Freundin Kati. Ich habe dir doch von ihr erzählt, als ich bei euch war."

Das ist das erste Mal, dass er mich nicht Katharina nennt. Es klingt fremd, doch er nennt mich auch nur bei meinem vollen Namen, weil es, außer Paul gelegentlich, sonst niemand tut. Wie ein ganz spezieller Kosename.

„Die ist hübsch", bemerkt Eliana und kommt näher an den Bildschirm. „Aber nicht so schön wie meine Mama."

Jakob sieht entschuldigend zu mir, doch das macht mich sicher nicht eifersüchtig.

„Da hast du recht, Eliana", sage ich. „Mamas sind immer die Schönsten."

Irgendwann, in einer anderen Zeit, habe ich meine Mutter auch mal mit dieser rosaroten Brille gesehen.

Eliana ist schon wieder mit ihrer Puppe beschäftigt.

„Schatz, ich muss für heute Schluss machen. Sagst du deiner Mama, ich melde nächste Woche wieder?"

Die Kleine legt ihr Spielzeug beiseite und stemmt sich vom Boden hoch.

„Ich muss Pipi. Tschüss, Papa."

Und damit wackelt sie aus dem Bildschirm.

Jakob bricht die Verbindung ab und klappt seinen Laptop zu.

„Sie ist echt aus Zucker", sage ich und entlocke Jakob damit ein stolzes Grinsen.

„Das ist sie."

Er zieht mich auf seinen Schoß und bemerkt enttäuscht, dass ich schon eine Hose trage. Normalerweise schleiche ich um diese Uhrzeit in nichts als einem T-Shirt zu ihm. Heute zum Glück nicht.

„Was ist der Plan für den Tag?“, frage ich. „Hast du schon etwas vor?“

„Guten Morgen, erstmal.“

Er zieht mich am Kinn zu sich und drückt seine Lippen auf meine.

„Guten Morgen, Doktor Jakob“, grinse ich an seinem Mund. Er schmeckt nach Zahnpasta, Kaffee und Jakob.

„Ich möchte dir den Hintern versohlen und dich anschließend über den Sessel gebeugt ficken, wenn du mich so nennst“, sagt er in einer tiefen, dunklen Stimme, die ich selbst beim Sex noch nicht gehört habe. Er sieht mich an, als wollte er mich mit Haut und Haaren verschlingen.

„Ist das ein Versprechen?“

„Katharina!“ Sein Tonfall klingt warnend, doch die wachsende Beule in seinem Schritt spricht eine andere Sprache. Ich hätte ja nicht ahnen können, dass es solche Reaktionen in ihm auslöst, wenn ich ihn mit seinem Titel anspreche.

„Was denn?“

Meine Unschuldsmiene nimmt er mir nicht ab.

„Du hast die Wahl. Entweder du kommst jetzt mit mir zum Brunch bei meinen Eltern oder du fährst zu Paul in die Praxis und leistest ihm Gesellschaft, bis ich wiederkomme. Er hat heute Notdienst.“

„Paul klingt gut. Aber ich dachte, du wolltest mich näher mit deinem Sessel bekannt machen?“

Jakob legt den Kopf auf meine Schulter und lässt einen tiefen Seufzer entweichen.

„Ich muss noch duschen und mich rasieren. Wenn ich mich

jetzt mit dir beschäftige, dann komme ich zu spät. Sei nicht böse, Baby."

„Bin ich nicht. Soll ich Paul Essen mitbringen, oder hat er etwas da?"

„Du musst dir die Mühe nicht machen, aber Paul würde sicher etwas nehmen, wenn du es ihm bringst. Er vergisst während der Arbeit gerne, dass er essen muss."

„Du nicht? Und du kümmerst dich nicht, dass er etwas bekommt? Ich bin enttäuscht, Doktor Jakob", sage ich mit einem Augenzwinkern. „Du musst doch dafür sorgen, dass er für uns bei Kräften bleibt."

„Hey, ich kann es mir nicht erlauben, am OP-Tisch zu unterzuckern. Das hab ich schnell gelernt. Paul ist ein großer Junge, er kann das schon selbst. Und wenn er es wieder übertreibt, dann füttert Rita ihn mit Keksen ab."

Auch wenn ich jetzt lieber mit Jakob im Bett verschwinden würde, löse ich mich aus seiner Umarmung.

„Ich liebe dich." Mit einem Kuss auf die Stirn verabschiede ich mich von ihm und muss mich mal wieder wundern, wie gut es sich anfühlt, diesen Satz zu sagen.

Paul ist alleine, als ich mittags an der Praxis klingele. Überrascht öffnet er mir die Tür.

„Engel? Was machst du denn hier? Ist alles in Ordnung?"

Er schließt mich in die Arme und versucht dabei einen Blick in den Korb zu erhaschen, den ich hinter meinem Rücken versteckt halte.

„Jakob hat mir gesagt, ich soll dich füttern. Ist heute keine eurer Helferinnen da?"

„Ich hab Gaby vor einer halben Stunde nach Hause geschickt. Bei Bedarf kommt sie zurück, aber es sieht nicht so aus, als wäre heute viel los. Was hast du mir mitgebracht?"

Neugierig schnuppert er über meine Schulter.

„Lasagne und Knoblauchbrot. Obwohl das Knoblauchbrot vielleicht keine gute Idee war. Ich habe nicht darüber nachgedacht, dass deine kleinen Patienten das vielleicht nicht so toll finden könnten."

„Die stört das so schnell nicht. Ich kann mir ja anschließend die Zähne putzen. Du bist die Beste."

Er nimmt mir den Korb ab und führt mich in die kleine Küche im hinteren Teil der Praxis.

„Wieso ist es so leer hier? Ist das normal?"

Ich setze mich an den kleinen Bistrotisch und sehe Paul dabei zu, wie er die Schale mit Lasagne in die Mikrowelle stellt.

„Heute ist Sonntag, es ist schönes Wetter und es ist keine Erkältungssaison, also ist das relativ normal. Es werden sicher noch ein paar Notfälle kommen, aber allzu viel wird nicht mehr passieren."

„Kann ich dich was fragen, Paul?"

„Du kannst mich alles fragen."

Er setzt sich mir gegenüber und bricht ein Stück vom Brot ab.

„Ihr habt doch mit Ben gesprochen. Jakob will mir nichts sagen, aber ich hoffe, du hast ein wenig mehr Gnade mit mir."

Nachdenklich kaut er auf seinem Brot.

„Du weißt schon, dass für mich dasselbe gilt wie für Jakob?", sagt er nach einer Weile.

„Das ist mir klar. Paul, ich mache mir große Sorgen wegen der Trinkerei. Er ist gerade mal dreizehn, auch wenn er schon so groß ist. Wie kann ich ihn davon fernhalten? Ich fand es nie sinnvoll, mich selber komplett zu enthalten, nur weil mein

Vater es nicht im Griff hatte. Vielleicht war das ein Fehler und ich ein schlechtes Vorbild für Ben."

Paul greift nach meinen Händen und zieht mich vom Stuhl hoch, nur um mich gleich auf seinen Schoß zu schieben.

„Engel", sagt er mit einem Seufzer. „Ich habe dich noch nie mehr als ein bis zwei Gläser Wein trinken sehen, und das auch nicht regelmäßig. Du bist kein schlechtes Vorbild."

„Paul, bitte. Sag mir irgendwas."

Die Mikrowelle piept, doch er bleibt sitzen.

„Okay, aber schwör mir, dass du es nicht Ben gegenüber erwähnst. Es ist ihm furchtbar unangenehm."

„Das werde ich nicht, ich verspreche es.

„Ben ist okay, Katharina. Das ist er wirklich. Er wächst zu einem großartigen, jungen Mann heran und ich sehe im Moment auch nichts, was ihm diesbezüglich in die Quere kommen könnte. An diesem einen Abend hat er sich mitziehen lassen und es schwer bereut."

„Was ist passiert? Ich verstehe das nicht. Mein Bruder ist eigentlich kein Mitläufer."

„Es ging wohl um ein Mädchen. Sie ist ein Jahrgang über Ben und er wollte sie irgendwie beeindrucken. Bevor du dich aufregst, er hat schon bemerkt, dass sie nicht zu den Leuten gehört, mit denen er weiter Umgang pflegen möchte."

Natürlich rege ich mich auf. Wie könnte ich nicht?

„Hat er euch ihren Namen gesagt?"

„Hat er nicht. Und selbst wenn, würde ich es dir nicht verraten."

„Berufst du dich jetzt auf deine Schweigepflicht oder ist das so ein Männerding?"

„Männerding?" Paul lacht. „Ben hat sich uns anvertraut und ich hab dir schon viel zu viel erzählt. Ich will dir nur klarmachen, dass er sein Verhalten reflektiert hat. Auch wenn der besagte Abend nicht dafür spricht, ist er doch wesentlich reifer als die meisten Dreizehnjährigen."

Das passiert wohl automatisch, wenn man keine Eltern mehr hat und von seiner Schwester großgezogen wird. Ich hoffe wirklich, Paul hat recht mit seiner Einschätzung.

29.

Nein, ich bin nicht genervt, dass wir für dreihundert Kilometer wegen einer gesperrten Autobahn fünf Stunden gebraucht haben und mir der Rücken wehtut.

Nein, ich rege mich auch nicht auf, dass nach einem affenheißen Sommer unser erster richtiger Urlaub buchstäblich ins Wasser fällt. Sturzbachartige Regenfälle haben uns auf der ganzen Fahrt begleitet.

Ich versuche auch nicht zu meckern, weil mir der Sicherheitsgurt die Brust wund gerieben hat.

Dafür gebe ich gerne zu, dass ich es hasse, länger als nötig in einem Fahrzeug zu sitzen.

Zwar habe ich ein Auto, doch das nutze ich wirklich nur für größere Besorgungen. Es ist ein Wunder, dass mein kleiner Fiat immer so zuverlässig anspringt, auch wenn er oft zwei Wochen am Stück in der Tiefgarage steht.

Nach einer endlosen scheinenden Autofahrt passieren wir endlich das Ortseingangsschild von Cadzand. Ich sitze vorne neben Jakob und Ben sitzt mit Paul auf dem Rücksitz. Mein Bruder hängt zusammengesunken im Gurt und schnarcht leise vor sich hin. Paul wirft mir ein aufmunterndes Lächeln durch den Rückspiegel zu. Angestrengt zwinge ich mich dazu, meine Mundwinkel zu heben, doch im Moment bin ich einfach nur gestresst.

Jakob parkt das Auto vor einem bezaubernden, kleinen Reetdachhaus direkt hinter den Dünen. Hastig schnalle ich mich ab, erleichtert endlich nicht mehr eingezwängt zu sein, und öffne die Autotür. Sofort werden meine Sinne von der unglaublich reinen Meeresluft geflutet. Der starke Regen hat für den Moment nachgelassen, doch es nieselt immer noch.

Ich bleibe einfach auf der Stelle stehen und atme tief ein. Hinter mir klappen Autotüren auf und zu, doch ich hebe das Gesicht zum Himmel und lasse mich beregnen.

„Besser?“

Paul steht neben mir und steckt die Hände in die Gesäßtaschen seiner Jeans. Jakob versucht gerade, Ben zu wecken, ohne ihn aufzuschrecken.

Ich kann spüren, dass Paul mich umarmen möchte und auch ich sehne mich danach. Wir sind gerade erst angekommen, doch schon jetzt ist es schwer, die Distanz zu wahren, um Ben nicht zu verwirren.

„Etwas“, seufze ich und strecke meine Arme über dem Kopf aus. Meine Wirbelsäule knackt an unterschiedlichen Stellen, doch es hilft meinem verkrampften Rücken.

„Scheiß aufs Wetter, Engel. Wir werden uns ein paar tolle Tage machen.“

Das ist der Moment, auf den ich mich seit Wochen gefreut habe. Jetzt ist es unerheblich, dass es immer wieder regnet, auch wenn mich der Stress vorhin noch hat anders denken lassen.

Paul zeigt Ben das Haus und verteilt mit ihm die Schlafplätze, während Jakob das Auto auslädt.

Ich konnte nicht mehr warten und wollte sofort das Meer sehen. Das Meer macht alles wieder gut, irgendwie.

Zum ersten Mal verstehe ich, wenn Leute sagen, dass sie stundenlang am Strand sitzen und einfach nur den Wellen zuschauen können.

Ich ziehe meine Schuhe aus und vergrabe die Füße im kühlen Sand. Auf meine Ellbogen gestützt, lehne ich mich zurück und lege den Kopf in den Nacken. Feine

Regentropfen benetzen mein Gesicht, doch das könnte mich im Moment nicht weniger interessieren.

Als ich die vorbeiziehende Wolkendecke beobachte, taucht Jakobs Kopf über mir auf.

„Ich mache mir Sorgen um dich.“ Er lässt sich neben mich fallen und lehnt sich auch zurück.

Jakob sagt, was er denkt und redet nie um eine Sache herum. Es ist eine sehr gute Eigenschaft, die aber manchmal etwas anstrengend sein kann.

„Ich bin einfach nur erschöpft, aber bin ich froh, dass wir hier sind.“

„Jetzt noch mal von vorne und dieses Mal die ganze Wahrheit. Irgendwas bedrückt dich und wir müssen wissen, was es ist.“

„Müsst ihr das?“ antworte ich schnippisch.

„Ja, Katharina. Das müssen wir. Wenn du das Gleiche willst, wie wir, nämlich dass diese Beziehung funktioniert, dann müssen wir reden. Du bist schon seit ein paar Tagen so gereizt.“

„Die ganze Situation kotzt mich an, Jakob“, platze ich heraus. „Alles ist so kompliziert. Ich hasse diese Heimlichtuerei und ich fühle mich schlecht, weil Paul immer irgendwie außen vor ist. Es ist nicht richtig.“

Ich setze mich auf und schlinge meine Arme um die Knie.

„Noch nicht mal Zuhause können wir uns normal verhalten, weil ich meinen Bruder schützen muss.“

Jakob schiebt sich hinter mich, bis ich zwischen seinen gespreizten Beinen sitze.

„Was willst du tun, Katharina?“ Er legt seine Arme um mich und lässt sich nicht von meiner angespannten Haltung beirren.

„Ich weiß es nicht. Ich weiß es wirklich nicht.“

„Dir muss klar sein, dass wir dir folgen. Was immer du für richtig hältst, wird gemacht. Meine Tochter befindet sich noch nicht mal auf diesem Kontinent und Paul hat keine Kinder. Wir sind alt genug, um unsere Beziehungen zu gestalten, wie es uns passt. Ob es unseren Eltern gefällt, das wissen wir noch nicht, aber schlussendlich werden sie sich damit abfinden müssen.“

„Ich liebe euch, und auch wenn das egoistisch klingt, möchte ich mich nicht entscheiden müssen.“

Allmählich weicht die Anspannung aus meinem Körper, was auch Jakob bemerkt. Er löst meine Arme von den Knien und küsst meine Schläfe, bevor er sich mit mir zurücklehnt.

„Niemand erwartet das von dir und es ist alles andere als egoistisch. Katharina, du bist nicht die Einzige, die diese Beziehung in genau der Konstellation haben will. Wir sind sehr glücklich, so wie es jetzt ist.“

„Das bin ich auch, aber will nicht, dass Ben leiden muss.“

„Kann ich dir einen Vorschlag machen? Es ist nur eine Idee.“

„Natürlich.“

Wenn Jakob so etwas sagt, dann ist es nicht nur eine Idee, sondern etwas, das er vorher schon gründlich für sich abgewogen hat.

„Ben ist nicht dumm. Ich glaube, er denkt sich seinen Teil darüber, dass Paul immer mit uns zusammen ist. Vermutlich werden seine Gedanken in die Richtung gehen, dass Paul entweder in dich oder in mich heimlich verliebt ist. Deswegen wäre es nur rechtens, die Situation klarzustellen.“

„Was ist, wenn er damit nicht klarkommt? Seinen Einstand in die Pubertät hat er vor ein paar Wochen mit Pauken und

Trompeten gegeben und ich bin nicht an einer Wiederholung oder Schlimmerem interessiert."

„Katharina, ich will dir mal was sagen und ich hoffe, du fasst das richtig auf. Obwohl du kein wirkliches Vorbild hattest, bist du eine verdammt gute Mutter. Ben verehrt dich. Selbst wenn er sich nicht so verhält, legt er großen Wert darauf, was du über ihn denkst."

„Ich bin nicht seine Mutter", sage ich müde, obwohl Jakob nicht darauf hinaus wollte.

„Natürlich bist du das. Ben hatte nie eine Andere. Auch wenn er biologisch dein Bruder ist, bist du die einzige Mutter, die er kennt."

Ich bin zu erschöpft, um dieses Gespräch weiterzuführen.

„Können wir reingehen? Ich würde gerne baden gehen, wenn das in Ordnung ist."

„Natürlich, Baby. Wir bereiten in der Zwischenzeit das Abendessen vor."

Das Leben ist doch eigentlich gar nicht so schlecht, obwohl meine heutigen Stimmungswechsel schon besorgniserregend sind. PMS? Damit hatte ich eigentlich nie Schwierigkeiten.

Nach dem Abendessen lassen sich meine beiden Männer von Ben über den Strand jagen. Die dunkle Wolkendecke bricht immer mehr auf und gönnt uns noch ein paar sonnige Minuten, bevor wir den Tag für beendet erklären. Ich sitze auf einer Decke am Fuß der Düne und beobachte das Fußballspiel vor mir.

Jakob ist geschickter mit dem Ball, doch Paul hat wesentlich mehr Ausdauer. Neben Ben sehen sie allerdings blass aus. Er ist inzwischen richtig gut geworden.

Nach einer halben Stunde lassen sich Paul und Jakob

erschöpft neben mir in den Sand fallen. Ben steht keuchend mit dem Ball im Arm vor uns. Er hat rote Wangen und nass geschwitzte Haare, doch er sieht glücklich aus. Wenn er es ist, dann bin ich es auch.

„Bist du überhaupt schon fit genug, dich so zu verausgaben?“ Die Frage ist zwar an Ben gerichtet, doch natürlich fühlen sich die beiden Doktoren neben mir angesprochen.

„Er ist fit. Fitter als wir es je wieder sein werden“, sagt Paul und stupst mich mit der Schulter an.

„Mach dir keine Sorgen, Mamabär.“ Jakob küsst mich auf die Schläfe. „Wir haben ein Auge auf ihn.“

Nicht nur das, sie haben auch ein Auge auf mich. Etwas, woran ich mich nur zu schnell gewöhnt habe, obwohl ich es eigentlich nicht wollte.

Aus dem Augenwinkel sehe ich, dass Paul nach meiner Hand greifen will, es sich jedoch im letzten Moment anders überlegt. Ben ist diese Bewegung nicht entgangen, auch wenn er den Blick schnell wieder abwendet.

30.

Der nächste Tag bringt strahlenden Sonnenschein und sehr angenehme Temperaturen. Zuhause ist es jetzt wahrscheinlich wieder unerträglich warm, doch durch den Wind ist es hier sehr angenehm.

Zusammen mit Paul bin ich in den Ort gefahren, um ein paar Lebensmittel zu besorgen. Jakob und Ben liegen am Strand und genießen die Sonne, weil es einfach keinen Sinn macht, mit vier Leuten einkaufen zu fahren.

Auf dem Parkplatz des Supermarktes hält Paul meine Hand fest, damit ich nicht aus dem Auto aussteige.

„Ben weiß es", sagt er und sucht meinen Blick.

Innerhalb weniger Sekunden wird mir heiß und kalt. Und gleich wieder heiß.

„Woher?"

„Er hat mich gesehen. Heute Morgen, als ich aus dem Schlafzimmer kam. Die Tatsache, dass Kissen und Decke auf der Schlafcouch im Wohnzimmer unberührt waren, hat seinen Verdacht nur bestätigt."

Paul hebt meine Hand an die Lippen und küsst meine Finger. Seine Ruhe ist mir unbegreiflich.

„Was hat er gesagt? Viel wichtiger, warum hat er beim Frühstück so getan, als wäre nichts passiert?"

Mein Herz schlägt mir bis zum Hals.

Paul löst meinen Gurt und zieht mich an sich. Er legt seine Hand auf meinen Bauch und sieht mir in die Augen.

„Atme, Engel. Sonst wirst du gleich ohnmächtig."

Unter seiner Hand versuche ich, tief in den Bauch zu atmen. Mir war nicht bewusst, dass ich kurz vor einer Panikattacke stand.

„Du darfst dich nicht immer so aufregen. Ben hat gegrinst und ist kopfschüttelnd in seinem Zimmer verschwunden. Wenn du mich fragst, dann hat er schon lange einen Verdacht.“

„Er ist erst dreizehn. Er kann doch gar nicht begreifen, was da passiert. Selbst ich habe noch Probleme, es zu verstehen.“

„Wenn du verhindern willst, dass er glaubt, seine Schwester feiert Orgien, während er im Nebenzimmer schläft, dann gibt es nur eine Lösung. Du musst ihm sagen, dass du uns beide liebst.“

Es klingt so simpel, wenn er es sagt.

Auf dem Weg zurück zum Ferienhaus macht Paul noch einen Abstecher zur Strandpromenade. Er parkt vor einer Reihe kleiner Läden und Restaurants und springt aus dem Auto, bevor ich fragen kann, was er vorhat.

„Du kannst sitzen bleiben. Ich hole uns etwas frischen Fisch fürs Abendessen“, sagt er und schlägt auch schon die Autotür zu.

Ich beobachte ihn, wie er mit weiten Schritten zu dem kleinen Fischladen marschiert. Bei seinen langen Beinen ist es für mich manchmal schwer, mit ihm Schritt zu halten. Das ist aber nicht weiter schlimm, wenn ich dafür sein knackiges Hinterteil beobachten kann.

Der Gurt schneidet mir schon wieder unangenehm in die Brust. Ich schnalle mich ab, und werfe einen Blick in mein T-Shirt. Die Stelle, an der der Gurt saß, ist leicht gerötet, doch es ist nicht viel mehr als eine Druckstelle. Sonst bin ich nicht so empfindlich.

Ich sehe Paul durch das Schaufenster und erwische ihn dabei, wie er mich anschaut. Es passiert ihm häufig, dass er mich gedankenverloren beobachtet. Er scheint sich dessen gar nicht bewusst zu sein.

Direkt neben mir entdecke ich ein Geschäft mit einer gigantischen Muschel im Schaufenster. Auf dem Bürgersteig vor dem Laden stehen Körbe voller Seesterne und kleiner Muscheln. Ich steige aus dem Auto aus, um mich ein wenig umzusehen.

Das Innere des Ladens ist eine Schatztruhe, über und über voll mit Schmuckstücken, hergestellt aus allem, was das Meer an den Strand spült, außer dem Müll natürlich. Einige Stücke stammen eindeutig nicht aus der Nordsee. Eine Kette mit feinen Korallensplittern in violett und schwarz hat es mir angetan. Ich trage selten Schmuck, doch von diesem Stück kann ich meinen Blick nicht abwenden.

„Hier bist du." Paul sieht über meine Schulter und legt einen Arm um mich. „Siehst du etwas, das dir gefällt?"

„Die Kette ist ganz schön." Ich zeige auf den Schaukasten, wo sie ausgestellt ist. „Aber ich trage eigentlich nie Schmuck."

„Sie würde dir bestimmt gut stehen. Möchtest du sie haben?"

„Nein", winke ich ab. „Ich würde sie zu selten tragen."

Bevor er noch auf Ideen kommt, nehme ich seine Hand und ziehe ihn aus dem Laden.

Jakob steht bei unserer Rückkehr in der Küche und schält Kartoffeln für das Abendessen. Er informiert uns, dass Ben noch am Strand ist, wo er ein paar niederländische Jugendliche kennengelernt hat.

„Sie haben Beachvolleyball gespielt. Da habe ich ihm gesagt, dass er noch bleiben kann. Das war hoffentlich in Ordnung?", fragt er.

„Natürlich." Ich schlinge meine Arme um ihn und lege meine Wange zwischen seinen Schulterblättern ab. „Er ist ja kein Baby mehr."

Paul verstaut den Fisch im Kühlschrank und tritt hinter mich, um uns beide zu umarmen. Er legt seine Hände auf Jakobs Brustkorb und küsst mich auf den Scheitel.

„Du solltest mit ihm reden."

Jakob legt das Schälmesser beiseite und wischt sich die Hände an einem Küchenhandtuch ab, bevor er sich zu uns umdreht.

„Paul hat mich schon gewarnt. Warum hat er beim Frühstück kein Wort gesagt?"

„Ich hab keine Ahnung. Er war sehr still, als ich mit ihm am Strand war. Ich hätte mit ihm gesprochen, aber ich denke, du solltest zuerst mit ihm reden."

Ich finde Ben alleine hinter den Dünen. Etwa hundert Meter entfernt geht das Volleyballspiel ohne ihn weiter. Er lehnt mit dem Rücken an einem abgeschlossenen Strandkorb und schaut abwesend aufs Meer. Selbst als ich mich neben ihn setze, wendet er den Blick nicht ab.

„Bitte sprich mit mir, Ben."

Ich lege eine Hand auf sein Knie und bin erleichtert, dass er es nicht zurückzieht.

Ben holt tief Luft und reibt sich mit den Händen durchs Gesicht. Es ist ein so erwachsener Ausdruck von Stress, der mir mal wieder klar macht, dass Ben so viel reifer ist als normale Dreizehnjährige.

„Ich bin nicht sauer, oder so was", sagt er schließlich. „Du musst mir nur erklären, was es ist, Kati. Mir gehen viele Möglichkeiten durch den Kopf, doch keine davon macht für mich Sinn. Die meisten lassen dich nicht gut dastehen."

„Ich hätte früher mit dir reden müssen, aber ich wusste nicht, wie ich es erklären soll. Jetzt kann ich es. Ich liebe Jakob. Und ich liebe Paul. Glaub mir, für niemanden kam das so unerwartet wie für mich. Paul und Jakob haben eine derart enge Freundschaft, die es ihnen möglich macht, mich zu keiner Entscheidung zu zwingen. Ich verstehe es, wenn das für dich befremdlich ist. Ich habe mich selbst noch nicht ganz dran gewöhnt."

Ben sieht mich endlich an und lächelt.

„Ich hab dich schrecklich lieb und ich weiß, was du alles für mich tust."

Das treibt mir die Tränen in die Augen.

„Ben …", setze ich an, doch meine Worte werden von aufsteigenden Schluchzern erstickt.

„Es ist okay, Kati." Er legt einen Arm um meine Schulter und lehnt seinen Kopf an meinen. „Das ist verdammt unkonventionell, was ihr da habt und ich bin noch nicht ganz sicher, wie ich das finde. Ich weiß nur, dass ich dich noch nie so viel lachen gesehen habe, wie in den letzten Wochen. Wenn es Jakob und Paul sind, die das mit dir machen, dann bin ich froh. Die beiden sind in Ordnung."

Er greift in seine Hosentasche und reicht mir ein Taschentuch.

„Sie machen mich glücklich. Ich weiß ehrlich gesagt noch nicht, wie das alles weitergehen soll, aber wir wollen, dass es irgendwie funktioniert."

„Muss ich damit rechnen, dass noch mehr Männer dazukommen?"

Mein erster Impuls ist Wut und Empörung, aber Ben hat recht. Natürlich wissen wir, dass es nicht so ist und unsere

Beziehung nicht aufgrund einer Vorliebe für Orgien existiert, aber woher soll er das wissen?

„Um Himmels Willen. Ben, nein. Wir drei haben eine besondere Verbindung, sonst wäre das nie passiert. Du weißt, dass ich dich nie einer endlosen Reihe von neuen Männern ausgesetzt habe und das wird sich auch jetzt nicht ändern."

„Was soll ich meinen Freunden erzählen?"

„Das liegt bei dir. Es ist in Ordnung, wenn du es erst einmal bei dem belässt, was sie schon wissen. Wir können es auch nicht einfach öffentlich machen, weil es Jakob und Paul in der Praxis schaden könnte. Nicht jeder versteht, was bei uns passiert. Es ist unfair für Paul, aber so ist es nun einmal."

„Wenigstens müsst ihr euch jetzt nicht mehr verstecken, wenn wir unter uns sind."

Ich habe ihn so lieb, dass es wehtut. Er ist so viel reifer, als er sein müsste.

31.

Es ist immer derselbe Traum und doch hatte ich ihn schon seit Wochen nicht mehr. Die Entspannung im Urlaub bringt es wohl wieder an die Oberfläche. Schweißgebadet und zitternd wache ich auf, aber dieses Mal fangen mich zwei Paar warme Arme auf.

„Du hast schlecht geträumt“, stellt Paul mit vom Schlaf belegter Stimme fest.

Ich setze mich auf, was die beiden nicht dazu bringt, von mir abzulassen. Sie kommen mit mir hoch, damit sie mich weiter halten können.

„Was ist los, Baby? Was hast du gesehen?“

Jakob zieht mich zwischen seine gespreizten Beine und wischt mir mit der Bettdecke die Schweißperlen von der Stirn.

„Es ist nichts“, versuche ich ihn abzuwimmeln. Inzwischen müsste ich es besser wissen.

„Was war es, Engel?“ Splitterfasernackt kniet sich Paul zwischen meine Beine und dreht mein Gesicht zu ihm.

„Sag es uns.“ Er schlägt selten so einen dominanten Ton an, doch wenn er es tut, dann weiß ich, dass er es ernst meint.

„Es ist nur … ich sehe immer noch dieses Bild.“ Meine beiden Männer sind aufmerksam genug, um zu verstehen, dass es nur ein Bild gibt, was sich so in meinem Kopf eingebrannt haben kann.

„Katharina“, seufzt Jakob hinter mir. „Komm, wir legen uns wieder hin.“ Er zieht mich mit sich auf die Seite und greift nach Pauls Hand, damit der sich vor mich legt. Es gefällt mir, dass sie beiden überhaupt keine Berührungsängste haben, wenn wir zusammen sind. Das ist wohl auch der Grund, warum es für mich in Ordnung ist, mit beiden Sex zu haben.

Würden sie mich nur ficken und dabei möglichst viel Abstand voneinander halten, dann würde ich mir benutzt vorkommen. Wenn wir zusammen sind, dann sind wir wirklich zu dritt.

„Das Schlimme an dem Traum ist, dass ich nicht wegsehen kann."

Ich will nicht aussprechen, wie die Augen meines Vaters aus den Höhlen zu treten schienen, oder seine Zunge angeschwollen aus dem Mund hing. Auch von seiner kranken Hautfarbe will ich nicht reden. Die beiden sind Ärzte und sicherlich mit dem Aussehen einer Leiche vertraut.

„Ich kann die Augen nicht schließen und ich kann mich auch nicht umdrehen, um zu gehen. Ich habe keine andere Chance, als mir jedes Detail einzuprägen."

„Engel."

Pauls sanfte Stimme bringt mich zum Lächeln, auch wenn ich den Horror des Traums noch nicht ganz abgeschüttelt habe.

„Es ist vorbei, Baby."

Jakob legt einen Arm um mich und drückt dabei seine Erektion zwischen meine Oberschenkel. Als wäre es ihm gerade erst bewusst geworden, zieht er schnell wieder die Hüften zurück.

„Nicht!", halte ich ihn fest und schiebe mich wieder an ihn. Draußen ist es noch stockdunkel. Ich habe keinen Schimmer, wie spät oder früh es ist, doch ich brauche die beiden jetzt.

„Lenkt mich ab. Ich brauche bessere Bilder im Kopf."

Das lässt auch Paul hart werden. Doch die beiden zögern noch, als hätten sie Angst, mir zu schaden.

„Hast du diese Träume oft?" Jakob kann das Thema einfach nicht fallen lassen.

„Nicht in der letzten Zeit."

„Du musst mit uns reden." Paul streicht mir eine Strähne aus dem Gesicht.

„Das habe ich doch gerade. Aber jetzt würde ich lieber etwas anderes mit meinem Mund machen."

Zeitgleich stöhnen meine beiden Männer auf.

„Setz dich hin, Paul. Dich will ich zuerst."

Er lässt sich nicht lange bitten und lehnt sich mit dem Rücken ans Kopfende.

Jakob dreht meinen Kopf und küsst mich gierig, ehe er mich zwischen Pauls Knie klettern lässt.

„Wo willst du mich?", fragt er und tauscht ein selbstgefälliges Grinsen mit Paul.

„Neben Paul. Ich will euch beide sehen."

Jakob rutscht zu Paul, bis sie Schulter an Schulter sitzen. Ich nehme mir einen Moment, dieses Bild zu bewundern. Sie sind unterschiedlich wie Tag und Nacht, dennoch so ähnlich in dem, wie sie für mich da sind. Jakob ist emotionaler, auch wenn er die härtere Fassade hat. Paul ist sachlicher, aber trotzdem nicht kalt in seiner Art. Jakobs durchtrainierter, muskulöser Körper zieht mich genauso so an wie Pauls athletische Figur. Ich liebe Pauls leicht gebräunte Haut, genauso wie Jakobs Blässe, die einen solchen Kontrast zu seinen rabenschwarzen Haaren und den Tattoos bildet.

„Engel", flüstert Paul. Sein Ständer reicht in dieser Sitzhaltung bis an den Bauchnabel. Ein kleiner Tropfen glitzert auf der Spitze.

„Geht es dir gut?" Jakob reagiert besorgt auf meine Stille. Er mag es nicht so sehr, beobachtet zu werden, wogegen Paul schon etwas exhibitionistischer ist.

„Sehr gut." Ich stütze mich auf Pauls Oberschenkel und strecke mich ihm zu einem weiteren Kuss entgegen. Jakob massiert seinen Ständer und sieht dabei zu, wie Paul von meinem Mund kostet. Ich spüre die feuchte Spitze an meinem Bauch und kann nicht widerstehen. Paul lässt nur langsam von mir ab, als ich mich an ihm nach unten schiebe.

„Was ist mit mir?“, fragt Jakob. „Bekomme ich keinen Kuss?“

„Nicht von mir“, antworte ich mit einem Kopfschütteln, bevor ich Paul ohne Vorwarnung zwischen meine Lippen nehme. Momente waren zwischen den beiden schon oft da, doch bisher hat niemand den ersten Schritt gewagt. Nur der Gedanke daran, ihnen beim Küssen zusehen zu dürfen, lässt einen kleinen Tropfen an meinem Oberschenkel herunterlaufen. Mit dem Po in die Luft gestreckt, widme ich mich Pauls Schwanz, der in meinem Mund noch härter wird.

„Von wem denn?“

Jakobs heisere Stimme fährt mir bis ins Mark. Er weiß genau, wovon ich rede.

Vorsichtig greift Paul in meine Haare und hält sie beiseite, damit ich ihn ungestört verwöhnen kann. Jakob beobachtet uns und streichelt sich selbst. Immer wieder sieht er zur Seite und betrachtet Pauls Profil, während er sich massiert. Die beiden lieben sich, das ist so offensichtlich. Es ist nicht wie die Liebe, die sie für mich haben. Ihre Gefühle beruhen auf einem tiefen Respekt füreinander und einer sehr gefestigten Freundschaft. Doch ihre wachsende Anziehung können sie nicht mehr bestreiten.

Ich entlasse Paul aus meinem Mund und krabbele rittlings auf Jakobs Schoß. Er will mich sofort an seine Lippen ziehen, doch ich weiche aus. Stattdessen lasse ich ihn in mich gleiten und beuge mich zu Paul. Jakob hält meine Hüften fest, als hätte er Angst, sofort zu kommen, wenn ich mich auch nur einen Millimeter bewege.

Als Paul an meinen Mund will, locke ich ihn mit mir zurück zu Jakob.

„Das ist perfekt", sage ich.

Unser Atem vermischt sich. Jakob pulsiert ihn mir, hat mich aber immer noch fest in seinem Griff. Mit dem Daumen streiche ich über Pauls Unterlippe und drücke einen zarten Kuss auf seinen Mundwinkel. Jakob drängt sich sanft zwischen uns und saugt an meiner Oberlippe. Paul verharrt in seiner Position. Mein Gefühl sagt mir, dass er weniger zögerlich bei einem solchen Kontakt mit Jakob wäre, ihn jedoch nicht überrumpeln möchte.

Ich nehme meinen Zeigefinger und schiebe ihn zwischen Jakobs Lippen, der gleich daran saugt. Die Nerven in meiner Fingerkuppe übertragen die Liebkosungen zwischen meine Schenkel, als würde sich sein Mund dort befinden. Unbewusst lockert Jakob seinen Griff und gibt mir damit die Möglichkeit, mich auf ihm zu bewegen. Ich ziehe meinen Finger wieder aus seinem Mund und schiebe ihn jetzt Paul zwischen die Lippen.

Nun verliert auch Jakob das letzte bisschen Kontrolle, als er sieht, was ich mit dem von ihm befeuchteten Finger mache. Paul schließt die Augen, während er meinen Finger mit der Zunge massiert. Diesen Moment nutzt Jakob, um auch die letzten Zentimeter zwischen ihnen zu schließen. Er nimmt meine Hand weg, um seine Lippen auf Pauls pressen zu können. Der stöhnt auf, als ihm klar wird, wessen Mund er da gerade schmeckt. Heftig atmend sitzt Jakob unter mir. Eine Gänsehaut breitet sich auf seinem Körper aus, während seine Lippen über Pauls streifen.

Paul legt eine Hand in Jakobs Nacken, damit er ihm nicht

wieder entwischt, und tastet sich vorsichtig mit der Zunge vor. Ich lehne mich zurück und genieße den Anblick. Langsam schaukele ich auf Jakobs Schoß und spüre ihn in mir weiter anschwellen. Er legt mir eine Hand auf die Hüfte, um mich zu stoppen, doch er ist viel zu sehr von Pauls Kuss abgelenkt, um erfolgreich zu sein.

Paul ist kontrolliert genug, um eine Hand zwischen meine Schenkel zu schieben und meine Klit zu massieren. Meine Nippel ziehen sich zusammen und meine Pussy krampft um Jakobs Schwanz. Obwohl ich mich kaum auf ihm bewege, überfährt mich ein heftiger Höhepunkt. Mit den Händen auf seinem Brustkorb abgestützt, gebe ich mich den süßen Krämpfen hin.

Jakob löst sich von Paul und legt die Stirn auf meiner Schulter ab. Keuchend hält er meine Hüften fest und stößt noch ein paar Mal hart in mich, bevor er sich in mir ergießt.

Etwas verloren sieht Paul zu mir. Ich strecke ihm meine Hand entgegen, damit er mir zu ihm rüberhilft. In gleicher Stellung positioniere ich mich auf seinem Schoß. Träge zieht Jakob sich die Bettdecke über den Schoß und lehnt sich entspannt zurück. Paul nutzt das und legt mich auf Jakobs Oberschenkeln ab. Er beugt sich über mich, um mich zu küssen und dringt in einem Ruck wieder in mich ein.

„Oh Gott, bist du nass", stöhnt er.

Jakob spielt mit meinen Haaren und sieht dabei zu, wie Paul mich fickt. Es dauert nicht lange, bis seine Stöße fahriger werden.

Jakob sieht so aus, als würde er jeden Moment einschlafen, also helfe ich mir selbst und schiebe eine Hand zwischen meine Schenkel.

Das weckt ihn wieder auf.

„Es hat ganz klare Vorteile, dass wir zu zweit sind. Unsere Frau ist wirklich unersättlich."

Unsere Frau.

Paul streckt sich zu Jakob, um ihn nochmals zu küssen, wodurch er den Winkel in mir verändert und mich in einen weiteren Höhepunkt stürzt. Ich sehe gerade noch, wie Jakob Paul am Nacken zu sich zieht und seine Zunge zwischen Pauls Lippen schiebt, bevor sich meine Augen von selbst schließen. Paul folgt mir nur Sekunden später, immer noch Jakob küssend.

Erschöpft, verschwitzt und schläfrig liegen wir schließlich nebeneinander. Dieses Mal liegt Jakob neben Paul und nicht ich zwischen den beiden.

Unsere Beziehung ist ein Organismus, der mit jedem Tag wächst und in sich immer stabiler wird. All das habe ich nie erwartet und bis vor ein paar Wochen auch nicht gewollt.

Jetzt liebe ich Jakob und Paul, auch dafür, dass sie sich lieben.

32.

Ich bin wirklich noch nicht bereit, nach Hause zu fahren, doch heute ist unser letzter Tag in Cadzand. Zum ersten Mal seit einer gefühlten Ewigkeit liege ich einfach nur auf dem Rücken und lese ein Buch.

„Deine Haut riecht nach Sonne." Paul schmeißt sich neben mich in den Sand und schnuppert an meiner Schulter. Bis jetzt hat er mit Ben und Jakob im Watt Fußball gespielt und ist über und über mit Schlamm bedeckt. Selbst hinter den Ohren kleben Spuren von Sand und etwas, von dem ich hoffe, dass es bloß Algen sind.

Jakob und Ben rennen immer noch dem Ball hinterher und haben offensichtlich den Spaß ihres Lebens.

„Du brauchst eine Dusche." Ich stehle mir einen Kuss und versuche, dabei nicht zu viel Dreck abzubekommen.

„Nur wenn du mitkommst."

„Ich habe einen besseren Vorschlag. Du nimmst Jakob mit und ihr lasst mich zusehen."

Paul schaut mich von der Seite an, doch ich sehe weiter zu Ben und Jakob.

„Das hat dir gefallen", flüstert er direkt an meinem Ohr.

„Du hast ja keine Ahnung." Wenn er mich weiter daran erinnert, dann wird auch mein Bikini nicht mehr verbergen, wie sehr es mir gefallen hat.

„Ich hab noch etwas für dich." Er greift in seine Strandtasche und hält die geschlossene Faust hinter seinem Rücken. „Setz dich hin und schließ die Augen."

„Warum? Was hast du da?"

„Tu es einfach."

Ich folge seiner Anweisung, wenn auch zögerlich. Zärtlich

verteilt er kleine Küsse auf meiner Schulter und meinem Schlüsselbein. Er streicht ein paar verirrte Strähnen aus meinen hochgesteckten Haaren beiseite und legt mir eine Kette um den Hals.

„Paul, du solltest das doch nicht."

Ich öffne die Augen und schaue auf die Korallenkette, die mir in dem Strandladen so gut gefallen hat.

„Ich wollte aber. Gefällt sie dir?"

„Natürlich. Sie hat mir auf den ersten Blick gefallen."

Paul setzt sich hinter mich und zieht mich an seinen Brustkorb. Seine von der Sonne aufgeheizte Haut lässt mich vergessen, wie dreckig er ist. Es tut gut, sich nicht mehr vor Ben verstecken zu müssen. Natürlich machen wir nicht vor ihm rum, aber er scheint von den Berührungen unter uns nicht irritiert zu sein.

„Danke, Paul. Für die Kette."

„Gerne, Engel. Ich habe doch gesehen, wie du sie bewundert hast, auch wenn du es abstreiten wolltest."

„Kannst du mir etwas erklären, Paul?"

„Ich kann es versuchen."

Ben und Jakob beenden gerade ihr Spiel und sind schon wieder auf dem Weg zu uns, deswegen erwarte ich eigentlich keine vernünftige Antwort mehr.

„Warum scheint es so einfach zwischen uns? Traust du dem Frieden?"

Ich kann es nämlich noch nicht so recht.

„Wir sind verliebt, Engel. Es wird nicht immer einfach sein, da mache ich mir nichts vor. Irgendwann wird ein Punkt kommen, an dem wir richtig aneinander rasseln. Das ist normal, aber kein Grund alles hinzuschmeißen."

Auf den letzten Metern legt Ben einen Spurt ein und nimmt

mir damit die Möglichkeit, auf Pauls Aussage zu reagieren. Aber was gibt es darauf auch noch zu sagen?

Statt mit Paul steige ich mit Jakob in die Dusche, derweil meine anderen Männer den Grill auf der Terrasse anwerfen.

„Ich will noch nicht nach Hause“, sage ich, während ich seine Haare shampooniere.

„Wir können immer wiederkommen.“

Jakob legt eine Hand auf meine Wange und streichelt mit dem Daumen über meinen Wangenknochen. Seufzend lehne ich mich in seine Berührung, bevor ich ihn unter den Duschstrahl schiebe, um seine Haare auszuwaschen.

Nachdem ich ihn von allem Schaum befreit habe, gebe ich ihm die Shampooflasche, damit er meine Haare wäscht. Eigentlich mag ich es nicht, wenn jemand meine Haare anfasst. Ich bin wahrscheinlich die einzige Frau, die es hasst, zum Friseur zu gehen, doch Jakob hat erstaunlich geschickte Finger.

Er dreht mich an den Schultern und macht meine Haare durchgehend nass, bevor er sie gründlich einschäumt.

Ein wohliges Seufzen kann ich mir nicht verkneifen. Jakob schiebt seine Hüften an meinen Po und lässt mich spüren, was ich schon gesehen habe, als ich seine Haare gewaschen habe. Er reibt sich an mir, was sich durch unsere nasse Haut verdammt gut anfühlt. Meinen Versuch, nach ihm zu greifen, wehrt er ab.

„Halt still, Katharina. Du bist noch nicht sauber.“

Er verteilt das Shampoo aus meinen Haaren auch über meine Schulter. Langsam lässt er kleine Rinnsale von Schaum an meinem Dekolleté und über meine Brüste runterlaufen, bevor er sie in seine großen Hände nimmt und mit den

Daumen über die harten Nippel fährt. Ich zucke zusammen, als er etwas härter zugreift. Die wunde Stelle auf der linken Seite ist immer noch da.

„Was ist los? Hab ich dir wehgetan?“ Jakob lässt sofort die Hände fallen und dreht mich wieder zu sich.

„Es ist nichts. Ich hab nur eine empfindliche Stelle. Das kommt bestimmt vom Sicherheitsgurt im Auto. Ich hab das schon auf der Fahrt hier hin gespürt.“

„Wo ist es genau?“

Augenblicklich wechselt er in Doktormodus.

Während er mich abtastet, beiße ich mir auf die Zunge, um mir den Schmerz nicht anmerken zu lassen.

„Du hast hier eine kleine Verhärtung. Wann hast du das zum ersten Mal gemerkt?“

„Sagte ich doch schon, auf der Fahrt hierher. Aber auch nur, weil es angefangen hat, weh zu tun“, antworte ich ungeduldiger als beabsichtigt.

„Paul soll sich das mal ansehen.“

Behutsam hilft er mir aus der Dusche und wickelt mich in ein Handtuch. Auf dem Weg ins Schlafzimmer ruft er Paul zu uns, der sofort mit besorgtem Gesichtsausdruck reinkommt.

„Was ist los?“ Er schließt die Schlafzimmertür und sieht zwischen uns hin und her. Ich verstehe nicht, warum Jakob so nervös ist.

„Du musst sie mal abtasten. Linke Brust. Sie hat Schmerzen seit einer Woche und ich fühle eine Verhärtung.“

Paul setzt mich auf die Bettkante und kniet sich vor mich.

„Darf ich dich untersuchen, Engel? Dafür musst du das Badetuch öffnen.“

Mir wird das hier langsam zu dumm.

„Ich bin nicht eure Patientin, also redet bitte auch nicht so mit mir. Wenn ihr Sex wollt, dann fragt ihr auch nicht, ob ihr mich ausziehen dürft.“

Paul sieht hilflos zu Jakob und nimmt dann meine Hände.

„Das ist etwas anderes. Wenn wir mit dir schlafen, dann gibst du deine Einwilligung auf andere Weise. Aber jetzt müssen wir dich fragen.“

„Ich liebe euch als Männer, aber als Ärzte seid ihr wirklich anstrengend.“

Genervt öffne ich das Handtuch und setze mich gerade hin, damit Paul an die Arbeit gehen kann.

„Mach, aber mach schnell. Mir ist kalt.“

„Heb bitte die Arme über den Kopf.“

Obwohl ich mir albern vorkomme, folge ich seinen Anweisungen.

„Wann warst du das letzte Mal beim Gynäkologen?“, fragt er, während er an mir rumdrückt.

„Paul, bitte.“

Darüber will ich wirklich nicht mit den Beiden reden. Das sind die Männer, die mich sexy finden sollen. Mit ihnen will ich nicht über meine Frauenprobleme sprechen.

„Katharina!“ Jakob erhebt zum ersten Mal, seit ich ihn kenne, deutlich seine Stimme.

„Sag es ihm, verflucht noch mal. Wir meinen es bitterernst.“

Die Erkenntnis legt sich wie ein Stahlband um meinen Brustkorb. Es gibt nur eine Sache, die ihn in diesem Zusammenhang so aufbringen kann.

„Vor etwa einem Jahr. Meine Frauenärztin nimmt es nicht so genau mit den Vorsorgeterminen und stellt auch so die Rezepte für meine Pille aus.“

Die Beiden sehen sich vielsagend an, ersparen mir aber einen rügenden Kommentar.

„Ich kann es auch fühlen“, sagt Paul schließlich zu Jakob. „Hast du noch Kontakte zur Frauenklinik? Das muss schnellstens abgeklärt werden.“

Er zieht mir das Handtuch wieder hoch, damit ich mich bedecken kann. Von den beiden wie eine Patientin behandelt zu werden, geht mir gewaltig gegen den Strich.

Jakob nickt und ist schon dabei, sich ein T-Shirt überzuziehen.

„Ich rufe sofort Doktor Cremer an, damit sie uns hoffentlich morgen noch irgendwie dazwischen schieben kann.“

Samstags bekommt man nirgendwo Termine. Jakob und Paul sehen jedoch nicht so aus, als wären das für sie plausible Argumente.

33.

Vor einer Operation wird man über alle Risiken und den genauen Vorgang aufgeklärt. Jedes Detail muss man abhaken und unterschreiben, um zu dokumentieren, dass man alles verstanden hat. Was einem vorher allerdings niemand sagt, ist, dass man aus einer Narkose genauso aufwacht, wie man einschläft. In meinem Fall ist das mit einer ausgewachsenen Panikattacke. Der Horror existiert allerdings nur in meinem Inneren, den die Restwirkung des Narkosemittels ermöglicht es mir noch nicht, auch nur einen Laut zu machen oder meinen Kopf zu heben. Ich bin so benebelt, dass ich es nicht mal spüren würde, wenn ich den Beatmungsschlauch noch im Hals hätte. Hatte ich das überhaupt?

Ich habe Mühe, einen Gedanken zu halten und Sinn daraus zu machen.

Mein ganzer Körper ist wie ein Bogen gespannt und gleichzeitig chemisch entkrampft. Ich hasse diesen Zustand. Allmählich gewinne ich die Kontrolle über meine Lider wieder und öffne sie träge. Es fühlt sich an, als würde ich keine Luft bekommen, obwohl mir mein Verstand sagt, dass ich ganz ruhig atme.

„Engel." Paul ist der Erste, der über mir auftaucht und mich anlächelt, nicht wissend, welcher Tumult in meinem Innersten tobt.

„Katharina." Jakob stellt sich auf die freie Bettseite und nimmt meine Hand. Er trägt noch seine OP-Kleidung, zusammen mit einem gequälten Lächeln. Sein Gesicht, zur Hälfte durch einen Mundschutz bedeckt, habe ich als Letztes gesehen, bevor mich die Wirkung des Narkosemittels außer Gefecht gesetzt hat. Er war auch derjenige, der versucht hat, mich in meiner Panik zu beruhigen.

„Es tut mir leid“, sagt er, doch ich weiß nicht, wofür er sich entschuldigt.

„Was?“, krächze ich, weil mein wunder Hals noch nicht mehr Worte zulässt.

„Dass ich dir da nicht raushelfen konnte. Aber es ist alles gut gegangen. Ruh dich aus und schlaf noch ein bisschen. Heute Nachmittag nehmen wir dich wieder mit nach Hause.“

Zuhause wartet Steffi mit Ben auf uns. Die beiden haben für uns gekocht und versuchen, eine gute Stimmung zu verbreiten. Mir ist gerade überhaupt nicht danach, außerdem soll ich heute mit fester Kost noch vorsichtig sein.

„Ich gehe ins Bett.“ Auch wenn ich nicht müde bin, meine Wohnung ist mir gerade viel zu voll.

Unter meiner Bettdecke fühlt sich die Welt schon gleich nicht mehr so bedrohlich an. Ich weiß selbst nicht, warum ich so depressiv bin. Natürlich mache ich mir Sorgen darüber, was bei der Biopsie rauskommt, doch Doktor Cremer hat uns schon gesagt, dass das Gewebe auf den ersten Blick unauffällig aussah. Auch Jakob hat es sich angeschaut, was zwar unvermeidlich war, ich aber natürlich nicht so toll finde.

Innerhalb weniger Stunden hat man mich jeglicher Intimsphäre beraubt. Zumindest fühlt es sich so an.

Jakob und Paul betrachten mich wie eine Patientin und im Krankenhaus wird man wie ein Stück Vieh behandelt. Ich reagiere über, das ist mir bewusst, aber ich kann mich dieser Gefühle nicht erwehren. All das erinnert mich so schmerzhaft an die Zeit mit meiner Mutter.

Ich falle von einem Nickerchen ins nächste. Inzwischen habe

ich das Gefühl, ich bin müde vom ganzen Ausruhen. Der Eingriff ist nun schon zehn Stunden her und allmählich klärt sich der Nebel in meinem Kopf.

Jakob steckt den Kopf zur Schlafzimmertür rein, als Ben gerade am Fußende meines Bettes beim Fernsehen eingeschlafen ist.

„Möchtest du etwas Nudelsuppe, Katharina? Meine Mutter hat welche gebracht."

„Deine Mutter war hier?"

Das ist wirklich das Letzte, was ich heute brauche. Natürlich möchte ich Jakobs Mutter näher kennenlernen, aber nicht unter solchen Umständen.

„Sie war nicht, sie ist noch hier. Paul macht ihr gerade Kaffee."

„Ich stehe auf", sage ich und schlage schon meine Bettdecke beiseite. Ben blinzelt mich verwirrt an und reibt sich den Schlaf aus den Augen.

„Du bleibst liegen, junge Frau. Ich bringe dir etwas zum Essen. Wenn du dich danach fühlst, dann würde meine Mutter gerne mal kurz Hallo sagen."

„Ich bin nicht krank, Jakob. Ich kann wirklich aufstehen."

„Ich weiß, dass du das kannst. Bleib liegen!"

Ein paar Minuten später klopft Maria mit einer Schale Suppe in der Hand an die Schlafzimmertür und bleibt abwartend im Türrahmen stehen. Ben hat sich schon wieder in sein Zimmer verzogen.

„Komm rein", bitte ich sie und setze mich im Bett auf.

Sie balanciert die Schüssel zu meinem Nachttisch und lächelt mir unsicher zu.

„Danke für die Suppe. Das wäre wirklich nicht nötig gewesen."

„War es, Kati." Vorsichtig setzt sie sich auf die Bettkante.

Als ich eine komfortable Sitzposition gefunden habe, nehme ich die heiße Schüssel in die Hand.

„Wie geht es dir?", fragt sie, während ich vorsichtig den ersten Löffel nehme.

„Ging schon mal besser."

Auch wenn es unhöflich ist, vermeide ich den Blickkontakt mit ihr und konzentriere mich lieber auf meine Suppe.

„Das wird schon alles gut ausgehen. Jakob sagt, es wäre nur eine Vorsichtsmaßnahme gewesen und die Biopsie wäre nur noch Formsache."

„Ich denke auch."

Das ist eine Lüge, aber was soll ich sonst sagen?

„Ich weiß, es geht mich nichts an, aber Jakob und Paul machen sich große Sorgen, wie du dich aufrecht hältst."

„Es ist okay, denke ich. Nur ein paar alte Erinnerungen, die mich einholen. Aber das wird schon wieder."

Wir unterhalten uns noch ein wenig, aber unsere Gespräche bleiben oberflächlich. Maria würde gerne mehr sagen, doch wir kennen uns nicht gut genug, um unsere Probleme miteinander zu teilen.

Bevor sie geht, fragt sie mich, ob sie morgen wiederkommen darf. Ich weiß nicht, wie ich mit mütterlicher Fürsorge umgehen soll, aber ich bin auch zu höflich, um es abzulehnen.

Äußerlich mag man es mir nicht anmerken, aber innerlich habe ich einen solchen Drang, jeden von mir wegzuschieben. Paul und Jakob kriechen irgendwann zu mir ins Bett. Das Bedürfnis ist auch bei den beiden vorhanden, aber nur, weil ich sie vor dem schützen will, was mir eventuell bevorsteht. Wir halten uns an den Händen und lassen uns von Schweigen umhüllen. Es ist genau das, was ich jetzt brauche, auch wenn es besser wäre, die beiden nicht so sehr für mein Wohlbefinden zu benötigen.

Erst beim Einschlafen wird mir klar, dass Maria betont hat, wie sehr sich Jakob und Paul um mich sorgen. Jakob und Paul!

34.

Den zwei Zentimeter langen Einschnitt über meiner linken Brustwarze spüre ich nicht stärker als einen Muskelkater. Vorsichtig löse ich den Verband, um einen Blick zu riskieren und die Wunde mit frischem Verbandsmaterial zu bedecken.

Paul kommt ins Schlafzimmer, als ich gerade den letzten Klebestreifen von dem überdimensionalen Pflaster gelöst habe.

„Warum hast du uns nicht gerufen?"

Tadelnd sieht er mich an und ruft dann lautstark nach Jakob, der auch gleich atemlos im Türrahmen erscheint.

„Du solltest warten, Katharina. Ich hätte mich jetzt darum gekümmert."

Er kniet sich zu mir vors Bett und schiebt meine Hände beiseite. Wortlos reicht Paul ihm das neue Verbandszeug und eine Flasche Desinfektionsmittel. Er desinfiziert seine Hände und löst die Kompresse von der Wunde.

„Sieht sehr gut aus. Da wird nur eine ganz feine Narbe bleiben."

Ich reagiere nicht auf seine Zuversicht, denn die vergeht mir immer mehr.

„Wann können wir anrufen?", frage ich.

Paul greift nach meiner Hand und ich habe plötzlich das Bedürfnis, sie ihm zu entziehen. Auch wenn ich es nicht tue, spürt er die Kälte, die von mir ausgeht.

„In zwei Stunden. Meine Mutter kommt gleich und bringt etwas zu essen."

Jakob bemerkt auch, dass meine Stimmung immer mehr sinkt. Egal was passiert, ich kann den beiden das einfach nicht antun. Ich habe es am eigenen Leib erfahren und ich will diese Person einfach nicht sein. Sie sollen leben und nicht mit einer solchen Belastung kämpfen müssen. Jakob soll sich an seiner Tochter erfreuen und keine kranke Frau betreuen.

Paul soll sich in eine gesunde Frau verlieben und sich nicht an mich klammern. Das ist alles nicht richtig.

„Ich kann etwas kochen. Ich bin nicht krank." Noch nicht.

Mit geübten Handgriffen versorgt Jakob meine Operationswunde und ignoriert meinen Einwand. Paul reicht ihm die Utensilien und verstaut das benutzte Material in einem kleinen Plastikbeutel. Nachdem alles erledigt ist, zieht er mir behutsam das T-Shirt runter.

Jakob nimmt meine Knie und zieht mich ein Stück näher an die Bettkante, damit er sich zwischen meine Beine hocken kann. Er streicht mir die Haare hinters Ohr und sieht einfach nur zu mir auf.

„Es geht mir nicht gut", sage ich schließlich, einfach nur um die Stille zu brechen.

„Das sehen wir."

Paul setzt sich hinter mich und legt sein Kinn auf meine Schulter.

„Es wird sicher nichts sein, Engel. Mach dir nicht solche Sorgen."

„Das ist es nicht", stellt Jakob fest. „Irgendetwas anderes bedrückt dich zusätzlich. Habe ich recht?"

„Nichts, womit ihr euch auseinandersetzen müsst."

Ich küsse Pauls Wange und Jakobs Mund, um mich dann zwischen den beiden rauszuwinden. Im Wohnzimmer ist Ben, da muss ich nicht viel reden.

Jakob hängt noch mit Doktor Cremer am Telefon, als Maria an der Tür klingelt. Ich sehe Jakob lächeln und weiß schon, was das heißt. Es ist gut und ich bin beruhigt für den Moment. Aber deswegen geht es mir nicht besser.

„Sie haben keine verdächtigen Zellen gefunden", sagt Jakob, in der Sekunde, in der er das Gespräch beendet. Bens Gesicht in diesem Moment ist das größte Geschenk, denn erst jetzt fällt mir auf, wie angespannt er in den letzten Tagen war.

Paul und Jakob umarmen mich, obwohl Maria im selben Moment durch die geöffnete Tür kommt. In der Hektik des Moments fällt ihnen nicht auf, dass ich ihre Umarmung kaum erwidere.

„Das sieht nach guten Nachrichten aus", sagt Jakobs Mutter und stellt einen Korb voller Vorratsdosen auf dem Boden ab. Sie schiebt meine Männer einfach beiseite und legt ihre Arme um mich, wenn auch nur kurz.

„Das freut mich so für euch, Kati. Ich hab dir doch gesagt, alles wird gut."

Ich kann nur mit dem Kopf schütteln, was mir augenblicklich alle Aufmerksamkeit einbringt.

„Es ist nicht alles gut. Mit meiner Vorbelastung kann es jederzeit aufkommen."

„Das ist Unsinn, Katharina."

Jakob versucht, nach meiner Hand zu greifen, doch ich gehe drei Schritte zurück. Diese Szenen sind überhaupt nicht meine Art, aber sie lassen mich einfach nicht in Ruhe. Seit Tagen kleben alle wie die Fliegen an mir. Jeder ist so besorgt um mein Wohlergehen. Ich kann das nicht ertragen.

„Was ist das Problem, Engel? Du stößt uns weg und wir wissen absolut nicht, warum du das machst. Wir sind für dich da, doch irgendwie scheint das genau das falsche Verhalten zu sein."

Pauls Stimme zittert. So emotional kenne ich ihn nicht.

„Das Problem ist, dass ich euch zu sehr liebe, um euch das zuzumuten. Ich will mit euch Liebe machen, nicht beim Kotzen die Haare gehalten kriegen."

Mir ist bewusst, dass ich gerade den vollen Umfang unserer Beziehung vor Jakobs Mutter ausbreite, doch im Moment könnte mich das nicht weniger interessieren.

„Ich will nicht, dass ihr dabei zusehen müsst, wie die Chemo mich immer schwächer macht und mir die Haare ausfallen. Paul, du liebst meine Haare."

Maria hat sich als stiller Beobachter in eine Ecke des Raumes verzogen, während Jakob und Paul auf mich einreden. Ben sitzt immer noch auf der Couch. Ich glaube, er weint.

„Doktor Cremer hat deine gesamte familiäre Vorgeschichte abgeklärt und sogar einen Gentest gemacht. Du bist nicht gefährdeter als jede andere Frau trotz der Erkrankung deiner Mutter. Das habe ich dir schon erklärt. Und selbst wenn, wir wollen alles von dir. Nicht nur die starke und gesunde Katharina."

Die beiden kommen wieder auf mich zu, aber ich gebe ihnen keine Chance und flüchte mich stattdessen aus der Situation.

Die Schlafzimmertüre hinter mir zuzuknallen, verschafft mir auch keine Befriedigung. Ich setze mich auf die Bettkante und spüre jetzt erst, dass ich am ganzen Körper unkontrolliert zittere. Meine Atmung kommt stoßweise und ist auf dem besten Wege, in eine ausgewachsene Panikattacke umzuschlagen.

Maria tritt ohne anzuklopfen in den Raum, was selbst mich überrascht, da sie wie eine Frau scheint, die großen Wert auf gewisse Umgangsformen legt. Ihre Anwesenheit regt mich nicht so sehr auf, wie es gerade die von Jakob und Paul tun würden.

Sie bleibt an der geschlossenen Tür stehen und zeigt hinter sich.

„Ich habe den Männern gesagt, dass sie unter allen Umständen draußen bleiben sollen."

„Okay."

Dankbar nicke ich ihr zu und setze mich auf meine bebenden Hände.

„Geht es dir besser, nachdem du es rausgelassen hast?"

„Nicht wirklich." Selbst meine Stimme zittert.

„Du kennst mich kaum, das ist mir bewusst. Auch wenn ich nicht deine Mutter bin, habe ich sehr wohl eine mütterliche Umarmung für dich, Kati. Denn manchmal, wenn alles über einem zusammenbricht, dann ist das alles, was man braucht."

Es klingt so richtig, obwohl ich von diesen Umarmungen nur noch eine ganz dunkle Erinnerung habe. Maria setzt sich neben mich und öffnet ihre Arme für mich. Keine Forderungen, keine Erwartungen, keine Versprechungen. Einfach nur Trost.

Ich muss nichts tun, außer ihr ein kleines Stück entgegenzukommen. Liebevoll schließt sie mich in ihre Arme und hält mich. Erst fühlt es sich befremdlich an, doch nach und nach reißt es alle Dämme ein. Acht Jahre habe ich es in mir zurückgehalten, den ganzen Schmerz über den Verlust meiner Eltern. All die Last der Verantwortung. Die Wut darüber, alleine gelassen worden zu sein. Jetzt kommt alles an die Oberfläche, doch es fühlt sich gut an, es rauslassen zu können. Ich schluchze und jammere in Marias Armen und lasse mich von ihr schaukeln. Bereitwillig lässt sie sich von mir die Bluse vollheulen. Es tut so weh, doch gleichzeitig ist es befreiend. Maria sagt nichts, sie lässt mich einfach nur sein.

Ich weiß nicht, wie lange wir so sitzen, doch irgendwann dröhnt mein Kopf vom ganzen Weinen. Die Tränen versiegen langsam und ich brauche dringend eine Kopfschmerztablette.

„Danke“, sage ich mit heiserer Stimme, als ich mich aus ihrer Umarmung befreie.

„Dafür bin ich da. Aber jetzt solltest du nach deinen Männern sehen. Die Drei machen sich große Sorgen.“

35.

„Kann ich noch etwas sagen?“ Maria nimmt meine Hände, damit ich sie ansehe. Wir stehen an der Wohnungstür, wo ich sie gerade verabschiede, bevor ich zu meinen Männern gehe.

„Natürlich.“ Auch wenn ich es vielleicht nicht hören möchte.

„Ich werde eine Weile brauchen, das zu verarbeiten, was ihr heute unbewusst öffentlich gemacht habt. Ich liebe meinen Sohn, das wird sich nie ändern. So glücklich wie in den letzten Wochen, habe ich ihn noch nie erlebt. Ich bin ganz ehrlich, Kati. Bis jetzt weiß ich noch nicht, was ich davon halten soll, aber wenn es das ist, was mein Sohn will, dann werde ich mich irgendwie damit arrangieren. Mein Mann wird diesen Brocken nicht so leicht schlucken, deswegen werde ich ihn allmählich an die Sache heran führen. Ich möchte dich nur vor Pauls Vater warnen. Seine Eltern sind wesentlich konservativer, auch wenn Paul das vielleicht nicht so bewusst ist. Pauls Vater ist ein herzensguter Mann, aber seine Toleranz gegenüber Beziehungen, die nicht nur zwischen Mann und Frau stattfinden, ist gering.“

„Wieso habe ich das Gefühl, du weißt schon länger, was zwischen uns los ist? Was du mir gerade gesagt hast, ist dir nicht erst in den letzten fünf Minuten durch den Kopf gegangen.“

Maria lächelt.

„Mein Sohn hat mir immer mehr verraten, ohne dafür die eigentlichen Worte aussprechen zu müssen. Ich hatte den Verdacht schon seit einer Weile, aber als ich euch gestern zusammen gesehen habe, gab es keinen Zweifel mehr.“

Ich fühle mich schlecht, dass wir so gestartet sind, vor allem, weil sie mir so geholfen hat.

„Maria, ich würde gerne einen neuen Anfang machen. Du musst einen fürchterlichen Eindruck von mir haben."

Sie schüttelt den Kopf, bevor ich eine Gelegenheit bekomme weiter zu reden.

„Unsinn, Kati. So schnell bin ich nicht abzuschrecken. Aber ich mache dir einen Vorschlag. Du lässt dir von Jakob meine Telefonnummer geben und dann verabreden wir uns zum Mittagessen. Ich möchte wirklich mehr von dir erfahren."

„Das machen wir. Danke noch mal, wegen vorhin."

„Es gibt nichts, wofür du dich bedanken musst. Du warst auf dem besten Wege, ganz böse abstürzen. Ich habe nichts anderes getan, als dich aufzufangen. Jetzt geh zu deinen Männern. Die warten schon."

Sie umarmt mich zum Abschied und zum ersten Mal kann ich es einfach nur annehmen.

Paul und Jakob sitzen alleine im Wohnzimmer. Von Ben ist nichts zu sehen.

„Wo ist er?", frage ich. Ich habe das Gefühl, mich entschuldigen zu müssen, aber ich weiß überhaupt nicht, wo ich anfangen soll.

„Er ist in seinem Zimmer. Du musst mit ihm reden. Er weiß überhaupt nicht, was gerade passiert ist."

Jakob sitzt so nah an Paul, dass sie praktisch aufeinander sitzen.

„Seid ihr okay?"

„Wir kommen zurecht, Engel. Kümmer dich um deinen Bruder und dann komm zurück zu uns."

Damit meint er nicht nur die räumliche Distanz.

Ben hat Kopfhörer aufgesetzt und hört ohrenbetäubend laut Musik. Er hat einen Notizblock auf dem Schoß, auf dem er zeichnet. Erst vor einigen Wochen habe ich entdeckt, dass er darin ziemlich talentiert ist.

Er hat mich bemerkt, auch wenn er keine Anstalten macht, die Kopfhörer abzunehmen. Ich lege eine Hand auf seine Schulter und warte darauf, dass er mir seine Aufmerksamkeit schenkt. Mit verweinten Augen sieht er zu mir auf. Er schiebt die Kopfhörer nach hinten und fährt mich sofort an.

„Was willst du?"

„Hören, wie es dir geht."

Ben stößt ein verächtliches Lachen aus.

„Das interessant dich doch sonst auch nicht."

„Wie kommst du darauf?"

Offensichtlich hat ihn mein Ausbruch aufgebracht, aber diese Reaktion hätte ich nicht erwartet.

„Ben, ich musste mich nur mal ausheulen. Ich habe das alles immer nur in mich reingefressen und dafür habe ich heute die Quittung bekommen. Es geht mir noch nicht gut, aber es geht mir besser."

„Da bin ich ja froh, dass es wenigstens dir besser geht. Hast du immer noch vor, Jakob und Paul abzuschießen?"

Wütend schmeißt er seinen Notizblock auf den Boden und springt vom Bett. Offensichtlich braucht er Abstand von mir, um weiter reden zu können.

„Nein, will ich nicht. Ben, das wollte ich nie. Ich will den beiden nur einfach nicht all das zumuten, falls es dazu kommt."

„Das ist klasse, Kati. Wichtig ist, dass alles nach deiner Nase läuft. Hast du mal für zwei Sekunden daran gedacht, dass ich die beiden wirklich mag und ich so froh wäre, wenn unsere

Familie nicht mehr nur aus uns beiden besteht? Denn wenn der von dir so befürchtete, aber unwahrscheinliche Fall eintritt, was ist dann mit mir? Hast du darüber wirklich nie nachgedacht?"

Nicht in den letzten Jahren, wenn ich ehrlich bin. Aber das sage ich ihm nicht.

„Es tut mir leid, Ben. Ich wollte dir nicht wehtun und natürlich will ich nicht, dass du alleine bist. Mir war nicht bewusst, dass dir Jakob und Paul schon so wichtig sind."

„Das sind sie."

Jetzt fängt er an zu weinen, was auch bei mir wieder die Schleusen öffnet.

„Ich mag sie wirklich und ich wäre so enttäuscht von dir, wenn du sie gehen lässt, nur weil du glaubst, dass sie bei Problemen laufen gehen."

Das denke ich zwar nicht, aber ich will auch nicht, dass sie aus Mitleid bei mir bleiben.

Genau das war von Beginn an meine größte Befürchtung, dass Ben sich an sie klammert, weil ihm so dringend eine männliche Bezugsperson fehlt. Jetzt ist es passiert und er ist nicht der Einzige, der an den beiden hängt.

„Für einen Moment habe ich Panik bekommen, aber ich lasse sie nicht gehen. Das kann ich gar nicht."

„Paul und Jakob planen für die Zukunft. Wusstest du das?"

Ben wischt sich die Tränen mit dem Ärmel weg und setzt sich wieder aufs Bett.

„Nein, das wusste ich nicht." Es überrascht mich aber auch nicht.

„Ich habe sie gestern gehört, als du im Bett warst. Sie wollen einen Weg finden, mit uns zusammenzuleben. Sie haben auch schon darüber nachgedacht, wie ihr euch aneinander binden könnt, ohne zu heiraten. Weil ihr ja nicht alle drei heiraten könnt. Jakob hat sogar davon gesprochen, mich zu adoptieren. Und das, obwohl ihr erst drei Monate zusammen seid. Kati, sie haben dieses Gespräch geführt, obwohl sie das Ergebnis der Biopsie noch nicht kannten. Mehr Bestätigungen, dass sie alles für dich tun würden, bekommst du nicht."

Auch wenn Ben so ein gigantischer Dreizehnjähriger ist, sollte er nicht so erwachsen sein. Seine Worte verfolgen mich noch, als ich wieder zu meinen Männern ins Wohnzimmer gehe. Sie sitzen immer noch nah beieinander auf der Couch und trinken gemeinsam aus einem Whiskeyglas.

„Alles geklärt?", fragt Jakob. Er gibt das Glas an Paul weiter und steht auf. Langsam kommt er auf mich zu und bleibt abwartend vor mir stehen.

„Ich hoffe es."

Jakob seufzt erleichtert, als ich meine Arme um ihn lege. Nach einem Moment gibt er mich schon wieder frei und schiebt mich zu Paul, der mich in eine feste Umarmung zieht.

„Es tut mir leid, dass ich so ausgeflippt bin. Ich liebe euch und ich will euch nicht loswerden."

„Wir verstehen das, Engel. Es war alles etwas viel. Aber warum redest du nicht mit uns?"

Jakob setzt sich neben uns und legt seine flache Hand auf meinen Rücken, einfach nur um mit uns verbunden zu sein.

„Ich will keine Belastung sein. Das ist eine Rolle, mit der ich nicht klarkomme."

„Du wirst für uns nie eine Belastung sein", sagt Jakob. „Freu dich einfach, dass alles in Ordnung ist. Wir sorgen dafür, dass es so bleibt."

„Kann ich eine Kopfschmerztablette nehmen und dann einfach nur ein bisschen mit euch im Bett liegen?“ Ich bin zu erschöpft, um weiter zu reden. Eigentlich gibt es auch nicht mehr viel zu sagen. Zum Glück lässt sich keiner der beiden zweimal bitten.

36.

Es hat ein paar Wochen gedauert, bis ich wieder in alter Form war. Die ganze Geschichte hat einiges ans Tageslicht gebracht, was ich bisher erfolgreich verdrängt habe. In den letzten Jahren habe ich einfach nur funktioniert, weil es das Einzige war, was ich tun konnte. Meine Stärke für Ben hat mich aufrecht gehalten, doch unter diesen Umständen ist sie eingeknickt wie ein Strohhalm.

Paul hat mir ein paar Stunden bei einer Therapeutin vermittelt. Obwohl ich mich anfangs sehr gegen den Gedanken gewehrt habe, werde ich morgen meine erste Sitzung mit ihr haben. Ich brauche wohl keine jahrelange Therapie, doch es ist vielleicht gut, sich ein paar Dinge bei einer unbeteiligten Person von der Seele zu reden. Jakob und Paul sind immer da, wenn ich mich ausheulen will, aber sie lieben mich und haben deswegen nicht die nötige Perspektive.

„Wo ist dein Kopf schon wieder?"

Paul steht neben mir an meinem Arbeitstisch und sieht dabei zu, wie ich die Red Velvet Cupcakes für Danielas Geburtstag verziere. Immer wieder versucht er, etwas von der Buttercreme zu erwischen, die ich mit der Spritztülle auftrage.

„Ausnahmsweise nur bei mir und wie es mir gerade geht." Ich sehe auf und lächle ihm zu.

„Und wie geht es dir?" Mit dem Handrücken streichelt er über meine Wange.

„Ich bin okay", sage ich und lehne meinen Kopf auf seine Schulter.

„Okay ist ein Anfang. Glücklich bekommen wir dich auch noch."

Paul küsst mich auf den Scheitel und stößt sich dann vom

Tisch ab, um Jakob die Hintertür zur Backstube zu öffnen.

„Das riecht köstlich hier drin", bemerkt er und küsst dann Paul auf den Mund, bevor er seine Arme um mich schlingt.

„So kann ich nicht arbeiten", protestiere ich kichernd, als er stürmisch meinen Hals abknutscht. Prompt verunglückt mir der erste Cupcake.

„Siehst du? Den kann ich jetzt wegschmeißen."

Mein Versuch, ihn in den Mülleimer zu befördern, wird von großem Protest begleitet. Auf halbem Weg fängt Paul mich ab und nimmt ihn mir aus der Hand. Er hält den verschmierten Cupcake so vorsichtig zwischen den Fingern, als handele es sich dabei um ein Neugeborenes.

„Das kann man noch essen", verkündet er mit größter Ernsthaftigkeit und macht sich daran, die Buttercreme abzulecken.

„Was ist mit mir?"

Jakob löst sich von mir und stellt sich vor Paul.

„Was soll mit dir sein?", fragt der mit Unschuldsmiene. „Ich hab schon dran geleckt. Jetzt ist es meins."

Die Beiden sind manchmal solche Kinder.

„Stört mich bei Katharina nicht, also warum sollte es mich bei einem Cupcake stören?"

„Möchtest du auch einen, Jakob?"

Ich will ja nicht, dass sich einer der beiden vernachlässigt fühlt.

„Nein, danke. Was ich will, ist direkt vor meiner Nase."

Er schiebt sich zwischen Pauls Beine und drückt ihn an die Tischkante. Erfolglos versucht er, nach dem Cupcake zu schnappen, den Paul über seinen Kopf hält. Aus dem Augenwinkel sehe ich, wie Jakobs sich an Pauls Schritt reibt, um ihn abzulenken. Paul bietet ihm seinen Mund, statt etwas von dem lädierten Törtchen abzugeben.

Wie zur Hölle soll ich bei diesem Anblick konzentriert arbeiten?

Jakob, nicht mehr so zögerlich wie früher, kommt ihm entgegen. Die beiden küssen sich leidenschaftlich, während ihre Hände immer noch um diesen verfluchten Cupcake kämpfen.

„Ich plane, mir bei Danielas Mädelsabend einen kleinen Schwips anzueignen und demjenigen im Auto einen Blowjob zu gönnen, der mich heute Nacht abholt."

Das bringt mir sofort alle Aufmerksamkeit ein.

„Du hast den Cupcake, also hole ich sie ab", sagt Jakob sofort. Wie kleine Jungs, die sich um ein Spielzeug streiten.

Pauls Reaktion bringt mich zum Lachen. Er drückt Jakob den Cupcake an den Mund und beschmiert sein Gesicht komplett mit Buttercreme.

„Er gehört dir", sagt er mit Nachdruck und zwinkert mir zu.

Es sind diese Momente, die mein Herz höher schlagen lassen. Wenn wir einfach wir selbst sein können und niemand unsere Liebe füreinander bewertet.

Jakob lässt es sich nicht nehmen, seinen Mund an Pauls abzureiben. Diese Neckerei gerät allerdings schnell außer Kontrolle, bis die beiden sich gegenseitig sauber küssen.

Ich würde mich gerne dazu gesellen, aber ich habe gerade eine volle Spritztülle in der Hand, die ich nicht verschwenden kann. Während ich mich weiter um die Verzierung kümmere, wage ich immer wieder einen Blick zu meinen Männern, die wirklich eine heiße Show abliefern. Sie wissen genau, was sie mir gerade antun.

In dem Moment wird die Tür aufgerissen. Daniela stürmt gestresst in den Raum und bleibt abrupt stehen. Die Pose von

Jakob und Paul ist nach wie vor unmissverständlich, irgendwie hat keiner der beiden den Reflex, sich zurückzuziehen.

Sie verzieht keine Miene, dreht sich wieder um und verlässt ohne ein Wort den Raum. Schockiert sehen wir uns an, doch kommen nicht dazu, etwas zu sagen, da sie Sekunden später schon wieder die Tür aufreißt.

„Ich wusste es“, sagt sie und zeigt abwechselnd mit dem Finger auf uns. „Ich hab es schon lange gewusst.“

Kopfschüttelnd bleibt sie im Türrahmen stehen und sieht zwischen uns hin und her.

„Hoffentlich bist du schlau genug, dir davon auch einen Happen zu gönnen und die beiden nicht nur zu decken“, sagt sie zu mir und bricht in völlig unpassendes, schallendes Gelächter aus.

„Nicht nur ein Häppchen. Ich nehme meistens die gesamte Portion“, sage ich trocken und stimme einen Moment später in ihren Lachanfall ein.

Daniela führt selbst einen recht unkonventionellen Lebensstil, da sie zwar ihre Tochter hat und auch Männern nicht abgeneigt ist, sich aber doch meistens in Frauen verliebt. In diesem Moment frage ich mich, warum wir sie eigentlich nicht als Erste eingeweiht haben.

Jakob und Paul sehen uns grinsend an, während wir nach Luft schnappen.

Es wird nicht immer so einfach sein, nicht jeder wird unsere Situation einfach so akzeptieren, doch diesen Moment lasse ich mir nicht durch negative Gedanken verderben.

37.

Ein halbes Jahr. Seit einem halben Jahr führe ich eine Beziehung mit zwei Männern. Es ist nicht immer einfach. Eifersucht ist nicht unser Problem, eine Tatsache die mich immer noch erstaunt. Wenn wir alleine sind, dann ist es perfekt, auch wenn Paul und Jakob manchmal etwas überwältigend sein können. Wenn ich ihre Hilfe nicht will, dann tun sie es erst recht, und wenn ich versuche, mich abzukapseln, dann holen sie mich auf ihre Weise aus meinem Schneckenhaus. Manchmal macht es mich wütend, aber in Wirklichkeit weiß ich, dass sie meine Grenzen zwar respektieren, aber auch wissen wie weit sie sie ausreizen können.

In der Öffentlichkeit ist es eine andere Sache. Inzwischen ist es so weit, dass ich nicht mehr Jakobs Hand halte, damit Paul sich nicht benachteiligt fühlt. Es ist nicht fair, aber wir können es auch nicht riskieren, dass unsere Beziehung der Praxis schadet. Die meisten Leute sind nicht offen genug, um unsere Verbindung zu erkennen. Sie sehen nur, dass ich die Frau bin, die mit zwei Männern schläft und dass ausgerechnet Jakob und Paul diese beiden Männer sind. Wir sind alle nicht glücklich darüber, selbst Ben nicht, aber für den Moment ist es eine Tatsache, mit der wir uns abfinden müssen.

Ich sehe auf den edlen Weißgoldring an meinem linken Ringfinger. Genaugenommen sind es drei ineinander verschlungene Ringe, bei denen einer mit kleinen Diamantsplittern versehen ist. Es war Pauls Geschenk für uns zu Weihnachten. Jakob und Paul haben die passenden Gegenstücke, allerdings ohne die Diamanten. Wir hatten unsere eigene kleine Zeremonie an Heiligabend, die mich auch jetzt, drei Tage später, noch zum Lächeln bringt. Es ist keine Verlobung, aber das liegt nur daran, dass wir nicht heiraten können. Wir versuchen, uns nicht zu sehr von dieser Tatsache runterziehen zu lassen, aber es ist nicht immer so einfach.

„Was geht in dem hübschen Kopf vor?“ Jakob stellt eine frische Tasse Tee vor mir ab und setzt sich neben mich auf die Couch. Es sind Weihnachtsferien und Ben ist am zweiten Weihnachtsfeiertag mit Stefan und seinen Eltern auf einen kurzen Skiurlaub gefahren, also haben wir die ganze Wohnung für uns alleine. Der Coffeeshop und die Praxis sind über die Feiertage geschlossen.

Die Ruhe ist göttlich und wir nutzen jeden Moment davon.

„Ihr geht mir durch den Kopf.“ Entspannt lege ich meinen Kopf auf seinen Schoß.

„Hoffentlich nur gute Sachen.“

Jakob zeichnet mit dem Daumen meine Augenbrauen nach. Ich schnurre unter seiner Berührung.

„Wenn ich an euch denke, dann ist es immer nur Gutes. Freust du dich auf nächste Woche?“

Jakobs Lächeln ist Antwort genug.

„Mehr als ich in Worte fassen kann.“

Eliana kommt mit ihrer Mutter für eine Woche nach Deutschland. Der Gedanke macht mich überaus nervös, aber trotzdem freue ich mich darauf, Jakobs Tochter kennenzulernen.

Nur mit einem Handtuch um die Hüften gewickelt, kommt Paul aus dem Bad. Er will gerade ins Schlafzimmer abdrehen, um sich anzuziehen, als er uns auf der Couch sitzen sieht. Grinsend lehnt er sich an den Türrahmen und beobachtet uns.

„Ich bin glücklich", sagt er aus dem Nichts. „Völlig egal, wer sich uns in den Weg stellt, ich bin so verdammt glücklich, euch beide zu haben."

„Komm her." Ich setze mich auf und strecke meine Hand zu ihm aus.

„Ich sollte mir erst etwas anziehen."

„Vermutlich. Sonst komme ich nachher noch auf dumme Ideen."

„Dann sollte ich es vielleicht drauf ankommen lassen, denn ich mag deine Definition von einer dummen Idee."

Er kommt zu mir und stellt sich zwischen meine gespreizten Beine. Offensichtlich wartet er darauf, dass ich ihn berühre, doch stattdessen schiebe ich eine Hand in meine weite Yogahose.

Paul legt eine Hand auf Jakobs Wange und sieht dabei zu, was ich mache. Jakob nimmt Pauls Hand und küsst ihn in die Handfläche. Diese kleinen Gesten zwischen den beiden berühren mich immer noch.

Pauls Handtuch beult sich deutlich vor meinem Gesicht aus. Es ist Jakob, der es langsam löst und auf den Boden fallen lässt. Anschließend nimmt er meine Teetasse vom Tisch und fordert mich auf, zu trinken.

„Warum?", frage ich verwirrt und kann dabei den Blick nicht von Pauls steifem Schwanz abwenden.

„Trink einen Schluck und dann nimm ihn sofort in den Mund."

Ich tue, wie mir geheißen und bekomme dafür eine äußerst enthusiastische Reaktion von Paul.

„Oh Gott", stöhnt er, als ich meine Zunge um die Eichel gleiten lasse. Die Hitze im Inneren meines Mundes macht das Empfinden für ihn nur intensiver.

„So ist es richtig." Ich spüre Jakob ganz nah neben meinem Kopf und ich habe das Gefühl, er wird heute einen weiteren Schritt für sich wagen. Sanft streichelt er über meinen Puls, während Paul in meinen Mund stößt. Der streift mit dem Daumen über Jakobs Unterlippe. Paul zieht sich von mir zurück und öffnet leicht Jakobs Lippen, der es einfach mit sich geschehen lässt. Unruhig rutsche ich auf der Couch hin und her, meine Klit pulsiert und schreit nach irgendeiner Art von Stimulation. Paul und Jakob blicken sich in die Augen, keiner ist bereit, den ersten Schritt zu tun.

Ich ziehe meinen Pullover über den Kopf und lasse ihn neben mich fallen. Paul sieht zu mir, als ich mich zurücklehne und wieder meine Hand in den Bund meiner Hose schiebe. Unterwäsche wird unter so komfortablen Hosen ja völlig überbewertet.

Jakob nutzt Pauls Unaufmerksamkeit und nimmt ihn in die Hand. Ich drehe mich leicht zur Seite und sehe gerade noch, wie er über Pauls Eichel leckt.

Der greift in Jakobs pechschwarze Mähne, um ihn sanft zu halten. Meine Hand wandert wie von selbst zu meiner Spalte, wo ich mich feucht und mehr als bereit vorfinde. Jakob traut sich und nimmt Paul ganz in den Mund. Ich kann mich nicht erinnern, jemals so etwas Erregendes gesehen zu haben, aber das war auch nie die Richtung, in die meine Fantasien gingen.

Meine Finger kreisen nicht lange um meine Klit, als ich zum ersten Mal komme. Das lenkt die Aufmerksamkeit meiner Männer sofort auf mich. Jakob entlässt Paul aus seinem Mund und sieht zu mir. Seine Lippen sind geschwollen und er atmet heftig.

Paul kommt zu mir und zieht mir die Hose über die Hüften. In der Zwischenzeit verliert auch Jakob seine Kleidung. Paul ist einfühlsam genug, um nicht darauf einzugehen, was Jakob sich gerade getraut hat. Ihm fällt so etwas leichter, aber für Jakob ist es immer noch eine Überwindung, auch wenn er nie etwas tun würde, was er nicht wirklich selber will.

Paul reicht mir meine Teetasse, die immer noch erstaunlich heiß ist.

„Trink", fordert er mich auf. „Er will auch etwas von deinem warmen Mund."

Jakob sitzt mit nichts als einem trägen Lächeln im Gesicht zurückgelehnt neben mir und streichelt sich über den Bauch. Ich knie mich auf die Couch und nehme zwei große Schlucke Tee, bevor ich mich über ihn beuge und sofort meine Lippen um seinen Schwanz schließe.

„Fuck", flucht er und greift in meine Haare. Er wickelt meinen Pferdeschwanz um sein Handgelenk und nutzt ihn, mich zu führen. Es macht mir nichts aus, wenn die beiden mich härter anpacken. Im Gegenteil, bis zu einem gewissen Maß ist es genau das, was ich brauche.

Tief sauge ich ihn in meinen Mund. Nur deswegen kann ich ein überraschtes Aufstöhnen unterdrücken, als Paul sich ohne Vorwarnung zwischen meine Beine kniet und in mich eindringt.

Er fühlt sich fiebrig heiß in mir an, doch vielleicht ist es auch nur meine eigene Hitze. Paul drückt die Fingerspitzen so fest in mein Becken, dass es Spuren hinterlassen könnte. Offensichtlich kämpft er gerade dagegen, schon beim ersten Stoß zu kommen.

Ich spanne meinen Beckenboden an, was die Situation für ihn nicht gerade einfacher macht.

„Du Teufelsweib", keucht er zwischen zusammengebissenen Zähnen. „Wenn ich dich nicht so lieben würde, dann würde ich dir jetzt den Hintern versohlen."

„Mach doch", sage ich und wackele mit dem Po. Jakob wimmert gequält, weil ich kurz von ihm abgelassen habe. Paul verpasst mir tatsächlich einen Klaps aufs Hinterteil und entlockt mir damit einen überraschten Aufschrei. Jakob hat verdammtes Glück, dass er gerade nicht mehr in meinem Mund war, aber ich denke, dass Paul das schon abgepasst hat.

Inzwischen hat Jakob seine Erektion in die Hand genommen und massiert sich heftig, während er dabei zusieht, wie Paul mich fickt. So bin ich auch gar nicht mehr in der Lage, ihn weiter zu lutschen, sondern kann nur schlapp in seinem Schoß hängen.

Paul beugt sich über mich, um Jakob zu küssen und gleichzeitig sanft in meine harten Nippel zu kneifen. Ich höre Jakob an Pauls Mund stöhnen und kann genau dabei zusehen, wie er sich wichst. Immer noch völlig aufgeladen von meinem ersten Höhepunkt, komme ich zeitgleich mit Jakob, der sich über seinen Bauch ergießt.

Paul kniet sich wieder aufrecht hinter mich und packt meine Hüften, um in einem schnellen, fast schon groben Rhythmus in mich zu stoßen. Auch er stöhnt nach kurzer Zeit auf und pulsiert in heißen Schüben in meine Pussy. Erschöpft bricht er über mir zusammen und schafft es gerade noch, mich ein wenig zur Seite zu schieben, um sich neben mich zu legen.

Jakob nimmt eine Packung Taschentücher vom Tisch, um sich den Bauch sauber zu wischen. Nachdem er das mit einem seligen Grinsen erledigt hat, schaffen wir es irgendwie, beide unsere Köpfe in seinem Schoß zu platzieren.

Jakob genießt es sehr, uns nur zuzusehen, sowie auch Paul das bei mir und Jakob macht. Und wenn ich ein besonders glückliches Mädchen bin, dann darf ich sogar dabei zuschauen, wie meine Männer die Finger nicht voneinander lassen können. Es kommt selten vor, doch von Zeit zu Zeit finde ich die beiden unter dem Tisch Händchen haltend, oder küssend in der Küche, während sie darauf warten, dass die Kaffeemaschine frischen Kaffee aufbrüht.

Inzwischen weiß auch Jakobs Vater von uns. Er zieht es vor, unsere Beziehung nicht beim Namen zu nennen, aber er behandelt jeden von uns mit dem nötigen Respekt. Ich mag ihn und mehr kann ich für den Moment nicht verlangen.

Paul scheint gleich einzuschlafen.

Jakob tippt an meine Schläfe, weil er wissen will, was ich denke, doch ich schüttele nur den Kopf und schließe meine müden Augen.

Auch Steffi und Matthias wissen von uns. Es war irgendwann einfach nicht mehr zu verheimlichen. Pauls Eltern habe ich immer noch nicht kennengelernt und ich habe etwas Angst vor dem, was mich erwartet.

Jeder, der es weiß, respektiert es. Auch wenn es niemand ausspricht, bin ich mir ziemlich sicher, dass die Meisten es nur für eine Phase halten.

Für den Augenblick zählt nur, dass ich gesund bin und wahnsinnig glücklich mit meinen Männern. Nach dem Jahreswechsel werden wir einen Durchbruch zu Jakobs Wohnung machen, damit wir endlich zusammenleben können. Wir sind beide Eigentümer, was die Sache wesentlich vereinfacht. Ben wird seinen eigenen Bereich bekommen, der uns allen ein wenig mehr Privatsphäre verschafft.

Ich fühle mich nicht gedrängt, die Ernsthaftigkeit unserer Beziehung zu beweisen. Die Zeit wird es zeigen, und ich glaube fest, dass sie auf unserer Seite ist.

Jakob und Paul haben mir gezeigt, dass eine Beziehung keine

Last ist, sondern etwas, woran man sich anlehnen kann und muss, wenn es einem nicht gut geht. Sie sind diejenigen, die mich nicht brauchen, was vielleicht hart klingt, aber eine große Erleichterung für mich ist. Jakob und Paul sind diejenigen, die mich wollen.

Es ist ein gutes Gefühl, einmal nicht gebraucht, sondern einfach nur gewollt zu werden.

Über die Autorin:

Melanie Hinz wurde 1980 in Mönchengladbach geboren und lebt noch heute mit ihrer Familie dort. Bücher waren immer ihre Leidenschaft und sind in jeder Ecke ihrer Wohnung zu finden. Neben ihrer Bücherliebe hat die Autorin eine Leidenschaft zu Tattoos, welche sich immer in irgendeiner Form in ihren Geschichten wiederfinden.

2127255R00136

Printed in Germany
by Amazon Distribution
GmbH, Leipzig